DER AUTOR

Ulli Potofski begann seine Medienlauf-
bahn 1974 als Radio Diskjockey bei RTL.
1988 bekommt er als beliebtester Moderator im Privatfernsehen ein Bambi vom
Burda Verlag verliehen. Er hat unzählige
Sportsendungen moderiert und inzwischen auch eine eigene Unterhaltungs-
sendung konzipiert, die er selbst moderiert.

Vom Autor ist außerdem bei
Omnibus erschienen:

Locke bleibt am Ball (21640)

Ulli Potofski

Locke stürmt los

OMNIBUS
ist der Taschenbuchverlag für Kinder
Verlagsgruppe Random House

FSC
Mix
Produktgruppe aus vorbildlich
bewirtschafteten Wäldern und
anderen kontrollierten Herkünften

Zert.-Nr. SGS-COC-1940
www.fsc.org
© 1996 Forest Stewardship Council

Verlagsgruppe Random House FSC-DEU-0100
Das FSC-zertifizierte Papier *Munken Print*
für Taschenbücher aus dem cbj-Verlag
liefert Arctic Paper Munkedals AB, Schweden.

1. Auflage
Erstmals als OMNIBUS Taschenbuch März 2008
Gesetzt nach den Regeln der Rechtschreibreform
© 2006 cbj, München
Alle Rechte dieser Ausgabe vorbehalten durch
OMNIBUS, München.
Lektorat: Burkhard Heiland
Umschlagbild: Ralf Butschkow
Umschlagkonzeption: init, Bielefeld
Umschlaggestaltung: Basic-Book-Design,
Karl Müller-Bussdorf
he · Herstellung: CZ
Satz: Uhl+Massopust, Aalen
Druck und Bindung: GGP Media GmbH, Pößneck
ISBN 978-3-570-21864-8
Printed in Germany

www.omnibus-verlag.de

Um den Wohnzimmertisch der Familie Schubert saßen zwei Jungen und ein Mädchen, dicht über einen Stapel Fotos und Zeitungsausschnitte gebeugt. Ab und zu griff einer der drei wie geistesabwesend in die Tüte mit Kartoffelchips vor ihnen, schob sich ein paar davon in den Mund, um gleich anschließend wieder auf eine der bunten Fotografien zu zeigen, über irgendetwas loszulachen oder ein paar Sätze aus den Zeitungsartikeln vorzulesen. Draußen regnete es, der Wind klatschte dicke Tropfen an die Fensterscheiben, ganze Sturzbäche schienen heute aus den Wolken zu fallen. Doch die drei achteten nicht darauf, ihr Interesse galt voll und ganz dem, was da vor ihnen auf dem Tisch lag.

Eva, Locke und Matz hatten sich bei Schuberts – Lockes Eltern – getroffen, um sich noch einmal zurückzuversetzen in den gemeinsamen Ausflug nach Newcastle in England. Der heutige Tag mit seinem üblen Wetter war genau der richtige für eine solche Beschäftigung. Die Ereignisse in England lagen erst einige Monate zurück – aber den drei Freunden kam es vor, als ob Jahre vergangen wären. Beim Betrachten der Fotos allerdings wurde die Erinnerung schnell wieder wach. Eva prustete laut los, als sie das Foto nach dem entscheidenden Tor von Matz hochhielt, zu dem Locke geniale Vorarbeit geleistet hatte. »Schaut euch das an, ein Topspieler wie Patrick« – Lockes tatsächlicher Name – »in Socken auf dem Fußballplatz.«

5

Immer noch war allen unerklärlich, was da eigentlich beim 4:3-Sieg in England passiert war. Locke hatte in der zweiten Halbzeit nach einem 0:3-Rückstand mit den legendären Schuhen von Stan Libuda weitergespielt. Diese Schuhe hätten eigentlich bei Max, dem alten Schuster, liegen müssen, um repariert zu werden. Trainer Kelter hatte sie Locke dann in der Umkleidekabine überraschend in die Hand gedrückt – und ihn überredet, die zweiten 45 Minuten mit diesen Schuhen eines Exnationalspielers anzugehen.

Und dann kam eine unglaubliche Leistungssteigerung von Blau-Weiß Gelsenkirchen! Locke hatte drei sensationelle Tore geschossen – und seinem besten Freund Matz in der letzten Minute den Ball so vorgelegt, dass der das Leder nur noch zum 4:3-Sieg eindrücken musste. Tja, und dann ... hatten sich die alten Schuhe in Nichts aufgelöst – und Locke stand nur noch in Socken auf dem Platz.

Matz schaute sich das Bild nochmals aus der Nähe an. »Es ist nicht zu fassen! Ich kann es immer noch nicht begreifen – nichts, aber auch nichts mehr von den alten Latschen zu sehen, nur noch deine komischen grauen Strümpfe. Was ist da bloß passiert? Irgendwie ein Fall für Harry Potter! Und du hast wirklich nichts an den Füßen gespürt, Locke?«

Die Antwort des Helden von Newcastle – so hatten ihn einige Zeitungen genannt – fiel knapp aus: »Es machte irgendwie nur wisch-wasch-wusch und schon waren diese merkwürdigen Schuhe verschwunden.«

Eva bohrte nach. »Aber du hast doch auch von diesem Zettel aus Packpapier gesprochen – was stand da noch mal drauf?«

»Irgendwas von: ›Für drei, höchsten vier ... sind sie noch gut ... dann fallen diese Schuhe auseinander. Gruß Max – der alte Schuster.‹ Ich ärgere mich, dass ich damals den Zettel zerknüllt und weggeworfen habe. Vielleicht hätten wir doch etwas mehr über die Schuhe herausfinden können. Womöglich stand ja noch was auf der Rückseite...«

Matz hatte dazu nur einen bösen Spruch auf Lager: »Du hättest Verbrecher werden sollen – im Vernichten von Beweisen bist du ganz, ganz groß!« Fragen konnte man Max, den alten Schuster, nicht mehr, denn er war kurz vor dem bewussten Spiel in England gestorben.

Das nächste Foto, das Locke in die Hand nahm, wollte er eigentlich schnell wieder verschwinden lassen, denn es zeigte ihn und Eva Hand in Hand bei der Siegesfeier in Newcastle. Und richtig: Matz hatte natürlich wieder einen flotten Spruch auf Lager: »Da begann das junge Glück«, flötete er, »ach wie süß!«

Genau mit so einem dämlichen Satz hatte Locke gerechnet und konterte: »Was verstehen Kinder wie du schon von der Liebe.«

Eva musste lachen und fuhr mit der Hand durch Lockes Haar. »Hört auf, ihr zwei, wir sollten jetzt noch gemeinsam was trinken – und dann muss ich nach Hause. Es wird Zeit...« Sie blickte zum Fenster hinüber. Der Regen hatte endlich nachgelassen.

Eva war wieder einmal die Vernünftige und Kluge. Locke sah sie an. Seit den Erlebnissen von Newcastle war sie bestimmt nochmals um zehn Zentimeter gewachsen – ihre roten Haare wohl auch um etwa diese Länge –, und insgesamt musste man auch als Fußballer zugeben, dass sie einfach klasse aussah. Mit ihren nun fünfzehn Jahren war sie die fast perfekte Braut. Locke, knapp drei Monate älter als sie, hatte einen noch größeren Sprung gemacht – mit gut Einmeterachtzig überragte er sie um mehr als eine Handbreit. Was für ihn aber viel wichtiger war: Bei dieser Größe war er ein idealer Kopfballspieler! Matz dagegen hatte irgendwie die Einsfünfundsechzig nicht überspringen können, was ihn nervte – denn überall wurde er nur »der Kleine« genannt. Und er wirkte auch eher wie dreizehn; dabei war er genauso alt wie Eva und Locke …

Die Freunde verabschiedeten sich. Matz ging nicht ohne einen letzten Griff in die Kartoffelchipstüte auf dem Tisch und verließ mampfend das Schubert'sche Wohnzimmer. Eva durfte nicht gehen, ohne Locke einen Kuss auf die Wange zu geben – was sie auch tat!

Eigentlich war in Lockes Leben seit seinem super Spiel in England alles ganz normal gelaufen – er war zum Training gegangen, hatte weiterhin bei den KICKING DEVILS Gitarre gespielt, sich mit seinen Freunden getroffen und versucht, in der Schule Schritt zu halten. Doch eines Tages hatte der Postbote etwas ganz Besonderes in den Kasten gesteckt, ein Schreiben, das Lockes Tagesablauf völlig veränderte. Auf einen Schlag!

Locke war aus der Schule gekommen, und sein Vater – der seit einem Schlaganfall immer zu Hause bleiben musste – kam ihm schon im Flur in seinem Rollstuhl entgegen. Markus Schubert hielt ein sehr amtlich aussehendes Kuvert in seinen Händen. »Hier, Patrick, für dich«, sagte er aufgeregt, »ein Brief vom Deutschen Fußball-Bund in Frankfurt! Ich konnte gar nicht erwarten, dass du nach Hause kommst – da steht bestimmt etwas sehr Spannendes drin.«

Locke schaute erstaunt, so kannte er seinen Vater nicht, der war ja neugieriger als er selbst. Er nahm den Brief und schaute zunächst auf die Adresse. Tatsächlich, da stand PATRICK SCHUBERT, OVERHOFSTRASSE 8, 45656 GELSENKIRCHEN. Ein dickes PERSÖNLICH war noch zusätzlich aufgeklebt. Das klang sehr erwachsen und sehr geheimnisvoll – einen solchen Brief hatte er noch nie bekommen. Etwas unentschlossen starrte Locke darauf.

Markus Schubert drängte seinen Sohn. »Nun mach schon!«, sagte er aufgeregt. »Lass sehen, was die von dir wollen – persönlich …!«

Locke tat zunächst ultracool. »Vielleicht bekomme ich eine Sperre aufgebrummt – wegen meiner Beleidigung gegenüber dem Schiedsrichter von letzter Woche«, meinte er und legte den Briefumschlag zur Seite. Locke hatte tatsächlich einen Schiedsrichter bei einem Meisterschaftsspiel mit den Worten: »Du pfeifst, wie Dieter Bohlen singt!«, dazu gebracht, ihm eine rote Karte zu zeigen. Da half es auch nicht mehr, dass er es wieder gutzumachen versuchte. Seine Entschuldigung: »Ich bin aber ein großer Fan von Bohlen«, hatte der Schiedsrichter nur mit einem Lächeln quittiert und mit dem Satz: »Deine Sperre müsste wegen dieser Lüge eigentlich extra lang ausfallen.«

»Mach den Brief auf und rede keinen Blödsinn«, antwortete Markus, »als ob der DFB jetzt schon Jugendspielern wegen eines so harmlosen Vergehens Post schicken würde – also los! Guck endlich, was drinsteht!«

Locke dachte gar nicht daran. Immer wenn seine Eltern etwas erzwingen wollten, wurde er bockig. »Jetzt lass mich doch in Ruhe, Dad«, sagte er, »du wirst noch früh genug hören, was mit dem blöden Brief ist. Ich werd erst mal schön was essen und trinken – und meiner Familie dann vielleicht meine Berufung zum Nationalspieler mitteilen.« Er sprach's, grinste, schlurfte zum Kühlschrank und griff sich eine Flasche Milch aus dem Türfach.

Lockes Vater war leicht verärgert. Aber natürlich kannte er seinen Sohn gut genug, um zu wissen: Jetzt geht nichts. Also fuhr er mit dem Rollstuhl um den Tisch herum und wartete darauf, dass Locke sich ein Brot machte.

Es wurde kein Brot, sondern eine Stulle unglaublichen Ausmaßes. Eine Art Hochhaus der Sandwichs. Brot, Butter, Gurke, Tomate, Speck, Käse, Salami, gekochtes Ei, ein Blatt Salat, eine Peperoni, etwas Majonäse, ein Spritzer Ketschup und nochmals eine Scheibe Brot. Höhe dieser Konstruktion etwa fünfundzwanzig Zentimeter. Locke griff zu Messer und Gabel und bugsierte das Ganze auf einen Teller. Wenn er versucht hätte, einfach so in dieses Meisterwerk der Kochkunst zu beißen – er hätte sich eine Maulsperre für mindestens eine Woche zugezogen. Er setzte sich zu seinem Vater, lächelte ihn schief an und sagte: »Sorry, war nicht so gemeint eben ...«

Lockes Vater nickte nur kurz und murmelte zurück: »Ist schon okay.«

Die zwei Männer im Haushalt Schubert verstanden sich eigentlich blind – aber gelegentlich kommt es nun mal zu Missverständnissen zwischen Vater und Sohn. Locke erzählte also zunächst von seinem Schultag. Der übliche Ärger. Sein Klassenlehrer Bertram Bölter hatte heute im Mathematikunterricht wieder einmal an seinen Fähigkeiten generell gezweifelt. Dabei gab sich Locke doch immer viel Mühe. Er paukte all die Gleichungen nach bestem Wissen und Gewissen, aber so recht war dieses Fach nicht seine Welt – und würde es wohl niemals werden. Besser funktionierte es in einigen anderen Fächern, vor allem in Deutsch. Patrick schrieb die besten Aufsätze der ganzen Klasse.

Eva half ihm in Sachen Mathe, wann immer es ging – auch während des Unterrichts; aber sie saß drei Reihen von Locke entfernt, und bis die Ergebnisse bei ihm angekommen waren, musste man ganz schön an Bölter vorbeitricksen. Und außerdem: Nicht so überzeugend, diese Methode, um in Mathematik eine bessere Note zu bekommen. Zu allem Überfluss war Matz – Lockes bester Kumpel, aus der Türkei stammend – eigentlich in allen Fächern nicht besonders gut, außer natürlich in Sport. Also versorgte Locke ihn hier und da mit kleinen Hilfeleistungen, und bei den Deutschaufsätzen verfasste er sogar eine zweite Version für ihn, so auch wieder vorige Woche... Das Schulleben war also wie immer alles andere als einfach. Lediglich beim Sportunterricht lief es optimal, jedenfalls solange Sportlehrer Gottfried Klamm Fußball spielen ließ; beim Turnen hatten fast alle Fußballer so ihre Probleme. Zum Glück war Klamm jedoch ein ausgesprochener Fußballfreak und so bestand der Sportunterricht fast zu neunzig Prozent aus den berühmten zwei mal 45 Minuten. Und Klamm spielte generell auch mit! Allerdings achtete der Lehrer streng darauf, dass er stets in der Mannschaft war, die wohl die besten Spieler vereinte. Klamm wollte immer gewinnen. Lehrer müssen wohl so sein.

»Alles wird gut – und Professor möchte ich sowieso nicht werden...«, beendete Patrick seinen Bericht vom heutigen Schultag; einfach und hoffnungsvoll.

Markus Schubert erwiderte nur knapp: »Eine vernünftige Schulbildung hat noch keinem geschadet, und es soll sogar schon Leute mit Abitur gegeben haben in der Nationalmannschaft.«

Das war ein gutes Stichwort. Patrick angelte sich den Brief vom DFB.

Er las nochmals die Anschrift und murmelte mehr für sich: »Dann wollen wir doch mal lesen, was der Klinsmann von mir will.« Er riss das Schreiben langsam und sorgfältig auf. Vater Schubert saß gespannt daneben. Er starrte förmlich auf die Hände von Locke – aber er sagte nicht ein einziges Wort.

Patrick faltete den Brief fast aufreizend langsam auf. Dann las er Wort für Wort, beinahe im Zeitlupentempo. Nach etwa einer Minute und dreißig Sekunden konnte Markus Schubert einen Gesichtsausdruck bei seinem Sohn registrieren, den er noch nie bei ihm wahrgenommen hatte. Der Junge strahlte wie ein Millionengewinner bei »Wer wird Millionär?«, der RTL-Quizshow mit Günther Jauch. Nun wurde Lockes Vater doch wieder sehr neugierig. »Junge, was ist passiert?«, fragte er. »Was steht denn in dem Zauberbrief?«

Und Locke begann vorzulesen, in einer unglaublichen Lautstärke!

Lieber Patrick Schubert,

wir freuen uns, dir mitteilen zu können, dass unser Trainer für die deutsche Schüler-Nationalmannschaft, Detlef Stettler, dich in das vorläufige Aufgebot für das U15-Länderspiel gegen Portugal am 22. Mai in Bochum berufen hat. Zu diesem Aufgebot gehören fünfundzwanzig Spieler.

Wir treffen uns eine Woche vor dem Spiel in der Sportschule in Duisburg-Wedau. Der Kader wird am 20. Mai auf achtzehn Mitglieder reduziert. Alle schulischen Dinge werden wir mit deinem Schulleiter in Gelsenkirchen absprechen. Selbstverständlich erhalten die Auswahlspieler des DFB während ihres Aufenthaltes in der Sportschule auch einen normalen Schulunterricht.

Der Nachmittag und der Abend in Duisburg werden aber komplett mit Fußball bestritten!

Bitte finde dich am 15. Mai um sieben Uhr dreißig in der Sportschule in Wedau ein. Alle entstehenden Kosten übernimmt selbstverständlich der DFB. Bitte informiere auch entsprechend deine Eltern.

Mit freundlichen Grüßen

Günther Thielen

DFB Jugendfußball

Was jetzt in der Overhofstraße 8 in Gelsenkirchen passierte, spottete jeder Beschreibung.

Vater und Sohn Schubert flippten komplett aus. Locke schob den Rollstuhl seines Vaters durch die Wohnung, als sei es ein Ferrari von Michael Schumacher. Vater Locke sang dazu aus voller Brust: »Mit meinem Sohn Locke schlagen wir Portugal…!«, frei nach der Melodie von »Ohne Holland fahr'n wir zur WM!« Nach etwa fünf Minuten legte sich der spontane Taumel und die beiden saßen wieder am Küchentisch und freuten sich etwas leiser über diesen Brief. »Da wird Mutter aber Augen machen!« – Das war der erste halbwegs vernünftige Satz, den Locke wieder formulieren konnte.

Der Brief war am 2. Mai bei den Schuberts eingetroffen. Dreizehn Tage galt es nun zu überstehen, bevor der große Augenblick Wahrheit werden würde. Die Zeit kroch dahin. Die Uhr tickte so langsam wie noch nie – und der Schulunterricht wurde zur größten Qual auf Erden. Wie sollte man sich auf Biologie, Erdkunde oder gar Mathematik konzentrieren können, wenn die Schüler-Nationalmannschaft auf einen wartete.

Auch Matz hatte natürlich euphorisch auf die Nachricht reagiert, ganz klar. »Mein Freund Locke wird Nationalspieler«, hatte er ausgerufen, »und ich gründe sofort den ersten internationalen Locke-Fanklub.« Und dann gab er Patrick den kostenlosen Rat: »Junge, wir sollten jetzt ab sofort einige Sondereinheiten auf dem Schürenkamp einlegen!«

Der Schürenkamp war der Heimatsportplatz von Blau-Weiß Gelsenkirchen. Ein Aschenplatz mit einem Container als Klubhaus und einer Flutlichtanlage, die langsam vor sich hin rostete. Das einzig Positive für Locke bestand darin, dass der Platz nur etwa sechshundert Meter von der Wohnung der Familie Schubert entfernt lag.

Lukas Kelter hatte als Vereinstrainer von Locke natürlich auch einen Brief vom DFB bekommen. Er freute sich riesig für Patrick – aber er hatte es schon geahnt, dass eine Berufung seines besten Stürmers für die Schüler-Nationalmannschaft bevorstand! Schließlich wusste er seit einer ganzen Zeit, dass Locke von einem Verbandstrainer beobachtet wurde. Doch er hatte seinem Talent Patrick Schubert nie davon erzählt, damit der nicht nervös oder – was noch schlimmer gewesen wäre – übermütig würde. Starallüren konnte Kelter in seiner Mannschaft überhaupt nicht gebrauchen. Zwar musste er sich eingestehen, dass Locke dazu eigentlich nicht neigte, aber er wollte ihn auch nicht »in Versuchung« bringen, wie er es für sich nannte. Jetzt galt es, Patrick für den Aufenthalt in der Sportschule vorzubereiten.

Für Kelter aber war das gar nicht so einfach, denn im »Hauptjob« war er Pfarrer in der Gemeinde St. Joseph im Gelsenkirchener Ortsteil Schalke, und da blieb wenig Gelegenheit, um auch noch extra Trainingseinheiten mit Locke einzulegen. Aber Kelter hatte einen Entschluss gefasst – es sollte eine faustdicke Überraschung für Patrick Schubert werden.

Als Locke seiner Freundin Eva am Telefon von dem sensationellen Brief erzählt hatte, klang sie zunächst wenig begeistert. Er hatte sich auf einen Jubelschrei eingestellt – aber sie quetschte nur heraus: »Dann hast du ja noch weniger Zeit!«

So kannte er Eva gar nicht – sonst hatte sie sich immer mit ihm gefreut über all seine Erfolge und jetzt diese Zurückhaltung … Locke versuchte, mit einem Spruch die Situation etwas zu entkrampfen. »Wenn Robbie Williams dein Freund wäre«, er grinste, »dann müsstest du auch damit leben, dass er immer auf Welttournee ist. Und außerdem sind in der

Sportschule bekannterweise nur Jungen und keine Tänzerinnen untergebracht.«

Jetzt musste Eva doch lachen. »Bilde dir nur nicht ein, dass ich jemals eifersüchtig werden könnte«, sagte sie schon deutlich freundlicher, um dann noch hinzuzufügen: »Es ist nur so, dass ich zusammen mit dir am Wochenende einfach mal eine Disko von innen sehen möchte.«

»Wenn ich mein erstes Tor für Deutschland geschossen habe«, antwortete Locke feierlich, »lade ich dich ins Royal ein.« Das Royal war die angesagteste Diskothek in Gelsenkirchen. Die Dreizehn- bis Achtzehnjährigen trafen sich am frühen Samstagabend in dieser coolen Location. Eigentlich nicht das Ding von Locke – aber für Eva würde er demnächst bestimmt über seinen Schatten springen.

»Dann werden wir wohl die beiden Ersten sein, die im altersheimreifen Alter von fünfundzwanzig in dem Schuppen auftauchen«, fügte seine Freundin noch witzig hinzu – und damit war die Situation zunächst geklärt.

Sandra, Lockes Mutter, kam gerade von der Arbeit aus dem Bosporus-Grill, als er den Telefonhörer auflegte, und sie freute sich unendlich mit ihm über die Einladung zur Schüler-Nationalmannschaft. Aber wie Mütter nun einmal sind: Sie musste auch gleich einige Bedenken anmelden. »Hoffentlich leidet die Schule nicht darunter.« Und: »Nun hast du noch weniger Zeit für deine Eltern.« Patrick hatte aber alle Bedenken leicht zerstreuen können. Der DFB wollte ja während des Aufenthaltes in Duisburg den Unterricht nicht ausfallen lassen – und selbstverständlich würde er dafür sorgen, dass seine Eltern auch Karten für das Spiel in Bochum am 22. Mai bekämen. Für Locke war total klar, dass er am Ende des Trainings zum Kader für das Länderspiel gegen Portugal zählen würde.

Noch knapp zwei Wochen…

Wie immer Freitag nachmittags um vier trafen sich die Spieler von Blau-Weiß im Vereinsheim, um die Aufstellung für das nächste Spiel zu besprechen. »Spielersitzung« wurde dieses Treffen etwas hochtrabend genannt. Natürlich ging es meist locker ab, doch es gab auch ernsthafte Gesprächsgegenstände. Es begann grundsätzlich mit einer kurzen Ansprache von Cheftrainer Kelter; er nannte die Namen der elf Spieler sowie die der Ersatzleute, anschließend gab er eine kurze taktische Einweisung über den jeweiligen Gegner. Länger als eine gute halbe Stunde dauerte der ernsthafte Teil selten; danach spielte man noch etwas Tischtennis und es wurde rumgealbert.

Heute aber war alles ein ganz klein wenig anders – denn Kelter teilte den Jungs mit, dass ihr Mannschaftskamerad Patrick demnächst zur Schüler-Nationalmannschaft, genannt U15, stoßen würde. Alles brach daraufhin in Jubelgeheul aus. Jeder einzelne Spieler von Blau-Weiß haute Locke kräftig auf die Schulter, sodass sein Rücken förmlich brannte. Locke war froh, als sich der Trubel etwas legte.

Kelter erhob nun wieder die Stimme. »Jungs«, erklärte er feierlich, »das ist eine große Ehre für die ganze Mannschaft; deshalb sollten wir versuchen, unseren Freund Locke bestens vorbereitet nach Duisburg zu schicken. Er soll schließlich unseren Verein ehrenvoll vertreten.« Der Trainer machte eine kurze Pause und räusperte sich. »Ich habe mich aus diesem Grund entschlossen, einige Tage freizunehmen. Wir werden nach unserem Spiel am kommenden Sonntag gegen Grün-Weiß Heßler nicht – wie bisher – nur am Dienstag und Donnerstag trainieren, sondern auch am Mittwoch und am Freitag.« Ein zustimmendes Gemurmel setzte ein, und Matz rief vorlaut in die Runde: »Wir wollen Locke dann ja auch irgendwann einmal für viel Geld verkaufen…«

Kelter lachte. »Unsere Vereinskasse hätte das nötig«, antwortete er trocken, »aber jetzt gilt es zunächst, unseren Starstürmer für die Schüler-Nationalmannschaft tauglich zu machen.«

Die Überraschung war ihm voll gelungen. Locke sah seinen Trainer dankbar an. Toll, dass er sich so viel Zeit nahm, um ihn, Locke, auf seine Berufung richtig gut vorzubereiten.

Das Wochenende ging ziemlich normal vorbei. Den Samstag verbrachte Patrick mit seinen Eltern und am Nachmittag traf er sich mit Eva und Matz, diesmal in der Wohnung von Evas Eltern. In ihrem Zimmer hörten sie etwas Musik. »Green Day« hieß ihre jetzige Lieblingsband. Klarer Rock ohne Schnörkel. In allerbester Stimmung sangen alle drei den Refrain von »Boulevard of Broken Dreams« laut mit.

Locke beschlich wieder einmal das schlechte Gewissen, was ihre Band, die KICKING DEVILS, betraf. Er und Matz, die beiden Gitarristen, Ben als Schlagzeuger und Thomas an den Keyboards, hatten die Band vor zwei Jahren gegründet – und unter gelegentlicher Hilfestellung von Pfarrer Kelter, der nicht nur etwas von Fußball verstand, sondern auch über ein beachtliches musikalisches Talent verfügte, kamen sie bald auf einen grünen Zweig. Sie konnten sich hören lassen! Ein paarmal hatten sie auf Klassenfeten gespielt, als Einlage zwischen den laufenden Musiknummern von den CDs. Ein weiterer Höhepunkt war der Auftritt bei Evas Geburtstagsfeier gewesen. Doch schon seit der Vorbereitung auf das Spiel in England geriet die Band ein wenig in den Hintergrund und irgendwie hatten die vier Bandmitglieder auch danach nicht mehr regelmäßig geprobt…

Wenn Locke ehrlich zu sich selbst war, hatte es auch bei den letzten Zusammenkünften nicht so richtig rund geklungen. Man musste sich schon echt Sorgen machen um den jetzigen Stand, auf dem die Band sich befand. Locke hatte deshalb auch ein schlechtes Gewissen. Schließlich war er der Gründer der KICKING DEVILS und müsste eigentlich so etwas wie ihr Motor sein. – Allerdings hatte er längst eine super Idee, um der Sache wieder Schwung zu geben …

Auch heute, gerade eben, war ganz eindeutig Evas Stimme klar aus dem leidlichen Zweiklang der Jungs herauszuhören, die zu allem Leid auch noch mit dem Stimmbruch kämpften. Seine Freundin übertönte ihn und Matz ohne Mühe und ihre Stimme »hatte« etwas. So ein bisschen klang sie wie Katie Melua und dabei war aber auch noch etwas ganz Besonderes in ihrem Sound, irgendwie … Vielleicht – so Lockes heimlicher Gedanke auch an diesem Nachmittag – könnte Eva ja eine ideale Sängerin für ihre Band werden? Wenn man so in die Hitparaden schaute, dann musste man feststellen, dass Gruppen wie »Juli« oder »Silbermond« ein Mädchen als Star vorne auf der Bühne stehen hatten …

Nach der Musikstunde wurde so gegen halb fünf das Radio eingeschaltet, denn WDR 2 übertrug die Bundesligaspiele in einer spannenden Konferenzschaltung live – und diese Sendung war bei den Freunden echt Kult. Im Hause Schubert war kein Geld für ein Premiere-Abo vorhanden, und schließlich schärfte Radiohören eindeutig die Fantasie; später am Abend konnte man immer noch die bewegten Bilder in der ARD-Sportschau sehen.

Was man zunächst aber zu hören bekam, war alles andere als lustig – denn Manni Breuckmann, der WDR-Starreporter, meldete sich aus der Arena Auf Schalke und berichtete mit seiner markanten, sich fast überschlagenden Stimme über eine 1:0-Führung der Gäste aus Hamburg. »Mist«, meinte Matz, »wird wohl wieder nichts aus der Meisterschaft für Schalke 04. Ich lade schon mal ein für das Jahr 2008: Fünfzig Jahre keine Meisterschaft für Schalke 04! Wow, wird das eine tolle Fete …«

Tatsächlich war Schalke 04 im Jahr 1958 das letzte Mal deutscher Meister geworden; damals hatte die Mannschaft in Hannover – als es noch ein richtiges Endspiel um den Titel gab – 3:0 gegen den HSV gewonnen, gegen den man aktuell nun hinten lag. Die Laune sollte sich auch nach der Radioübertragung der Bundesligaspiele nicht bessern, denn Schalke hatte 1:2 verloren, und die Bayern gewannen im Olympiastadion gegen Borussia Mönchengladbach mit 2:0. Damit war einmal mehr klar, dass die Königsblauen auch in dieser Spielzeit nicht mehr die Meisterschaft gewinnen konnten.

Eva, Locke und Matz trennten sich schon gegen sieben Uhr – denn morgen trat ja die Schülerelf von Blau-Weiß gegen Grün-Weiß Heßler an, einen der weiteren Ortsvereine von Gelsenkirchen. Blau-Weiß lag in der Schülermeisterschaft derzeit auf Platz drei – mit fünf Punkten Rückstand auf Erle 08; da musste man gegen die Mannschaft von Heßler, die nur einen Punkt hinter Lockes Team stand, natürlich unbedingt gewinnen.

Nach der Sportschau nahm Locke deshalb nur noch das Abendessen mit seinen Eltern ein – und verzog sich gegen zehn auf sein Zimmer; er wollte früh schlafen, denn das Spiel gegen Heßler begann schon um elf Uhr. Mit gemischten Gefühlen legte sich Locke in sein Bett; einerseits freute er sich unheimlich auf die Schüler-Nationalmannschaft, aber andererseits war ihm klar, dass nun jedes Spiel bei Blau-Weiß schwerer werden würde. Zum Beispiel schon morgen! Es war logisch, dass seine künftigen Gegenspieler gegen ihn glänzen wollten.

Es war unglaublich, aber alle Spieler von Grün-Weiß wussten von der Berufung Patrick Schuberts in das vorläufige Aufgebot und dem Training in Duisburg-Wedau.

Beim Treffen der beiden Kontrahenten am nächsten Vormittag auf dem Schürenkamp hatte fast jeder Spieler einen lockeren Spruch für Locke auf Lager. Man spürte aber auch, dass einige Neider dabei waren. Zum Beispiel Innenverteidiger Martin Bartz von Grün-Weiß, ein ziemlich kantiger, unangenehmer Typ; er kam noch vor dem Anpfiff beim Warmmachen auf Patrick zu und meinte: »Wollte schon immer mal gegen 'nen Nationalspieler antreten – wenn du heute kein Tor machst, dann ruf ich mal beim DFB-Jugendtrainer an und mach ihm klar, dass du eigentlich eine Pfeife bist.« Darüber aber konnte Locke nur grinsen. Die gemischten Gefühle von gestern Abend waren vergessen. Jetzt war die allgemeine Aufmerksamkeit, die er bekam, fast noch eine zusätzliche Motivation für die bevorstehende Begegnung.

Natürlich wusste auch Schiedsrichter Karl Kröger von der Berufung des blau-weißen Stürmers. Und auch er konnte sich eine kleine Bemerkung nicht verkneifen.

»Kein Bonus für Nationalspieler, Herr Schubert – ich pfeife wie immer«, meinte er und schlug Locke auf die Schulter.

»Erwarte ich auch nicht, Herr Schiedsrichter«, erwiderte Patrick ernsthaft, »außerdem bin ich noch kein Nationalspieler, sondern erst mal nur ins Trainingslager eingeladen.«

Das Spiel war dann eine überraschend eindeutige Angelegenheit für Lockes Team. 3:0 gewann Blau-Weiß beinahe ohne Probleme. Locke war nicht unter den Torschützen – aber an allen drei Treffern beteiligt. Und selbst Bartz musste anerkennen: »Bist schon ein Guter, Locke – wünsche dir viel Glück in Duisburg!« Allerdings blieb ihm auch nichts anderes übrig, denn Patrick hatte ihm fast einen Knoten in die Beine gespielt.

Vater Schubert war wie fast immer von seiner Frau auf den Platz gerollt worden. Er lächelte zufrieden – und das war die höchste Form der Anerkennung für Locke.

In den nächsten Tagen versuchte er, alles unter einen Hut zu bekommen. Das zusätzliche Training, die verflixte Schule, seine Freundin Eva, seinen Kumpel Matz, seine Eltern – und mal wieder eine Probe mit den KICKING DEVILS… Irgendwie funktionierte es auch einigermaßen. Allerdings träumte er nachts manchmal ziemlich wüste Geschichten. Reihenweise schoss er Eigentore und bei den Begegnungen mit seiner Band spielte er ständig falsche Töne. Alles lachte und zeigte sogar mit dem Finger auf ihn in diesen nächtlichen Träumen – selbst Eva schüttelte den Kopf über ihn; allerdings blieb sie wenigstens stumm.

Kelter führte ein tolles Zusatztraining für Patrick durch. Seine Freunde von Blau-Weiß zogen vorbildlich mit und irgendwie packten sie ihn alle total in Watte – er sollte sich voll konzentrieren können auf den größten Tag seiner bisherigen Fußballerzeit. Am Sonntag, dem 13. Mai, unmittelbar vor der Abfahrt nach Duisburg, hatte Locke noch ein Stadtmeisterschaftsspiel mit Blau-Weiß gegen Borussia Scholven.

In Scholven gewann das Team von Locke & Co. sehr mühsam mit 1:0. Irgendwie wirkte Patrick etwas überspielt – er hatte schon Besseres gezeigt. In der Tabelle aber war seine Truppe auf Platz zwei gesprungen. Der bisherige Tabellenzweite STV Horst hatte nämlich nur 1:1 gegen Arminia Ückendorf gespielt. Was aber noch erfreulicher war: Der Tabellenführer Erle 08 hatte in Buer beim SSV überraschend 0:1 verloren. Zwei Spieltage vor Ende der Saison sah die Tabellenspitze in der Gelsenkirchener Stadtmeisterschaft nun so aus:

1. Erle 08: 58 Punkte
2. Blau-Weiß Gelsenkirchen: 56 Punkte
3. STV Horst: 55 Punkte

Die Meisterschaft war also komplett wieder offen – und das Allerbeste: Das letzte Spiel der Meisterschaft hieß Blau-Weiß Gelsenkirchen gegen Erle 08. Schön auch, dass es sich um ein Heimspiel handeln würde. Man konnte sich berechtigte Hoffnungen auf den Titel machen. Nun musste Locke nur noch den Montag überstehen, und dann war er da – der erste Tag bei der Schüler-Nationalmannschaft in Duisburg!

Am Abend zuvor verabschiedete er sich von Eva bei einem Eisessen in ihrer Lieblingseisdiele. »Eva, ich hoffe, dass du mir die berühmten beiden Daumen drückst.« Eva nahm ihn als Antwort in den Arm. »Lieber drücke ich dich als meine Daumen«, flüsterte sie ihm ins Ohr. »Aber natürlich werde ich in den nächsten Tagen besonders intensiv an dich denken!«

In der vorläufig letzten Nacht in seinem Bett machte Locke kaum ein Auge zu. Er musste es sich eingestehen: Er war nervös wie nie zuvor in seinem Leben. Es war erst halb fünf und er lag schon wieder wach in seinem Bett. Eigentlich hätte er gemütlich bis sechs schlafen können, aber es ging einfach nicht.

So drehte er sich auf den Rücken, verschränkte die Arme unter dem Kopf, starrte auf die Poster in seinem Zimmer und überlegte – ob es wohl auch von ihm einmal ein Groß-bild geben und die Wände in Zimmern wie diesem zieren würde…? »So ein Quatsch!«, sagte er dann laut. »Locke, du fängst an zu spinnen!« Er schüttelte den Kopf über sich selbst.

Mit einem Schwung warf er nun die Decke von sich und

sprang aus seinem Bett. Von dort ging es direkt ins Bad. Ein Blick in den Spiegel bestätigte wieder einmal mehr, dass er den Spitznamen Locke, den er seit Menschengedenken hatte, zu Recht trug. In letzter Zeit hatte er sich die Haare ziemlich lang wachsen lassen – und die blonden Naturlocken standen wild um seinen Kopf. Grinsend stellte er sich unter die Dusche, plantschte ausgiebig unter dem Wasser und schon um fünf saß er am großen Küchentisch der Familie Schubert.

Er hatte sich die Tageszeitung aus dem Briefkasten geholt und überflog die Schlagzeilen, im Sportteil natürlich. Schalke hatte einen neuen Stürmer verpflichtet – und schon wieder gingen Lockes Träume mit ihm durch. Ob wohl auch mein Name einmal als Neuverpflichtung bei einem Bundesligisten in der Zeitung steht? Gedacht und schon vergessen, denn zunächst wartete heute die deutsche Schüler-Nationalmannschaft auf ihn, und das machte ihn sehr stolz, aber auch etwas unruhig…

In diesem Augenblick betrat Sandra die Küche, seine Mutter. Sie blinzelte verschlafen, knotete den Gürtel um ihren Morgenmantel und strich sich die Haare aus der Stirn. Dann lächelte sie. »Was ist denn mit dir los?«, fragte sie. »Sonst kommst du doch nie aus den Federn. Wohl aus dem Bett gefallen – oder hat mein Sohn etwa Lampenfieber?«

Wider besseren Wissens stritt Locke dies energisch ab und lenkte auf ein anderes Thema: das Frühstück. Angeblich hielt er es vor Hunger nicht mehr aus, und so machte ihm seine Mutter ein paar Brote, dick bestrichen mit Nutella. Er haute richtig rein.

»Hast du deine Tasche eigentlich gepackt?«, kam da die Frage seiner Mutter. Was sollte das jetzt? Patrick hatte all seine Klamotten natürlich schon am Abend vorher komplett in der großen Adidas-Tasche verstaut. Fußballschuhe inklusive. Als er die Töppen in der Hand hielt, waren ihm wieder einmal diese unglaublichen Schuhe von Stan Libuda eingefallen, mit denen er in Newcastle Tor auf Tor geschossen hatte. Manchmal wünschte sich Locke, der Stürmer, wieder solche Teile, wenigstens in Reserve… Aber die Libuda-Schuhe hatten sich ja unwiderruflich in England verabschiedet. Locke musste sich jetzt immer komplett auf seine eigenen Kräfte verlassen. Vom DFB sollte er übrigens heute eine komplett neue Ausstattung bekommen: Trainingsanzug, diverse Trikots, Laufschuhe und… und… und. Fast so wie bei einem Profi.

Locke biss in das zweite Nutellabrot. Seine Mutter verschwand im Badezimmer, sie wusste, ihr Sohn war ausreichend versorgt; als sie nach einer Viertelstunde vor ihm stand, fertig zur Abfahrt, wartete Locke schon auf sie – betont ruhig, wie er meinte. Die Tasche mit den Klamotten hielt er in der Hand.

Und seine Mutter lächelte ihm zum zweiten Mal an diesem Morgen zu.

Endlich, endlich war es jetzt also so weit. Kurze, aber herzliche Verabschiedung vom Vater, der ihm noch mit auf den Weg gab: »Glaub an dich und gib alles – dann schaffst du es!«, und dann ging es los, mit ihrem zwölf Jahre alten Suzuki über die A 42 nach Duisburg.

Auch für Eva war dieser Morgen ein ganz besonderer. Doch waren ihre Sorgen anderer Art, nämlich: Heimlich, still und leise hatte sie sich zu einem Casting angemeldet. Seit einiger Zeit gab es im privaten TV, bei RTL, einen Wettbewerb unter dem Titel »Deutschland sucht den Superstar«, und sie wollte probieren, ob sie es schaffen würde, dabei zugelassen zu werden. Der Wunsch hatte eine Vorgeschichte: Seit ungefähr einem Jahr probierte Eva ihre Stimme aus, und daraus war fast ein richtiges Training geworden; mit dem Resultat, dass ihre Stimme sich entwickelte und immer besser wurde. Und so hatte sie seit Monaten eigentlich nur einen großen Wunsch: Furchtbar gern würde sie mitmachen wollen bei den Jungs, bei den KICKING DEVILS! Aber irgendwie hatte sie sich nie getraut zu fragen, ob die Herren der Schöpfung sie in ihre Band aufnehmen würden... Ja, ab und zu hatte sie bei den Proben schon mal mitsingen dürfen, aber die echte Anerkennung war das eben nicht, und da niemand in der Band bisher so recht auf ihre Stimme reagierte, hatte sie sich etwas anderes überlegt. Sie besorgte sich für ihre PlayStation das Spiel »Singstar« – und wann immer sie Zeit hatte, stand sie daheim vor dem Fernseher und übte Songs ein. Das Lustige an dem Spiel war nämlich, dass man sich mit der so genannten Eye-Toy-Technik auch noch beim Trällern beobachten konnte.

Anfangs empfand sie die Aktion als etwas albern – aber mit der Zeit hatte sie durchaus Gefallen an der Arbeit mit dem Mikrofon gefunden. Ja, Arbeit war durchaus das richtige Wort: Nur Singen allein reichte irgendwie nicht, man musste sich auch gut bewegen können und irgendwie eine Show abziehen, wenn solch ein Auftritt wirklich beeindrucken sollte. Wie allerdings Locke auf ihre Absichten reagieren würde, wusste sie nicht so ganz genau...

Zufällig hatten sie also heute beide einen wichtigen Tag, Locke als Fußballer und sie als angehende Sängerin – vielleicht, wenn es mit dem Casting klappte...

Eva war daher ebenfalls früh aufgestanden.

Das übliche Ritual. Frühstück mit den Eltern. Vater verabschieden, der als Zahnarzt früh in die Praxis musste, und noch etwas mit Mutter plaudern. Sonst fuhr Eva nach dem Frühstück in die Schule, aber heute war alles anders. Der Unterricht war ausgefallen, da die Lehrer eine Fortbildung hatten. Gute Idee eigentlich – Lehrer sollten auch häufiger zur Schule gehen…

Betont beiläufig wollte Eva ihrer Mutter nun von dem bevorstehenden Casting erzählen. Sie hatte bisher darüber geschwiegen, um keine Diskussionen daheim heraufzubeschwören, vor allem wegen ihres Vaters, der, so glaubte sie, ihrem Vorhaben bestimmt nicht ohne Skepsis gegenüberstehen würde.

Sie rührte in ihrer Tasse herum und blickte dabei die Mutter an.

»Mama, ich werde heute mit der Straßenbahn nach Essen fahren.« Der Löffel klapperte. »Im ›Hotel Marriott‹ veranstaltet RTL ein Casting für zukünftige Sängerinnen und Sänger – und ich habe mich dort angemeldet. Ich… also ich will mal testen, wie gut ich bin.«

Evas Mutter hatte einige Male gehört, wie Eva geübt hatte – und ermunterte ihre Tochter! »Keine schlechte Idee«, rief sie, »dabei wirst du dann feststellen, ob du gut, schlecht oder ein neuer weiblicher Kübelböck bist.« Sie nickte Eva zu. »Fahr ruhig hin, du weißt ja, ich habe als Fünfzehnjährige mal an einem JE-KA-MI-Abend teilgenommen. Das war die Abkürzung für ›Jeder kann mitmachen!‹ Es fand in einer verrückten Diskothek an der Mosel statt – und ich habe einen sensationellen zweiten Platz mit einem Lied von Marianne Rosenberg gemacht. Talent solltest du demnach ausreichend haben.« Beide mussten lachen und Eva ging völlig entspannt in den Wettbewerb…

Bei Locke war dagegen große Anspannung zu spüren. Auf der Fahrt nach Duisburg sprach er kaum ein Wort. So kannte ihn seine Mutter eher nicht. Aber sie hatte natürlich Feingefühl genug, ihn an diesem Morgen nicht mit irgendwelchen Fragen zu seinem Gemütszustand zu löchern.

Die beiden brauchten nur eine knappe Stunde bis nach Duisburg-Wedau, was bei den Orientierungsproblemen seiner Mutter ein Wunder war. Nachdem sie die Rheinbrücke überquert hatten, standen sie vor der Sportschule.

Umständlich und etwas eckig wirkend, stieg Locke aus, angelte seine Tasche vom hinteren Sitz des Wagens und streckte seiner Mutter die Hand hin. »Tschüss, Mama.« Natürlich wäre seine Mutter gern mit ihm in das Gebäude hineingegangen, aber sie sprach das nicht aus – ihr Sohn Patrick hätte womöglich lauthals protestiert. So sagte sie nur: »Also Junge, mach uns keine Schande, schieß ein paar Tore im Training und zeige der Welt, dass die größten Talente immer noch aus Schalke kommen.«

»Ich werde mich bemühen«, fiel die Antwort kurz, knapp und etwas genervt aus. Und ohne sich nochmals nach seiner Mutter umzudrehen, betrat er forschen Schrittes die Sportschule. Das Abenteuer Nationalmannschaft konnte beginnen.

Am Empfang hing ein großes Plakat – der DFB freute sich, die Spieler der U15-Nationalmannschaft begrüßen zu können. Und darunter standen die Namen aller fünfundzwanzig Teilnehmer, die zu diesem Auswahltraining eingeladen worden waren.

Locke las sorgfältig alle Namen durch:

Nr. 01 Torwart Kevin Rott, FC Bayern München

Nr. 02 Torwart Sebastian Olf, SSV Ulm 1846

Nr. 03 Abwehr Hannes Balder, Lüner SV

Nr. 04 Abwehr Mike Rossbach, Hamburger SV

Nr. 05 Abwehr Micha Kühn, VfL Bochum

Nr. 06 Abwehr Peter Dietrichsen, Holstein Kiel

Nr. 07 Abwehr Ingo Dömpf, Dynamo Dresden

Nr. 08 Abwehr Hamit Üzly, Wattenscheid 09

Nr. 09 Abwehr Ole Stölzing, VfL Neumünster

Nr. 10 Mittelfeld Lukas Potborski, 1. FC Köln

Nr. 11 Mittelfeld Stephan Baler, 1. FC Kaiserslautern

Nr. 12 Mittelfeld Andreas Martin, 1860 München

Nr. 13 Mittelfeld Benny Möller, Hannover 96

Nr. 14 Mittelfeld Jörg Ahlers, Hertha BSC Berlin

Nr. 15 Mittelfeld Tim Sotters, Werder Bremen

Nr. 16 Stürmer Patrick Schubert, Blau-Weiß Gelsenkirchen

Nr. 17 Stürmer Erik Stössken, Tasmania 1900 Berlin

Nr. 18 Stürmer Heiko Erde, Borussia Dortmund

Nr. 19 Stürmer Ümitt Hassan, MSV Duisburg

Nr. 20 Stürmer Carsten Bönig, VfB Stuttgart

Nr. 21 Stürmer Tani Tanko, Eintracht Frankfurt

Nr. 22 Stürmer Ulf Stachovski, RW Essen

Nr. 23 Stürmer Steve Richter, FC Bayern München

Nr. 24 Stürmer Klaus Angler, FC Augsburg

Nr. 25 Torwart Olli Bott, Karlsruher SC

Patrick hatte gerade die letzte Zeile gelesen, als ein Mann, so um die vierzig, ebenfalls die Eingangshalle betrat. In einem klaren, bestimmten, aber irgendwie auch fröhlichen Tonfall stellte er sich vor: »Hallo, du bist aber aus dem Bett gefallen. Dreißig Minuten vor der Zeit schon hier – alle Achtung! Ich bin Detlef Stettler, dein Trainer in den nächsten Tagen. Und du bist Patrick Schubert, der gefürchtete Torjäger von Blau-Weiß Gelsenkirchen, stimmt's?«

Locke staunte. Obwohl er den Mann noch nie zuvor persönlich getroffen hatte, wusste der sofort, wer er war. Sein Trainer Kelter daheim musste ihm etwas verheimlicht haben – nämlich, dass dieser Stettler schon öfter bei ihren Blau-Weiß-Spielen zugeschaut hatte! Egal. Locke wusste natürlich auch etwas über Stettler… Der Mann war früher ein gefürchteter Torjäger bei Borussia Mönchengladbach gewesen. Er hatte es in seiner aktiven Laufbahn zu fünf Einsätzen in der Nationalmannschaft gebracht. Ein ganz Großer war er also nicht geworden. Aber man bescheinigte ihm ein Händchen für Talente, und deshalb hatte der DFB ihn in seinen Jugendtrainerkader übernommen.

So standen also die beiden beieinander und warteten auf die anderen Spieler und Trainer der U15-Nationalmannschaft. Sie sprachen naturgemäß über Fußball, und Stettler bedauerte mit einem kleinen Lächeln, dass Schalke abermals nicht deutscher Meister werden würde. Locke beschloss, nicht auf die Flachserei zu reagieren, und grinste nur verhalten.

In der etwas kalt wirkenden Empfangshalle, die als Schmuck lediglich einige große Schwarz-Weiß-Bilder von Fußballmannschaften hatte, trafen nach und nach die Spieler ein.

Manche kannten sich von anderen Trainingslehrgängen und früheren Spielen. Entsprechend vertraut begrüßten sich diese Aktiven. Die Neulinge des Kaders standen zunächst etwas verloren herum.

Stettler war jetzt in einer Ecke mit seinem Ko- und Konditionstrainer Hans Nowak sowie mit dem Physiotherapeuten Stefan Ochs zusammengetroffen. Die drei Herren unterhielten sich leicht belustigt über die letzten Ereignisse in der Fußball-Bundesliga. Und wieder fiel der Name Schalke… Endlich dann, Locke wurde langsam etwas ungeduldig, war es acht Uhr und alle waren beieinander. Stettler erhob die Stimme, um die Spieler zu begrüßen und die Zimmerverteilung vorzunehmen.

Locke war erleichtert, dass die ungemütliche Warterei ein Ende hatte; jetzt war er nur gespannt, mit wem er die nächsten Tage auf der Bude verbringen würde. Hoffentlich gab es keine böse Überraschung… Er nahm seine Tasche und warf sie sich über die Schulter.

Eva staunte nicht schlecht, als sie das »Marriott Hotel« in Essen erreicht hatte.

Vor dem Eingang stand eine Schlange von bestimmt achtzig Boys und Girls, so im Alter zwischen dreizehn und fünfzehn Jahren. Für zehn Uhr war das erste Casting angesetzt worden. Oh Mann, dachte sie – auf was habe ich mich denn hier eingelassen; das würde einige Zeit dauern, bis sie an der Reihe war... Sie ordnete sich pflichtgemäß ein und schaute auf die Uhr. Bis zum Beginn war es noch eine halbe Stunde Zeit, und jetzt wurde die Schlange auch hinter ihr unversehens länger und länger.

Sie beobachtete das allgemeine Getümmel vor dem Hotel. Um Himmels willen, was waren da für Typen dabei! Ein Mädchen, ungefähr einssechzig groß, mit einem bauchfreien Top und einer sehr modischen Jeans bekleidet, fiel ihr ins Auge. Die Arme brachte bestimmt an die achtzig Kilo auf die Waage. Ein Junge, der so etwa siebzehn Jahre alt sein mochte, trug eine Frisur, die Eva extrem an einen Besen erinnerte. Zu allem Überfluss hatte er die abstehenden Haare in allen Farben des Regenbogens gefärbt. So sehen also zukünftige Topstars aus, ging es ihr durch den Kopf. Sie selbst hatte sich eher zurückhaltend gekleidet. Sie trug eine schwarze Hose, ein weißes Shirt und darüber einen schwarzen Blazer. Dazu Turnschuhe von Adidas. Eine Spur elegant – aber auch nicht sehr auffällig.

Vor der Tür des Hotels standen drei kräftige Kerle, ganz in Schwarz gekleidet. Bodyguards der Spitzenklasse; man konnte durchaus Furcht vor diesen Männern entwickeln. Jetzt wurden Zettel verteilt, und jeder, der am Casting teilnehmen wollte, musste einen kleinen Fragebogen ausfüllen. Name, Alter, Größe, Gewicht, welchen Beruf man hatte, ob man noch zur Schule ging, was man lernte, welches Lied man singen wollte, welchen Star man besonders gut fand, ob man schon mal im Fernsehen war und, und, und... Eva füllte den Bogen an einem der bereitgestellten Stehtische aus und reichte ihn an eine Mitarbeiterin des Senders weiter. Jetzt müsse man warten, bis man aufgerufen wird, informierte die Dame die angehenden Superstars. Immerhin durften nun alle in das Foyer des riesigen, beeindruckenden Hotels, wo es Limonade und einige kleine Snacks gab. Nacheinander wurden die Teilnehmer in einen geschlossenen Saal neben der Halle gebeten – und dort spielte eine so genannte Fachjury Schicksal.

Die Jury, das war mitgeteilt worden, bestand aus einer sehr netten Radiomoderatorin, einem alternden Popstar und dem Boss einer großen Plattenfirma.

Eva sah ihrem Auftritt gespannt entgegen, aber auch mit einer gewissen inneren Gelassenheit. Was hatte sie schon zu verlieren? Wenn sie durchfiel mit Pauken und Trompeten, dann fiel sie eben durch. Dann war das Ganze eben mehr ein Spaß. Immer wieder kamen die »Prüflinge« aus dem Saal nebenan heraus; und schon im ersten Augenblick konnte man feststellen, ob ihr Auftritt von Erfolg gekrönt war, oder – was offensichtlich viel häufiger passierte – sie nach Hause geschickt wurden. Vielleicht mit so Empfehlungen wie: Lerne Schreiner oder werde Tankwart, aber belästige die Menschheit nicht mit deinem Gesang... Manch einer der verhinderten Popstars vergoss eine Träne der Enttäuschung. Andere dagegen reagierten wütend. »Was sich dieser Martin erlaubt«, erbosten sie sich, »ist eine Frechheit. Der macht einen richtig fertig!«

Gelegentlich verließen aber auch Leute den Saal, bei denen man das Gefühl hatte, die große Karriere habe bereits begonnen. Laute Schreie, geballte Fäuste, euphorische Rufe waren die Folge der Nachricht, sie dürften zum so genannten Re-call kommen. Das hieß nichts anderes, als dass sie sich zu einem bestimmten Datum, an einem noch zu bestimmenden Ort, nochmals zum Vorsingen einfinden durften. Große Hoffnungen auf ein supercooles Leben wurden geweckt…

Endlich, endlich gegen halb drei wurde Eva aufgerufen. In der Zwischenzeit hatte sie sich mit zwei Mädchen aus Bochum etwas angefreundet. Die beiden gingen genauso locker wie sie mit der Situation um. Einfach mal prüfen, was man so draufhat, war auch deren Motto. Susi und Babette nahmen Eva in den Arm und wünschten ihr freundschaftlich viel Glück für ihren Auftritt.

Eva betrat den lang gestreckten Saal und blickte sich um. Alles hier sah etwas kurios aus.

An der Stirnseite stand ein Tisch. Links daneben hing eine große Fahne des Senders, der die Show veranstaltete. Und auf der rechten Seite war eine etwas dümmlich wirkende Werbung einer Nuss-Nougat-Creme aufgestellt. Ausgerechnet diese mochte Eva überhaupt nicht. Woran man nicht so alles denkt, wenn man gerade auf dem Weg ist, eine Weltkarriere zu beginnen, schoss es ihr durch den Kopf. Sie musste innerlich grinsen.

Die Mitglieder der Jury thronten förmlich an ihrem erhöht aufgebauten Tisch; ein Kamerateam hatte auf einem Podest hinter dem Tisch Position bezogen. Der Vorsitzende der Jury, Steve Martin, hatte sie mit lauter, knarriger Stimme angesprochen.

»Hey, Kleine, sag uns mal, wie du heißt…« Eva fixierte den aalglatten Popstar, der für manchen Skandal, aber auch für so manchen Millionenhit bekannt war. Hits übrigens, die alle gleich klangen.

Leicht genervt über diese abschätzige Begrüßung erwiderte sie: »Aber das wissen Sie doch, Sie haben mich ja aufrufen lassen – und damit guten Tag. Ich bin die Eva.« Eigentlich war es nicht ihre Art, auf diese Weise zu kontern – aber dieser Steve Martin mit seinen einfältigen Popsongs hatte sie schon immer genervt, und jetzt auch noch dieses affige Gehabe.

Die Reaktion der beiden anderen hinter dem Tisch war beachtlich. Die lachten sich halb schief über die freche Bemerkung von Eva – und sogar über das Gesicht Martins zuckte ein etwas gequältes Grinsen.

Na, wenigstens über sich selber kann er sich amüsieren, wenn's auch schwer fällt, dachte Eva, und Martin hatte immerhin einen Pluspunkt bei ihr gemacht. Die Radiomoderatorin Sarah Kupfer begrüßte Eva jetzt noch einmal, und zwar sehr nett, und der Boss von der Plattenfirma – ein gewisser Gerhard Löwe – stellte sich mit wenigen Worten vor, wie es sich gehörte. Dabei lächelte er Eva an. »Selbstbewusst bist du ja«, bemerkte er, »wenn du jetzt auch noch singen kannst…«, und nickte ihr zu.

Eva musste nun ohne jede instrumentale Begleitung einen Song vorsingen. Sie hatte sich für »Torn« von Natalie Imbruglia entschieden. Diese wunderschöne Ballade war weltweit ein Top-Ten-Hit gewesen. Eva schluckte einmal kurz – und dann begann sie mit ihrem Vortrag. Es war plötzlich unglaublich still in diesem Saal und man meinte, außer der ausdrucksstarken Stimme, die den großen Raum völlig füllte, nur das warme Surren der Aufnahmekamera zu hören.

Die Juroren verzogen kaum eine Miene, aber Eva fühlte sich sicher und leicht. Nach nur zwei Minuten Vorsingen, in denen sie das Lied durch leicht wirbelnde Handbewegungen unterstrich, beendete sie ihre kleine Show. Kurzes Tuscheln hinter dem Tisch und dann die knappe, aber lächelnd vorgetragene Information von Steve Martin: »Wenn du willst und beim nächsten Mal ein wenig freundlicher zu mir bist, dann darfst du wieder kommen.« Eva antwortete ebenso knapp: »Und wenn Sie mich dann etwas netter begrüßen, dann komme ich auch gerne.« Martin reagierte nicht, stattdessen ergänzte Gerhard Löwe: »Du hörst dann wieder von uns«. Er lächelte.

Eva nickte kurz, drehte sich um und verließ den Ort ihres ersten großen Auftrittes wieder.

»Geschafft!«, rief sie den gespannt wartenden Mädchen aus Bochum zu. »Ich wünsche euch beiden viel Erfolg, und lasst euch nicht zu sehr von diesem Steve Martin beeindrucken. Der ist auch nur ein Mensch!« Die neuen Freundinnen verabschiedeten sich in der Hoffnung, sich beim Recall erneut zu treffen. Eva trat zufrieden und glücklich, aber keineswegs auf Wolke sieben schwebend, aus dem Hotel. Manchmal war Eva einfach zu vernünftig und fast zu erwachsen…

Bei Locke war alles nicht ganz so glatt gelaufen. Im Gegenteil. Die Verteilung der Zimmer hatte ergeben, dass er mit dem Sturmkollegen Erik Stössken von Tasmania 1900 Berlin die Bude teilen musste. Erik hatte schon fünf Spiele in der U15 für Deutschland absolviert und in diesen Begegnungen drei Tore erzielt. Stössken machte gleich eine blöde Bemerkung zu Patrick, als die beiden ihre Klamotten im Zimmer verstauten.

»Bist du nicht der, der nur wegen einiger merkwürdiger Tore in England mit atomverseuchten Schuhen zu uns in den Kader gekommen ist? Hör zu, Flocke oder Locke oder wie sie dich nennen – hier geht es nur mit echter Leistung und nicht mit Voodoozauber, klar?«

Locke zuckte zusammen. Mit Konkurrenz hatte er natürlich in der U15 gerechnet, aber mit einer solch unqualifizierten Begrüßung eher nicht. Eine rechte Antwort wollte ihm auf Anhieb auch nicht einfallen, deshalb schwieg er und schüttelte nur den Kopf.

Als alle ihre Zimmer bezogen hatten, mussten die Jungs zunächst einem normalen Schulunterricht – nur von einem leichten Mittagessen unterbrochen – folgen. Erik Stössken und Patrick, die Zimmerkollegen, hatten sich beim darauf folgenden Essen bewusst weit auseinander gesetzt. Eine Freundschaft fürs Leben schien das nicht zu werden.

Im Schulunterricht saß Locke neben Kevin Rott, dem Stammtorwart der U15. Kevin war ein ausgeglichener, sachlicher Junge. Genauso hütete er auch das Tor – ohne große Schau, aber sehr effektiv. Die beiden mochten sich auf Anhieb; sie verbrachten auch das Mittagessen am gleichen Tisch – und das, obwohl Locke als Schalke-Fan natürlich etwas skeptisch gegenüber Bayernspielern war, und Kevin spielte nun mal für Bayern München …

Als Kevin erfuhr, dass Patrick das Zimmer mit Erik teilen musste, sagte er voller Mitleid: »Schlimmer kann man es kaum erwischen. Erik ist ein mittelmäßiger Stürmer. Er lebt nur von seiner Kraft und seiner Kopfballstärke. Technisch hat er nicht viel drauf, und als Typ ist er mit einer gewissen Vorsicht zu genießen. Er will unbedingt mit Fußball viel Geld verdienen – und dafür geht er fast über Leichen. Eine echte Alternative zu ihm haben wir im Sturm aber bislang noch nicht gefunden.« Er grinste. »Also, Herr Schubert, strengen Sie sich an, damit er Feuer unter dem Hintern bekommt!« Damit war es für Locke absolut klar, dass Erik sein größter Konkurrent in der U15 werden würde.

Der Unterricht war um zwei Uhr beendet, und eine halbe Stunde später sollten sich alle zum ersten Training auf Platz eins der Sportschule einfinden.

Endlich Fußball, dachte Locke …

Die Trillerpfeife von Kotrainer Hans Nowak war so laut, dass einem fast das Trommelfell platzte.

Da stand nun Locke mit zwei Dutzend anderer hoffnungsvoller Fußballer auf dem Platz in Duisburg und brannte darauf zu zeigen, was er konnte. Ein wunderbar gepflegter Rasenplatz wartete hier auf die Spieler – etwas anderes als der blöde Aschenplatz am heimischen Schürenkamp.

Locke war heiß auf den Ball. Und was machte dieser Nowak? Er pfiff erneut, und die U15-Nationalspieler, einheitlich in graue Trainingsanzüge gesteckt, hörten die Anweisungen von Hans Eisenhart – wie er heimlich von den gestandenen Mitgliedern des Teams genannt wurde. »Zunächst, meine Herren, wollen wir testen, wie es mit den Grundlagen aussieht«, ging es los, »ein kleiner Aufgalopp rund um den Platz bitte, und alle schön beieinander bleiben.« Der kleine Aufgalopp dauerte fast eine dreiviertel Stunde.

Herr Nowak hatte sich zwischendurch die eine oder andere Bewegungsübung einfallen lassen. Fußball und Laufen und dazu auch noch Gymnastik – für die meisten Spieler gehörte das irgendwie nicht zusammen. Aber klar, hier gab es keinen Widerspruch und jeder versuchte, sein Pensum so eindrucksvoll wie möglich zu absolvieren.

Endlich wurden die Bälle aus den großen Netzen geholt und verteilt. Jeder versuchte nun zu zeigen, wie gut er mit der Kugel umgehen konnte.

Nowak schaute sich das interessiert an und gab lediglich die Anweisung aus, nun mit dem Ball etwas zu jonglieren. Cheftrainer Stettler war zwischenzeitlich zu der Gruppe gestoßen und unterbrach nach etwa zehn Minuten die Beschäftigung mit dem Ball. »Sieht ja alles ganz ordentlich aus«, nickte er, »aber nun wollen wir mal etwas intensiver werden. Das kennt ihr ja: Bitte Gruppen zu je sechs Spielern bilden – und dann bitte vier gegen zwei im Kreis. Wer den Ball nicht halten kann, sodass ein Spieler aus der Mitte mit dem Leder in Berührung kommt, der muss für diesen in den Kreis.«

Ein beliebtes Spielchen seit den Urzeiten des Fußballs, wusste Locke. Ballsicherheit, Schnelligkeit – das waren die Voraussetzungen, um nicht ständig in der Mitte stehen zu müssen. Ein Spiel, das er eigentlich sehr mochte – aber er kam mit Erik in eine Gruppe und musste zusammen mit Andreas Martin von München 60 zunächst in die Mitte. Es dauerte nur fünf oder sechs Ballkontakte und dann machte Erik schon den ersten Fehler gegen Patrick. Der Ball sprang ihm vom Fuß, Locke spritzte dazwischen und Stössken musste unter dem Gelächter der anderen in die Mitte. Grimmig bezog der Berliner den Innenkreis, um gleich bei nächster Gelegenheit mit gestrecktem Fuß auf Locke zuzurasen; er traf zwar nicht den Ball, aber dafür das Schienbein des Stürmers aus Gelsenkirchen.

Patrick blieb erschrocken liegen und maulte Erik an: »Bist du bescheuert, willst du mir gleich das Bein brechen?« Stettler hatte die Situation beobachtet. »Gemach, gemach«, rief er dazwischen, »ich brauche euch alle noch einige Tage. Erik, bei aller Einsatzfreude – du solltest nicht die eigenen Leute platt machen!«

Locke hatte Glück gehabt, ein blauer Fleck, mehr würde von dieser Aktion nicht übrig bleiben. Aber ihm war jetzt endgültig klar, dass Stössken mit allen Mitteln um seinen Platz in der U15 kämpfen würde.

Die erste Trainingseinheit umfasste noch ein intensives Torschusstraining und einige Spielsituationen wie das Umschalten von Abwehr auf Angriff. Erik und Locke gingen sich dabei geflissentlich aus dem Wege. Zum Abschluss sollte es noch ein kleines Trainingsspiel über zweimal zehn Minuten geben. Heiko Erde vom BVB und Erik Stössken sollten in der so genannten A-Elf den Sturm bilden und Locke sollte zusammen mit Steve Richter von Bayern München in der B-Elf die Sturmspitzen abgeben. Die A-Elf streifte sich gelbe Leibchen über und die Jungs der B-Mannschaft – meist aus den neuen Spielern im Kader gebildet – bekamen blaue. Trainer Stettler übernahm die Rolle des Schiedsrichters, und das Spiel konnte beginnen.

Gelb war natürlich etwas eingespielter, und deshalb dauerte es auch nur drei Minuten, bis Heiko Erde das 1:0 nach einer feinen Einzelleistung erzielen konnte. Anerkennender Beifall von beiden Mannschaften war die Reaktion.

Die neuen Mitglieder der U15 bekamen zunächst einmal kein Bein auf den Boden und Locke hatte nach geschlagenen sieben Minuten nicht einen einzigen Ballkontakt gehabt. Die Laufwege stimmten einfach nicht, er und Steve standen sich ständig im Weg, und die Mittelfeldspieler hatten auch keine rechte Idee, wie sie die Stürmer in Aktion bringen konnten. Die Abwehr hatte dagegen reichlich Mühe, sich gegen das flinke Spiel der Gelben zu formieren.

In der achten Minute dann das 2:0 für die erfahreneren Spieler. Schöne Flanke aus der rechten Außenposition vom Kieler Dietrichsen, und ausgerechnet Erik musste nur noch den Kopf hinhalten und der Treffer war perfekt. Sebastian Olf, der Torwart Nummer zwei im Team, hatte keine Chance. Kevin Rott, die unumstrittene Nummer eins und neuer Freund von Locke, stand im Tor und langweilte sich. Zwei, drei lange Bälle musste er abfangen, und das war's schon.

Kurz vor Ende der ersten zehn Minuten kam der Ball – wenn auch eher zufällig – zu Patrick. Er schaute, ob sich ein

Mitspieler anbieten würde, aber rund vierzig Meter vor dem Tor von Kevin waren alle Mitspieler perfekt gedeckt. »Versuch es doch mal auf eigene Faust«, ermunterte ihn Schiedsrichter und Trainer Stettler vom Rand des Feldes. Gesagt, umgesetzt. Locke machte Dampf.

Ole Stölzing aus der A-Elf kam ihm entgegen. Schöne Körpertäuschung – und Patrick war vorbei. Noch dreißig Meter bis zum Tor, aber keiner seiner B-Kollegen war anspielbereit. Dann ziehe ich einfach mal ab, durchzuckte es ihn. Und der Schuss war wirklich nicht von schlechten Eltern. Halbhoch zischte der Ball auf die linke Ecke des Tors zu. Wie ein Panter war Kevin Rott losgeflogen – und tatsächlich lenkte er den Ball noch mit den Fingerspitzen um den Pfosten. Eine tolle Parade! Wieder klatschten alle Spieler und Beobachter. Ein wenig galt der Applaus aber auch der Aktion von Patrick Schubert; immerhin konnte er einmal die Blicke in diesem Trainingsspiel auf sich ziehen.

Es passierte nicht mehr viel in diesem Match, es blieb beim 2:0 für die A-Elf. Nach rund zweieinhalb Stunden war das erste Training von Patrick Schubert als Mitglied der U15-Nationalelf damit beendet. Kevin Rott raunte ihm kurz zu: »Danke für den einen Schuss, Locke, sonst wäre ich fast eingeschlafen.« Aber das war auch die einzige Reaktion nach diesem Trainingstag. Stettler merkte noch an: »Wir sehen uns nach dem Abendessen im Aufenthaltsraum!«, und dann trollten sich alle zu den Duschen.

Der Abend verlief bei Eva nicht sonderlich aufregend. Sie hatte ihre Eltern kurz und knapp über den Tag in Essen unterrichtet und ihr Vater hatte, wie erwartet, nur sanften Spott zur Hand. »Zahnarzttochter aus Gelsenkirchen Nummer eins in der Hitparade. Das wäre doch mal eine Schlagzeile! Darauf hat die Welt gewartet!«

Eva lächelte etwas gequält. »Das ist nicht mein Ding!«, presste sie hervor. »Ich will doch eigentlich nur ausprobieren, ob …« Aber sie brach ab. Ihr Vater war eben eher konservativ eingestellt. Ein sehr korrekter Mensch, der mit dem Popgeschäft nicht viel anzufangen wusste. Ihre Mutter dagegen zwinkerte ihr verschwörerisch zu und lächelte. Eva fühlte sich verstanden.

Endlich, gegen halb acht, nach dem Abendessen, meldete sich der hörbar gestresste Locke auf ihrem Handy und berichtete kurz angebunden über seinen ersten Trainingstag bei der U15-Nationalmannschaft. Eva erzählte ihm nichts von ihrem Showauftritt – Patrick würde es noch früh genug erfahren und darüber meckern. Er war kein großer Fan der Castingshows im Fernsehen, er vertrat die Meinung, dass echte Popstars aus dem Keller kommen und nicht aus dem TV-Studio.

Nur knapp fünf Minuten hatte er zum Reden.

»Du musst wissen«, beendete er das Gespräch, »hier ist die Zeit unglaublich genau eingeteilt und gleich treffen wir uns alle im Aufenthaltsraum; da muss man pünktlich sein. Tschüss, sei lieb – ich rufe morgen wieder an.«

Locke fand auch noch jeweils eine Minute Zeit, um seine Eltern und seinen Kumpel Matz zu informieren, wie der erste Tag abgelaufen war, aber dann galt es schon wieder, zum Kader zu stoßen. Stettler war in Sachen Pünktlichkeit unglaublich pingelig.

Die Spieler versammelten sich im Aufenthaltsraum, der zwar nüchtern eingerichtet war – lange Tische, normale Bürostühle –, aber an den Wänden Bilder hatte, die die Jungs voller Ehrfurcht anschauten. Die Fotos ehemaliger U15-Nationalspieler hingen dort eingerahmt, alles Leute, die später »echte« Nationalspieler geworden waren. Und da konnte man nur feststellen, dass hier in Duisburg wirklich Fußballgeschichte begonnen hatte…

Unglaublich, welchen Lärm fünfundzwanzig Fußballer erzeugen können; sie alberten kräftig herum, und meist ging es dabei um die jeweiligen Bundesligamannschaften, aus denen die Spieler stammten. Locke – wie auch einige andere, die aus kleinen Vereinen kamen – konnte sich relativ neutral verhalten, wobei er keinen Hehl aus seiner Vorliebe für Schalke 04 machte. Meister der Herzen, Meister der Romantik, Vizemeister – so wurde er angemacht, und Locke konterte: »Wartet mal ab, wir können auch Meister der Rache sein!«

Kevin Rott lachte laut auf. »Du kannst doch keiner Fliege etwas tun«, meinte er, was Stössken das Stichwort gab. »Und so spielst du auch Fußball – eher wie ein Mädchen«, rief er in die Diskussion. Im gleichen Augenblick betrat der Trainerstab den Raum, und es kehrte Ruhe ein.

Detlef Stettler ergriff sofort das Wort. »Meine Herren«, begann er, »es ging heute alles etwas hopplahopp… die kurze Begrüßung heute Morgen, der Schulunterricht und dann das Training. Den heutigen ersten Abend möchte ich dazu nutzen, euch einiges über meine Fußballphilosophie zu erklären.« Die Jungs, vor allem die Neuen im Kader, hörten aufmerksam zu. »Erstens: Disziplin ist für mich das Wichtigste, auf und neben dem Platz. Zweitens gibt es feste Regeln, von denen ich nicht abweichen werde: Die Mannschaft steht im Vordergrund – und jeder von euch ist ein wichtiger Teil davon. Wer dem Ganzen schadet, den kann ich nicht gebrauchen. Und drittens, ganz im Klartext: Bei mir wird kein Nikotin oder Alkohol geduldet; erwische ich einen von euch mit einer Zigarette oder einer Dose Bier, dann fliegt er aus dem Team.« Er machte eine Pause und schaute in die Runde, dann lächelte er. »Auf der anderen

Seite möchte ich mit euch zusammen Spaß am Fußball haben. Traut euch etwas, seid risikobereit! Und Lachen ist bei mir ausdrücklich erlaubt, aber: Einer muss für den anderen da sein.« Die Jungs nickten zustimmend.

»Wir werden hier in den nächsten Tagen hart arbeiten«, fuhr Stettler fort, »und die neuen Spieler etwas besser kennen lernen. Leider werden wir dann unseren Kader für das Spiel gegen Portugal auf achtzehn Spieler verringern müssen, aber jeder hat die gleiche Chance, sich dafür zu qualifizieren. Alles Weitere dann auf dem Platz. Denn wie heißt eine alte, aber richtige Fußballweisheit? – Die Wahrheit liegt nur auf dem Platz.«

Danach wurden noch der Kotrainer und der Physiotherapeut etwas ausführlicher vorgestellt, und die gesamte Veranstaltung endete gegen zehn mit der klaren Anweisung: Bettruhe.

Erik und Locke verzogen sich auf ihr Zimmer – aber ein Gespräch kam zwischen den beiden einfach nicht in Gang. Beide waren vom ersten Trainingstag auch ziemlich erschöpft, und weil es den anderen in ihren Zimmern offenbar nicht anders ging, herrschte in der Sportschule Duisburg-Wedau bald eine himmlische Ruhe.

Für Lockes besten Freund Matz war die Zeit ohne seinen Kumpel fast die Hölle.

Kein ordentliches Training derzeit bei Blau-Weiß. Die KICKING DEVILS versuchten zu dritt, den Probenbetrieb einigermaßen aufrechtzuhalten – die Band hatte erstmals einige Anfragen für Auftritte in Jugendheimen bekommen! –, aber irgendwie war alles ein wenig öde. Obendrein hatten die Jungs noch immer ihre Probleme mit dem Stimmbruch. Alle bemühten sich zwar, aber irgendwie war keiner von ihnen wirklich in der Lage, so etwas wie einen guten Sänger darzustellen. Blöde Situation, da will man in größeren Sälen auftreten, aber keiner in der Band hat das Zeug zu Jon Bon Jovi oder so. Was sollte da nur aus der Gruppe werden?

Eine überraschende Abwechslung lag dann plötzlich bei Matz auf dem Tisch. Ebenfalls ein Brief – und es war auch ein Fußballbrief, der Matz völlig aus dem Gleichgewicht brachte. Post aus Istanbul. Vom türkischen Fußballverband. Unglaublich! Ein Traum! Konnte das wahr sein? Eben war sein bester Freund in die deutsche Mannschaft gekommen und jetzt er in die türkische … Das klang wie Seifenoper. Aber hier stand es: Matz hatte eine Einladung zum Training bei der türkischen U15-Nationalmannschaft erhalten. Bis in den türkischen Jugendfußballverband hatte sich sein Talent als Rechtsaußen herumgesprochen! Was aber kein Wunder war, denn im Ruhrgebiet spielten Tausende türkischer Jugendliche in den Vereinen, und in Dortmund – wusste Matz – hatte ein ehemaliger türkischer Profi extra ein Kontaktbüro eingerichtet: Von dort meldete er neu entdeckte Talente in die Türkei!

Mittwoch, der 16. Mai, in Istanbul! Für Matz ein historisches Datum! Er brannte darauf, Locke über diese Neuigkeit zu informieren, aber jetzt war es früher Nachmittag, und leider konnte er seinen Freund in Duisburg während des Trainings nicht einfach anrufen …

Locke hatte auch den Schulunterricht des zweiten Tags in Duisburg gut überlebt. Der Lehrer des DFB machte seine Sache ziemlich cool, er vermochte es, den Unterricht echt abwechslungsreich zu gestalten. Aber trotzdem standen die Schüler unter Strom. Sie wollten natürlich in erster Linie auf dem Fußballplatz ihr Können zeigen. Tag zwei des Trainings begann wie gehabt. Diverse Konditionseinheiten wurden durchgeführt, Koordinationsübungen und natürlich Balltraining standen auf dem Programm. Zum Abschluss bat dann Stettler wieder zu einem kleinen Spielchen, wie er das nannte; nur sollte es diesmal über zweimal fünfzehn Minuten gehen.

Patrick trat wieder im B-Team an. Steve Richter von Bayern München spielte erneut neben ihm als zweite Sturmspitze. Stössken wurde in der A-Mannschaft eingesetzt, zusammen mit Heiko Erde von Borussia Dortmund. Die ersten fünf Minuten gehörten, wie am Vortag, der A-Elf, und nur Olli Bott vom KSC, der diesmal im Tor der B-Elf spielte, war es zu verdanken, dass es noch 0:0 hieß.

Am Spielfeldrand standen heute so um die fünfzig Leute. Locke hatte keine Ahnung, wer das alles war – aber die Männer machten zumeist einen ungeheuer wichtigen Eindruck, was sie auch durch ihre Kleidung unterstrichen. Fast alle trugen sehr moderne Anzüge von BOSS und so… und einige hatten sogar Krawatten umgebunden. Komisches Outfit für Fußballfans, dachte Locke noch. Aber dann musste er sich komplett auf das Spiel konzentrieren.

Steve und er hatten sich heute Vormittag in der großen Pause ausführlich unterhalten – und als ob es geholfen hätte: Die zwei standen sich längst nicht so oft im Weg wie gestern noch. Andreas Martin zog im Mittelfeld schon ganz ordentlich die Fäden – und nach sieben Minuten Spielzeit konnte er Steve Richter schön freispielen, aber der verzog aus dreizehn Metern nur knapp. Kevin Rott war noch gerade so mit den Fingerspitzen am Ball gewesen, und deshalb gab Stettler natürlich Ecke. Erik Stössken war zur Absicherung mit nach hinten gekommen; so standen sich Locke und Erik jetzt als direkte Gegenspieler gegenüber. Benny Möller aus Hannover trat die Ecke mit viel Schnitt in den Sechzehnmeterraum. Locke sah, dass der Ball sich prima vom Tor wegdrehte – und so etwa am Elfmeterpunkt runterkommen würde. Mit Anlauf von der Sechzehnmeterlinie lief Locke auf den Ball zu, Stössken hatte das Tempo seines Kontrahenten Patrick Schubert völlig unterschätzt und verlor das Sprintduell deutlich. Locke stieg hoch und wuchtete per Kopf das Leder halbhoch in die rechte Torecke. Kevin Rott versuchte zu retten, was nicht mehr zu retten war. Er flog los – aber im gleichen Moment wusste er, dass es vergeblich war. Als er auf dem Boden landete, lag der Ball unter dem Jubel der B-Spieler im Netz. Stettler ließ ein knappes und anerkennendes »Schönes Tor, Locke!« hören, um dann fortzufahren: »Erik, nicht einschlafen bei solchen Aktionen.« Was Locke nicht sehen konnte, war, dass Erik Stössken ihm einen vernichtenden Blick zuwarf.

Nach dieser Aktion verflachte das Match deutlich; beide Mannschaften waren von den Trainingseinheiten von gestern und heute doch etwas erschöpft, und so pfiff Stettler nach insgesamt dreißig Minuten ab – ohne dass sich am Ergebnis etwas verändert hatte. Die letzte Anweisung von Stettler auf dem Trainingsgelände hieß: »Wir sehen uns nach dem Abendessen im Aufenthaltsraum zur Taktikschulung!«, und dann schlurften die Fußballhoffnungen Deutschlands in Richtung Umkleidekabine.

Auf dem Weg dahin wurde Patrick plötzlich von einem der gut gekleideten Typen am Spielfeldrand angesprochen. »Hücklein mein Name. Patrick, haben Sie in den nächsten Tagen mal Zeit für ein Gespräch mit mir? Hier meine Karte. Bitte rufen Sie mich unbedingt an.«

Locke war mehr als erstaunt. Erstens, weil er per »Sie« angesprochen wurde, und zweitens über die Karte, die er in den Händen hielt. Auf der war zu lesen:

JIMMY HÜCKLEIN
INTERNATIONALER SPIELERVERMITTLER
ROSENSTR. 90
44114 DÜSSELDORF
TELEFON ...
E-Mail Jimmy@fussballvermittlung.de
HANDY ...

Patrick schaute nochmals hoch, aber der Mann war schon
verschwunden. Was will der denn von mir?, dachte Locke.
Aber lange hatte er keine Zeit, darüber nachzudenken –
denn Erik war an ihn herangetreten und starrte ihn an.
»Spiel nicht so link«, zischte er, »du hast mich doch klar weg-
gestoßen, als du dein Glückstor gemacht hast. Aber Vorsicht, beim nächsten Mal schlage ich zurück!« Locke war
mehr als erstaunt, denn seine Aktion war zu hundert Prozent regelgerecht gewesen. Erik lief nach dieser Bemerkung
schnell weiter und verschwand im Kabinentrakt. »Blöd-
mann!«, raunte Locke ihm noch nach. Aber Stössken hörte
das schon nicht mehr.

Eva legte den Telefonhörer auf. Sie sehnte sich an diesem Abend total nach Patrick. Irgendwie war alles langwei-
liger als sonst – auch wenn sie heute noch bei den restlichen
KICKING DEVILS im Keller des Pfarrheims vorbeischauen
wollte ... Proben waren angesagt, und natürlich verstand
sie sich mit den besten Freunden von Patrick ausgezeichnet. Drummer Ben, Tastenzauberer Thomas und Matz als
der verbliebene Gitarrist hatten sich für halb acht verabredet.
    Aber eben hatte das Telefon geklingelt. Locke war dran,
und wieder war er unter Zeitdruck; es reichte nur zu einem
kurzen Gespräch. Er erzählte von dem positiven Eindruck

beim Spielchen am Nachmittag – den bescheuerten Erik, von dem er gestern schon kurz berichtet hatte, erwähnte er diesmal mit keinem Wort. Und dann musste er schon wieder Schluss machen.

Wenn das Gespräch auch kurz gewesen war: Es hatte Evas Laune etwas aufgebessert. So verließ sie das Haus und ging zum Gemeindezentrum der evangelischen Kirche.

Matz begrüßte Eva auf seine bekannt ruppige, lustige Art. »Na, du Witwe – wie läuft es so ohne Mann?« Eva schaute ihn etwas schief an und entgegnete: »Lieber Witwe als von dir angemacht werden.« Aber beide mussten nach dieser Begrüßung herzhaft lachen.

»Du, Eva«, sagte Matz dann ohne Übergang, »stell dir vor, ich werde deinen Locke vielleicht bald auf internationaler Ebene treffen.«

Natürlich wusste Eva nicht, was Matz meinte. »Wie soll ich das denn verstehen?«, fragte sie nach.

Matz erzählte also von seiner Berufung in die Türkei – und Eva fiel ihm um den Hals, so sehr freute sie sich für Patricks Freund. Ben und Thomas, die zwischenzeitlich eingetroffen waren, jubelten ebenfalls total begeistert.

»Jetzt haben wir bald eine ganze Weltauswahl bei Blau-Weiß«, meinte Ben trocken, »das ist gut für den Wettbewerb im Verein.« Und das war nun das Stichwort für Eva, sich den Freunden zu offenbaren. »Jungs, ich habe etwas Verwerfliches gemacht«, sagte sie.

Thomas warf ein: »Du liebst Locke nicht mehr und hast einen neuen Freund.«

Eva grinste nur kurz und schüttelte den Kopf. »Das wärst wohl gerne du, aber nein, es ist viel schlimmer.«

Matz konnte nicht anders und rief vorlaut: »Du heiratest deinen Lehrer.«

Eva lächelte und ließ die Bombe platzen. »Ich war beim

Casting zum ›Superstar‹ in Essen – und bin eine Runde weiter! Da staunt ihr, was?«

So war es. Die drei Freunde staunten – und sprachen wie aus einem Mund: »Beim Casting, bei diesem blöden Martin? Das geht doch gar nicht!«

»Ich wollte das einfach mal ausprobieren und rausfinden, wie andere über meine Stimme denken«, erklärte Eva. »Bei euch darf ich doch höchstens nur mitsummen.«

»Okay, das werden wir ändern«, sprach Matz fast feierlich. »Wir werden jetzt ›Die perfekte Welle‹ von ›Juli‹ einstudieren – und du singst den Song. Du hast den Text hoffentlich drauf?«

»Klar!«, entgegnete Eva, und ihre Augen leuchteten. Sie war total begeistert, und die KICKING DEVILS übten an diesem Abend den ersten Titel mit ihr ein. Es war so, als ob Eva schon immer zur Band gehört hätte. Und es dauerte keine zwei Stunden, bis der Song so klang, als ob »Juli« persönlich im Pfarrheim Gelsenkirchen spielen würden. Für die drei anwesenden Bandmitglieder war der Fall klar – Eva sollte noch mehr Lieder einstudieren: Die Band hatte von nun an die perfekte Frontfigur. Wenn das Locke in Duisburg erfährt… Eva war sich nicht sicher, ob ihr Freund positiv auf die Überraschung reagieren würde.

Das Abendessen in Duisburg-Wedau konnte sich sehen lassen. Die Mannschaft hatte eine klare Brühe mit Nudeln bekommen und anschließend gab es Lachs mit Spinat und Kartoffeln. Locke war es zunächst etwas unbehaglich bei dem Gedanken, Fisch essen zu müssen, denn er lehnte Meeresgetier in jeder Form kategorisch ab, aber erstaunlicherweise hatte es ihm dann doch sehr gut geschmeckt. Und nach dem harten Trainingstag war einfach großer Hunger angesagt. Auch die Erdbeeren, die es zum Nachtisch gab, schmeckten ausgezeichnet. Es wäre alles wunderbar gewesen, wenn dieser Erik nicht andauernd feindselig zu seinem Tisch herübergeschaut hätte.

Patrick hatte mit Kevin über den kleinen Zwischenfall nach dem Training gesprochen, aber der meinte nur, am besten sei es, nicht auf diese plumpen Provokationen zu reagieren. »Soll ich nicht mal mit dem Trainer darüber reden?«, bohrte Locke nach. Aber der Bayern-Schlussmann meinte, dass bislang ja nichts passiert sei, weshalb er Stettler auf die Pelle rücken müsste. »Patrick«, sagte er, »lass es noch laufen; vielleicht besinnt sich der Typ ja von alleine.«

Damit war das Thema zunächst beendet, und Patrick hatte sich auch von dem Gedanken verabschiedet, beim Trainer nach einem anderen Zimmer, mit einem anderen Mitbewohner zu fragen. Aber er glaubte nicht, dass Erik sein Verhalten ihm gegenüber ändern würde. Augen zu und durch, dachte Locke deshalb. Den schaffst du auch noch.

Bei der Taktikschulung nach dem Essen hörten die Spieler den beiden Trainern gespannt zu; man würde im klassischen Vier-vier-zwei-System spielen, wurde den fünfundzwanzig U15-Leuten erklärt. Mit klar ausgerichteten offensiven Spielern.

Gegen acht war die Veranstaltung beendet und die Trainer gaben den Spielern großzügig zwei Stunden Freizeit. Das Angebot wurde erfreut angenommen – allerdings nutzte niemand die Möglichkeit, einmal nach draußen in die Stadt zu gehen und ein bisschen zu bummeln. Müde, wie die Kadermitglieder nun mal waren, rafften sie sich höchstens noch zu dem einen oder anderen Gespräch auf oder spielten eine Runde am Kicker, aber das war's dann auch schon. Pünktlich um zehn wurde Schlafengehen ausgerufen.

Locke graute etwas vor dem Zusammensein mit Erik – aber er hatte beschlossen, einfach zurückhaltend und freundlich zu seinem Sturmkollegen zu sein. Doch wie sich zeigte, änderte das nichts. Erik schwieg ihn einfach eisern an, und so gingen sie beide ohne ein Wort zu Bett, um von möglichen großen Taten in der U15-Nationalmannschaft zu träumen.

Der Donnerstag begann für Eva mit dem schönen Gefühl, gestern einen perfekten Abend erlebt zu haben. Ihr heimlicher Wunsch, bei den KICKING DEVILS mitmachen zu können, hatte sich erfüllt – nur ausgerechnet Locke wusste noch nichts davon. Wie würde er reagieren? Als sie mit ihrem Vater beim Frühstück darüber sprach, gab er ihr den väterlichsten aller väterlichen Ratschläge: »Männer, liebe Eva«, sagte er, »wollen manchmal unter sich sein. Bringe deinem Patrick das mit der Bandmitgliedschaft lieber ganz schonend bei, sonst staunst du vielleicht, wie der Liebste auf eine derartige News reagiert…«

Mit diesen Worten drückte er seiner Tochter einen kleinen Abschiedskuss auf die Wange und entschwand in seine Zahnarztpraxis.

Evas Mutter sah die Angelegenheit weniger problematisch. »Er mag dich doch«, versuchte sie Eva zu beruhigen, »also wird er dich auch als Bandmitglied akzeptieren.«

Eva nickte. Jetzt stand zunächst einmal die Schule auf dem Tagesprogramm, Locke war noch für einige Tage in der Sportschule in Duisburg gefangen – und überhaupt: Wieso sollte Locke etwas dagegen haben, dass sie in der Band mitmachte! Auch würde es noch ausreichend Gelegenheit geben, ihm das schonend beizubringen.

Bei Patrick lief der Donnerstag wie vordem ab: Um sieben Uhr Wecken, dann Frühstück, Schule, Mittagessen – und gegen halb drei ging es, wie an den Tagen zuvor, auf den Fußballplatz.

Stettler eröffnete das Training diesmal mit einer kleinen Ansprache: »Jungs, wie ihr seht, lungern hier am Spielfeldrand immer einige Herren herum, die sich Spielervermittler, Manager und so nennen. Lasst euch von denen keinen Floh ins Ohr setzen. Einige von ihnen sind seriös – die meisten sollten aber mit einer gewissen Vorsicht genossen werden. Man weiß nicht genau, in wessen Hände man gerät.« Er sah die Jungen an. »Wenn ich könnte«, sagte er eindringlich, »würde ich die Herren vom Platz schmeißen lassen. Euch sollte es zunächst nur und wirklich *nur* um den Fußball gehen. Und wer wirklich was drauf hat, wird eines Tages mit seinen Künsten auch Geld verdienen können. Klar?« Beifälliges Gemurmel war die Antwort. Und schon rannte die Truppe los – wie eine Herde junger Pferde.

Voller Eifer wurde die Trainingseinheit heute absolviert; man konnte spüren, dass der Tag der Entscheidung – die Reduzierung des Kaders – näher rückte … Jeder wollte natürlich beim Länderspiel gegen Portugal dabei sein und jeder gab sein Letztes.

Höhepunkt war auch heute wieder das »Spielchen« – diesmal schon über zweimal fünfundzwanzig Minuten angesetzt. Für den morgigen Freitag war übrigens – so hatte Stettler noch mitgeteilt – ein Testspiel gegen die B-Jugend des MSV Duisburg geplant, und alle im Kader wollten natürlich heute auf sich aufmerksam machen, um anschließend möglichst in die Anfangself gegen die Duisburger zu kommen. Locke machte sich keinerlei Illusionen, dass er das schaffen könnte, und die Verteilung der Trainingshemden gab ihm Recht. Er bekam ein blaues – und war damit in der »Zweitmannschaft«. Das störte ihn aber nicht besonders, sein Ziel war zunächst einmal eindeutig, den Sprung unter die achtzehn Spieler in das Aufgebot gegen Portugal zu schaffen. Erst mal auf die Bank – und dann würde seine Chance schon kommen!

Die Gelben wollten das überraschende 0:1 von gestern schnell vergessen machen, und ehe die Blauen sich versahen, führten die Stammspieler mit 3:0. Ein Spiel wie ein Gewitter für Lockes Mannschaft. Der Blitz schlug innerhalb der ersten acht Minuten dreimal ein – und Heiko Erde vom BVB war zweifacher Torschütze. Hannes Balder, der Abwehrspieler vom Lüner SV, hatte zwischendurch getroffen und Sebastian Olf, der Torwart Nummer zwei der U15, hatte sogar noch zwei Schüsse gehalten. Erik, die zweite Sturmspitze neben Heiko, war allerdings blass geblieben. Der Mann von Tasmania 1900 Berlin war eher hüftsteif: nicht unbedingt ein Vorteil für einen Stürmer! Patrick hatte Probleme. Er traute sich in der ersten Phase des Spiels absolut nicht, auf sich aufmerksam zu machen. Er forderte den Ball nicht und wurde daher auch kaum einmal angespielt. Er fühlte sich ziemlich unwohl.

Kevin Rott stand auf der anderen Seite des Platzes und hatte sich bisher gelangweilt. Das sollte sich aber in Minute zwölf ändern. Endlich mal ein schöner Pass von Andreas Martin, und Patrick konnte sich beinahe spielerisch leicht von seinem Gegenpart Peter Dietrichsen lösen. Er lief ganz alleine auf das Tor seines Kumpels Kevin zu. Noch zwei, drei Schritte bis zum Elfmeterpunkt – Patrick schaute kurz hoch und konnte aus den Augenwinkeln erkennen, dass Kevin auf ihn zustürzte. Kurze Körpertäuschung – Kevin flog ins Leere und Locke hatte ein verlassenes Tor vor sich. Sieben Meter breit. Ein wunderschönes grünes Netz, das sich im selben Moment etwas aufblähte: Denn drinnen lag der Ball, den Locke lässig über die Linie geschoben hatte. »Alle Achtung«, sagte Kevin, der geschlagen auf dem Boden lag, »ein wirklich schöner Treffer.«

Detlef Stettler, der natürlich auch wieder als Schiedsrichter fungierte, machte sich einige Notizen. Das Spiel wurde fortgesetzt und die Gelben reagierten echt wütend auf dieses Gegentor. Dann gab es endlich eine gute Schussposition für Erik, aber er geriet in Rücklage, und das Leder, aus fünfzehn Metern geschossen, stieg in den Himmel und damit auch deutlich über das Tor.

Stettler erlaubte sich einen Scherz, den Patrick schon oft gehört hatte. »Da hast du ja Glück gehabt«, sagte er grinsend, »dass kein Schnee auf dem Ball war, als er wieder runterkam. Erik, das lernt man doch in der F-Jugend – der Körper gehört *über* die Pille beim Schuss.«

Erik schaute wütend in eine andere Richtung und sagte kein Wort. Sein Gesicht lief rot an.

Tim Sotters, der offensive Mittelfeldspieler von Werder Bremen, machte es jetzt besser. Er schnappte sich das Spielgerät beim nächsten Angriff seiner Gelben und bugsierte es aus mindestens fünfundzwanzig Metern genau in den rechten oberen Winkel des Tors von Sebastian Olf. Der Ulmer legte eine bemerkenswert schöne Flugkurve hin – aber vergeblich: 4:1 für das Yellow-Team.

So blieb es auch bis zur Halbzeit. Die Gelben gaben den Ton an und die Blauen liefen der Musik nur hinterher. In der fünfminütigen Unterbrechung kam Stettler zum B-Team und hielt den Jungs eine kleine Standpauke: »Das kann doch nicht sein, dass ihr, die ihr in den endgültigen Kader wollt, euch so verhauen lasst. Gerade von den Neuen erwarte ich mehr Einsatz, einige Ideen und den Willen, die anderen Spieler unter Druck zu setzen.«

Die Blauen wirkten leicht geknickt, als die Begegnung wieder begann. Aber es änderte sich nichts. Sie kamen einfach nicht ins Spiel – und die Gelben erlebten einen wahren Spielrausch. Sebastian Olf hatte eine arbeitsintensive zweite

Halbzeit und er konnte sich bestimmt noch drei-, viermal auszeichnen. Locke war gezwungen, immer wieder in der Abwehr auszuhelfen – eigentlich nicht sein Job als Stürmer, aber der Höhepunkt war erreicht, als er nach einer Ecke, auf der eigenen Torlinie stehend, den Ball über die Latte köpfen musste. Der Ball war von Stössken gekommen, und wie fast zu erwarten war, machte ihn der auch in dieser Situation an: »Ich dachte«, sagte er höhnisch, »du willst ein Stürmer sein, und jetzt hältst du deinen blöden Kopf noch auf der eigenen Linie hin. So wird das nie was mit der Nationalmannschaft.«

Doch Locke ließ sich nicht unterkriegen. Für ihn gab es noch eine schöne Szene – in der allerletzten Minute. Noch einmal konnte er auf sich aufmerksam machen.

Er erlief sich einen Steilpass, fast an der Eckfahne. Danach kurvte er in den Strafraum hinein und zog aus halblinker Position vierzehn Meter vor dem Tor ab. Der Ball ging um ein Haar ins Tor, er knallte förmlich an den rechten Pfosten, aus Lockes Sicht – und sprang von dort ins Seitenaus.

Stettler pfiff laut und unmissverständlich mit seiner Trillerpfeife. »Schluss für heute, Jungs«, rief er über den Platz. »Ach, Patrick, komm doch mal zu mir, ich muss einige Worte mit dir reden.«

Eilig ging Locke in die Richtung seines Trainers. Erik kam an ihm vorbei und zischte ihm kaum hörbar zu: »Nicht so schnell, du Schleimer.« Locke giftete erstmals erbost zurück. »Eifersüchtig – oder was ist los?«, sagte er und sah, dass Erik leicht zusammenzuckte.

Detlef Stettler hatte nichts von dieser kleinen Auseinandersetzung mitbekommen und sprach Locke launig an. »Junge, du hast hier schon wirklich einige schöne Fortschritte gemacht«, meinte er anerkennend. »Manchmal bist du mir aber noch zu bescheiden. Du hältst dich sehr zurück. Mach auf dich aufmerksam, zeig, wo du stehst, ruf auch mal laut – nein, falsch: schrei auch mal auf dem Platz! Du bist einfach zu ruhig, man könnte auch sagen: zu lieb.«

Locke nickte. Stettler hat ja Recht, ging es ihm durch den Kopf, manchmal könnte ich wirklich schreien, wenn irgendwer mich in allerbester Position übersieht. »Okay«, murmelte er, »ich werde mich bemühen.«

Stettler fragte noch nebenher: »Und sonst alles bestens, Patrick?« In Lockes Kopf spielte sich jetzt einiges sehr schnell ab – sollte er von den Problemen mit Erik erzählen oder nicht? Doch ehe er sich entscheiden konnte, sagte Stettler: »Übrigens, Patrick, du bist morgen beim Testspiel gegen den MSV Duisburg für Erik zunächst in der A-Mannschaft dabei, aber das bleibt noch unter uns.« Alles, was Locke jetzt über Erik und seine Probleme mit ihm zu sagen hatte – es hätte komisch geklungen. Deshalb nickte er nur hocherfreut zu dieser Nachricht und trottete stolz wie Oskar in Richtung Umkleidekabine. Innerlich jubelte alles in ihm, vielleicht würde er nun wirklich bald U15-Nationalspieler werden. Bevor er aber die Kabine erreichte, sprach ihn wieder dieser Hücklein an, der Spielervermittler, wie er sich nannte.

»Herr Schubert, bitte denken Sie daran, mich unbedingt bald anzurufen. Ich habe Ihnen ein spannendes Angebot zu unterbreiten – am besten gleich nach dem Länderspiel gegen Portugal.«

Locke entgegnete: »Aber ich weiß ja noch nicht einmal, ob ich zum Aufgebot gehöre...«

Da lächelte Hücklein nur. »Ich bin mir aber sicher«, sagte er. »Übrigens meinen das alle Beobachter hier und die verstehen zu hundert Prozent ausnahmslos viel vom ganz großen Fußball...«

Patrick wehrte ab. Der Kerl war irgendwie zu aufdringlich. Und hatte Stettler nicht erst heute vor den Anzugtypen hier gewarnt? Jetzt rückte Hücklein ihm sogar auf die Pelle, fasste seinen Arm und drückte ihn. »Junge, melde dich«, ging er auch noch ins vertraute »Du« über. Patrick löste sich aus dem Griff. Er wollte diesen Hücklein einfach los sein und nickte halbherzig zu dem Angebot. Hauptsache, er konnte jetzt in der Umkleidekabine verschwinden.

Eva meldete sich bei Locke zwischen Abendessen und taktischer Besprechung – die heute wieder für acht Uhr angesetzt worden war. Außerdem sollte natürlich die Aufstellung für das Testspiel gegen den MSV Duisburg bekannt gegeben werden. Nur in dieser kurzen Zeitspanne hatte Locke sein Handy eingeschaltet. Der Kingelton meldete Eva mit der etwas altmodischen Melodie von »Blau und Weiß, wie lieb ich dich!« an. Aber was so ein richtiger Schalke-Fan ist, der schreckt vor nichts zurück.

»Hey, Locke – wie läuft's?«

»Super, Eva. Ich werde wohl morgen in der A-Elf ein Testspiel bestreiten dürfen; sieht so aus, als ob ich eine Chance habe, zum Kader gegen Portugal zu gehören.«

»Das freut mich echt«, hörte er Eva voller Begeisterung sagen. »Du, Patrick – ich muss dir auch was erzählen …«

Allein am Tonfall erkannte er, dass es etwas Spannendes sein musste. Aber er hatte im Moment wenig Zeit für ein längeres Gespräch. »Du machst mich echt neugierig«, entgegnete er deshalb, »aber lass uns das morgen Abend in aller Ruhe besprechen. Oder am Samstag, da bin ich ja zu Hause. Außerdem treffen wir uns auch vor dem Spiel gegen Portugal am Sonntagabend in Bochum – ob ich nun dabei bin oder nicht. Wir haben also genug Zeit, um über alles zu reden. Tut mir Leid, aber jetzt läuft mir hier die Zeit wieder weg. Wir haben gleich eine Besprechung und ich möchte vorher noch Mutter und Matz wenigstens kurz anrufen. Ist das okay für dich?«

Etwas enttäuscht antwortete Eva: »Lass dich nie auf einen Nationalspieler ein!« Aber dann lachte sie wieder. »Okay – so machen wir's. Tschüss…«, und schon hatte sie aufgelegt.

Frauen können ja auch ziemlich kurz sein, dachte Patrick etwas verblüfft. Dann jedoch lächelte er – denn plötzlich spürte er das Amulett auf der Brust, das Eva ihm damals vor dem Spiel in Newcastle geschenkt hatte. Ein tolles Gefühl, eine Freundin wie Eva zu haben, ging es ihm durch den Kopf. Aber schon war er wieder bei den Ereignissen des heutigen Tages. Er wählte die Nummer seiner Eltern, um ähnliche Nachrichten wie bei Eva zu hinterlassen. Matz wurde ebenfalls blitzschnell abgefertigt. Obwohl auch der ansetzte, seinem Freund etwas zu erzählen – doch Locke blockte ihn ab wie Eva zuvor. »Heute nicht, Matz«, sagte er. »Ich hab es wirklich eilig«, und vertröstete ihn aufs Wochenende.

Die Taktikbesprechung begann mit der Ansage der Mannschaftsaufstellung für das morgige Testspiel gegen den MSV Duisburg. Man spürte deutlich die Anspannung im Raum; jeder Spieler hoffte, in der Anfangself zu stehen, denn das wäre schon ein ziemlich sicheres Zeichen, im Kader gegen Portugal dabei zu sein…

Detlef Stettler gab nun mit klarer, lauter Stimme die Namen der Startelf bekannt:

»Tor: Kevin Rott. Abwehr: Rossbach, Balder, Dietrichsen, Kühn. Im Mittelfeld: Podborski, Sotters, Ahlers, Möller. Und nun zum Sturm: Heiko Erde und Patrick Schubert.« Ein Raunen ging durch die Truppe. Das war genau die Mannschaft, die zuletzt das A-Team gebildet hatte – bis auf eine Neubesetzung: Patrick Schubert.

Obwohl Patrick vor Erik saß, spürte er die Blicke seines Rivalen förmlich im Rücken. Der alte Satz: »Wenn Blicke töten könnten…«, er hatte durchaus noch immer seine Berechtigung. Zunächst blieb Locke aber keine Gelegenheit, darüber nachzudenken, denn der Trainer fuhr fort: »Ich habe mich für Patrick entschieden, da er mir beweglicher als Erik erscheint, aber selbstverständlich hast du«, er sah Stössken direkt an, »weiterhin alle Chancen zu spielen. Wir werden in diesem Testspiel viele Auswechslungen vornehmen.«

Danach folgten – wie erwartet – noch einige taktische Anweisungen für das Spiel, das für drei Uhr angesetzt war, und die Information, dass es morgen keine Schule geben werde. Dafür lediglich ein kleines Aufwärmtraining gegen neun Uhr, und anschließend sollten die Spieler einfach bis zwei Uhr nachmittags etwas Zeit zur freien Verfügung haben. Punkt zwei sollten sich dann alle in der Umkleidekabine einfinden. »Meine Herren, das war's für heute. Die Bettruhe beginnt wie immer um zehn Uhr.« Stettler schaute auf seine Armbanduhr und fügte hinzu: »Macht das Beste aus der verbleibenden Zeit.«

Der Trainer zog sich zurück – und die Jungs begannen, heftig zu diskutieren. Erik schien nur kurz geschockt und griff dann Locke einmal mehr mit Worten an. »Na super«, giftete er, »da hat sich ja dein Schleimen richtig gelohnt. Wenn du beweglicher bist als ich, dann werde doch Turner – aber melde dich beim Fußball ab.«

Die meisten der Spieler hatten noch nichts von den Meinungsverschiedenheiten der beiden Stürmer mitbekommen. Doch fast alle ergriffen jetzt Partei für Patrick, und der Mannschaftskapitän Kevin Rott beendete die Diskussion mit der klaren Ansage: »Der Trainer hat immer das letzte Wort. Aber, um es zu unterstreichen: Ich hätte es auch mit

Patrick probiert, denn der hat hier wirklich erstklassige Trainingsleistungen geboten. Und deshalb, lieber Erik, verhalte dich einfach fair, klar?«

Beifälliges Brummen war die Folge und Erik hielt vorsichtshalber den Mund. Pünktlich um zehn lagen alle in ihren Betten. In den meisten Zimmern wurde noch etwas geflüstert – nur im Zimmer von Locke und Erik war es ruhig wie in einer geheimnisvollen Gruft…

Freitag, der Tag vor dem Wochenende. Der Tag vor dem Wiedersehen mit Patrick. Eva freute sich wie wahnsinnig darauf – aber irgendwie war ihr auch etwas mulmig zumute, denn sie musste Patrick die Sache mit dem Superstar-Casting und dem Eintritt in die Band erzählen. Wie würde er wohl darauf reagieren? Sie hatte heute kaum Augen und Ohren für den Schulunterricht; in Mathe erwischte der Lehrer, Herr Klaus, sie zweimal, als sie vergaß, die Aufgaben, die an der Tafel vorgerechnet wurden, in ihr Heft zu übertragen. Das war peinlich, Eva mochte den Lehrer, sie zählte zu seinen Lieblingsschülerinnen. Sie nahm sich vor, das in der nächsten Woche wieder gutzumachen. Für heute hatte sie einfach einmal andere Sorgen.

In der großen Pause stand sie mit Matz beieinander, und die beiden beratschlagten, wie sie morgen vorgehen könnte. »Wie soll ich ihm das nur erklären?«, fragte sie ihren gemeinsamen Freund. Sie sah Matz etwas ratlos an.

»Also«, begann der, »das mit den KICKING DEVILS kannst du ihm als meine Idee verkaufen. Wir sind doch sowieso alle im Stimmbruch, und da ist es eine fast logische Sache, dass wir jetzt auf jemand anders setzen müssen. Und wieso nicht eine Sängerin? Der Probeabend ohne Patrick war der Auslöser, dass wir es mal mit dir probiert haben… Und dann spielen wir ihm einfach deine Fassung von ›Die perfekte Welle‹ vor. Vorsichtshalber habe ich bei unserem Mini-Disk-Player nämlich auf Record gedrückt. Die Aufnahme wird ihn einfach überzeugen müssen. Kein Problem also – er wird begeistert sein.«

Eva war etwas nachdenklich, stimmte dann aber zu. »Wäre toll, wenn wir es so machen könnten – aber was ist mit dem Casting bei RTL?«

Da wurde selbst Matz etwas einsilbig und sprach übertrieben besorgt weiter: »Tja, liebe Eva«, meinte er, »da musst du ihm einfach die Wahrheit sagen.« Und mit einer schauspielerischen Glanzleistung, fast kamen ihm die Tränen, fügte er noch hinzu: »Eine wirklich große Liebe wird auch ein Casting bei Steve Martin überleben.«

Im Hause Schubert freute man sich auch auf das Wochenende. Am Freitagabend würde Patricks Mutter nach Duisburg fahren und ihren Goldjungen wieder abholen. Und dann wäre er ja wenigstens – wenn er denn tatsächlich in den Kader gegen Portugal käme – bis Sonntagabend daheim. Die kurzen Informationen, die Patrick aus Duisburg gemeldet hatte, gingen doch eindeutig in diese Richtung…

Der Freitagmorgen war in der Sportschule schnell gelaufen. Nach dem Frühstück stand das kurze Bewegungsprogramm an – und dann bekamen die Spieler der deutschen U15 Freizeit verordnet, wie versprochen. Alle warteten natürlich gespannt auf das Spiel gegen den MSV Duisburg und danach wollte der Trainer den Kader für das Match gegen Portugal bekannt geben. – Was auch für Stettler eine unangenehme Sache war; er wusste natürlich, dass er sieben Jungs zunächst wieder in die normale Vereinsarbeit entlassen musste, und das war für den einen oder anderen mehr als eine Enttäuschung.

Locke hatte sich mit Kevin zum Schachspielen im Gemeinschaftsraum verabredet, übrigens unter dem Gelächter der anderen, die Schach schrecklich langweilig und altmodisch fanden. Die meisten hatten einen Gameboy dabei und spielten auf diesen elektronischen Teilen irgendwelche Strategiespiele. Kevin hatte das Lachen der Jungs clever beantwortet. »Wisst ihr eigentlich«, hatte er gekontert, »dass Felix Magath, der Trainer von Bayern München, ein begnadeter Schachspieler ist? Über seine Erfolge als Spieler und Trainer muss ich euch ja wohl keine Vorträge halten. Also, es geht im Leben nicht nur um den grünen Rasen, und das Spiel auf dem schwarz-weiß karierten Brett muss für Fußballer nicht unbedingt schädlich sein.«

So lümmelten also alle Anwesenden lässig in den Ecken herum und spielten, lasen oder hörten Musik.

Nur Erik Stössken war nicht dabei – was aber niemandem so richtig auffiel.

Erik hatte – sich vorsichtig umschauend – eine Runde um das Wedau-Stadion gedreht. An der Rückseite der Arena befand sich ein Kiosk, wo kleine Snacks, Süßigkeiten und Zeitungen, aber auch Zigaretten, Bier und Limonaden verkauft wurden. Genau dorthin zog es den Stürmer von Tasmania 1900 Berlin.

Er hatte es sich nicht wirklich anmerken lassen, aber für ihn war eine Welt zusammengebrochen. Er, der Topstürmer, sollte heute zunächst auf der Bank sitzen – und dieser Locke durfte von Anfang an spielen. Natürlich war ihm schnell klar geworden in diesen Tagen hier beim Training, dass Patrick Schubert auf Dauer eine Gefahr für seinen Platz im Kader sein würde. So hatte er für sich beschlossen, schon frühzeitig etwas dagegen zu unternehmen.

Sportlich gab es da kaum Möglichkeiten – aber was hatte der Trainer nochmals und nochmals und nochmals gesagt:

Wer mit Alkohol oder Nikotin erwischt wird, fliegt sofort aus der Mannschaft!

Erik kaufte an dem kleinen Verkaufsstand zwei Flaschen Bier. Er bezahlte dafür drei Euro und steckte die Flaschen in seine mitgebrachte Sporttasche.

Mit schnellen Schritten marschierte er nun in die Sportschule zurück. Die Tasche mit den Bierflaschen brachte er direkt in das gemeinsame Zimmer von ihm und Locke. Dann mischte er sich unter die anderen Spieler im Gemeinschaftsraum. Mit einer von Locke bei Erik nie erlebten Freundlichkeit setzte sich der Junge aus Berlin zu Kevin und ihm und schaute ihnen beim Schachspiel zu.

Merkwürdig, dachte Locke zuerst, aber dann war er froh, schien es doch so, dass Erik die Entscheidung des Trainers akzeptiert hatte.

In Gelsenkirchen hatten sich Matz und Eva bei Frau Schubert spontan mit einer Idee gemeldet.

Sie wollten Lockes Mutter überreden, etwas früher nach Duisburg aufzubrechen, um sich das Testspiel von Locke heute anzusehen und dann gemeinsam mit ihm nach Hause fahren. Außerdem musste sich Eva eingestehen, dass sie nicht bis zum Samstag warten wollte, um sich erst dann mit Locke zu treffen. Eine knappe Woche Trennung war schon schwer zu ertragen …

Frau Schubert hatte schnell zugesagt und so kamen Eva und Matz gleich nach der Schule zu ihr und ab ging es über die Autobahn nach Duisburg. Sie würden dort rechtzeitig vor dem Spiel gegen die Jugendmannschaft des MSV eintreffen.

Auf der Fahrt schilderte Eva auch Lockes Mutter ihre Sorgen wegen ihrer Castingauftritte und der Mitgliedschaft bei den KICKING DEVILS – aber Frau Schubert schmunzelte nur. »Das müsst ihr schon gemeinsam klären«, entgegnete sie, »aber wie ich meinen Locke kenne, dürfte es eigentlich keine größeren Probleme geben. Oder was meinst du, Matz?«

Matz, der auf dem Rücksitz saß, schaute in den Fahrerspiegel, damit er Frau Schubert ansehen konnte, und sagte lachend: »Eheprobleme sollten die zwei Turteltäubchen wirklich alleine klären – ich bin allerdings sehr für Eva als Leadsängerin bei den KICKING DEVILS, denn wir Jungs klingen im Moment eher wie Sägen von OBI.« Wie bestellt erklang in diesem Augenblick im Radio ein Werbespot des Baumarktes und die drei hörten die bekannte Melodie »Alles von OBI«. Großes Gelächter im Auto war die Folge.

Eva sah dem Gespräch mit Patrick nun etwas ruhiger entgegen.

In der Sportschule hatten sich die Jungs der U15 pünktlich um zwei Uhr in der Umkleidekabine des Sportplatzes eingefunden. Locke war sehr nervös. Auch wenn es nur ein Testspiel war – als Trikots waren die schwarz-weißen der deutschen Nationalelf bereitgelegt worden. Voller Ehrfurcht schaute Locke auf diese geradezu klassische Bekleidung. Stettler baute sich vor seiner Mannschaft auf. Wie bei solchen Testspielen üblich, waren alle fünfundzwanzig Spieler für einen Einsatz vorgesehen; entsprechend eng war es in der Umkleide.

Wie schon gewohnt, begann er seine kurze Ansprache mit »Männer« – das musste er sich bei Sepp Herberger und dem »Wunder von Bern« abgeschaut haben –, dann legte er kurz und knapp nach: »Die erste Elf ist ja klar, wir werden aber im Spiel fleißig auswechseln und bis auf den Torwart Nummer drei, Olli Bott – übrigens sorry, Olli –, werden wohl alle zu einem Einsatz kommen.« Er lächelte Olli an. Der nickte beherrscht.

Dann fuhr Stettler fort: »Bitte denkt daran, ihr gehört zu den besten Schüler-Fußballern in Deutschland, deshalb erwarte ich eine natürliche Überlegenheit gegen den MSV – obwohl die eine wirklich gute Jugendarbeit hier in Duisburg leisten. Die ersten fünfundvierzig Minuten werden wir aber wohl mit der Mannschaft durchspielen, die beginnt. Patrick, du bist der einzige Neuling in dieser schon eingespielten Truppe – trau dich einfach etwas und dann ist das schon okay. So, aber jetzt gründlich warm machen und um drei geht's los. Viel Spaß und Erfolg!«

Der Mannschaftsbetreuer verteilte nun die Trikots, und Locke hielt plötzlich das mit der »Nr. 9« auf dem Rücken in seiner Hand. Er wusste, dieses Hemd hatte eine besondere Bedeutung. Die Neun – das war in früheren Zeiten stets die Nummer für den Mittelstürmer der deutschen Nationalmannschaft. Ein Rekordtorjäger wie Gerd Müller hatte diese Nummer auch immer getragen. In diesem Augenblick überlief Locke eine Gänsehaut…

Eva, Matz und Lockes Mutter erreichten tatsächlich pünktlich den Sportplatz. Die drei staunten nicht schlecht, denn zu diesem Testspiel hatten sich ein paar hundert Zuschauer um den Platz verteilt.

Eva deutete auf einige total gleich aussehende Herren. »Solche Leute«, bemerkte sie, »sieht man bei Blau-Weiß nie auf dem Sportplatz.« Matz überlegte kurz und antwortete dann fachmännisch: »Das sind wohl alles Vertreter von Bundesligavereinen, Presseleute und so.« Und Frau Schubert – nicht unbedingt die absolute Fußballfachfrau – richtete ihren Zeigefinger auf einen ungefähr zwei Zentner schweren Mann und meinte nur trocken: »Stimmt. Da ist sogar dieser äußerst telegene Collmund, Tollmund, oder wie der heißt.«

Matz blickte auf eine Gruppe der Herren, die eifrig miteinander diskutierten. »Und Fußballmanager sind hier«, sagte er. »Wenn man nicht aufpasst, dann hat man schnell einen Millionenvertrag am Hals«, er grinste, »und wer will das schon …«

Eva sah ernst hinüber zu der Gruppe. Aber sie hatten keine große Zeit mehr zu philosophieren, denn der MSV Duisburg, in den gestreiften Trikots, betrat das Spielfeld. Eva musste lachen. »Die sehen ja aus wie aus dem Zoo«, rief sie.

»Diese gestreiften Sachen tragen die schon seit Ewigkeiten«, konnte Matz auch hier helfen. »Ist eben Fußballtradition, du angehender Popstar! Deshalb werden sie auch Zebras genannt. Und solch ein Pferd haben die übrigens auch in ihrem Vereinsabzeichen.«

Lockes Mutter empfahl noch, einen Platz in der Gegengerade einzunehmen. »Wie ich Locke kenne, ist der nicht so begeistert, wenn wir gut sichtbar auf den Rängen stehen. Er muss ja nicht mitbekommen, dass wir schon hier sind.«

Der Uhrzeiger im Stadion rückte auf drei Uhr. Anstoß.

Die deutsche U15 staunte nicht schlecht, denn die Duisburger begannen wie die Feuerwehr. Zweite Minute: Fernschuss aus fünfundzwanzig Metern, und Kevin Rott musste mit einer schönen Faustabwehr erstmals nachweisen, warum er die Nummer eins in dieser Mannschaft war. Vierte Minute: Der MSV spielte sich fast unbehelligt in den Sechzehnmeterraum der Nationalmannschaft; in wirklich höchster Not konnte Hannes Balder vom Lüner SV zur Ecke klären. Es dauerte geschlagene zehn Minuten, bevor sich die Schüler-Nationalelf gefährlich vor dem MSV-Tor zeigte. Schöne Einzelleistung von Heiko Erde – der schoss genau von der Sechzehnerlinie – aber um dreißig Zentimeter am

Tor der Duisburger vorbei! Was auffällig war – zunächst standen sich Heiko und Patrick oft im Weg, und Stettler machte sie lautstark von der Außenlinie her darauf aufmerksam, dass man doch ausführlich über die unterschiedlichen Laufwege gesprochen habe. Locke fand in dieser Phase so gut wie keine Bindung zum Spiel. Nichts wollte ihm glücken.

Matz auf seinem Beobachterplatz raunte den Damen zu: »Da stimmt es aber vorne und hinten noch nicht – wenn das mal gut geht.« Lange ging es dann auch nicht mehr gut, denn in der zwanzigsten Minute wurde ein fast harmloser Schuss der Duisburger aus zwanzig Metern Entfernung abgefälscht, und Kevin, der sich auf die rechte Ecke konzentriert hatte, musste hilflos mit ansehen, wie der Ball fast in die linke Torhälfte rollte. Ein mächtiger Fluch donnerte über den Platz, der auch von Oliver Kahn hätte sein können; aber was sollte man machen – 0:1! Auf der U15-Ersatzbank saßen vierzehn Spieler und alle machten lange Gesichter.

Bis vielleicht auf einen. Wenn man genauer hinsah, konnte man feststellen, dass Erik Stössken sehr zufrieden vor sich hin grinste. Kein Wunder, denn der für ihn spielende Patrick Schubert hatte bislang kein Bein auf die Erde bekommen. So war es auch keine Überraschung, dass Stettler ihm schon jetzt zuraunte: »Erik, lauf dich warm – ich glaube, wir müssen früher als geplant einen Spielertausch vornehmen. Ich will mich hier nicht gegen diese Vereinsmannschaft blamieren!«

Erik stand zufrieden auf und begann, sich hinter dem eigenen Tor warm zu machen. Locke war das natürlich nicht entgangen, und so ganz klammheimlich für sich dachte er schon: Kurzer Auftritt heute! Aber genau in diesem Augenblick erreichte ihn ein Zuspiel Jörg Ahlers' von Hertha BSC.

Der hatte sich in der eigenen Hälfte kurz um die eigene Achse gedreht und einen herrlichen Pass über vierzig Meter auf Locke gespielt. Dieser verarbeitete jetzt den Ball sehr geschickt. Drei, vier Schritte rechts von ihm lief Heiko Erde – und plötzlich hörte er sich selber rufen: »Doppelpass, Heiko…« Und schon war der Ball zu Heiko gespielt, er selber hatte sich blitzschnell von seinem Duisburger Gegenspieler gelöst – und das Leder kam zentimetergenau von Heiko zurück. Patrick lief noch zwei Schritte und dann legte er alle Kraft in den linken Fuß. Ein Schuss wie ein Strich! Der Ball landete flach im rechten Toreck. Der Duisburger Torhüter hatte nicht den Hauch einer Chance – und holte jetzt auch schon das Leder aus dem Netz. Detlef Stettler klatschte begeistert in die Hände, wie die anderen Zuschauer auch! Dann rief er Locke zu: »Gut Patrick! Was ich immer sage, trau dich was – redet miteinander. Weiter so!«

Dann gab er Erik einen Wink. »Kannst dich erst mal wieder hinsetzen«, rief er ihm zu, und Erik trottete beleidigt zurück auf die Ersatzbank. Er presste die Lippen zusammen und sein Gesicht nahm einen verschlagenen Ausdruck an.

Die U15-Elf hatte den Gegner jetzt voll im Griff. Ein Angriff nach dem anderen rollte auf das Tor der Zebras zu und innerhalb von einer Viertelstunde fielen weitere drei Tore. Zwei durch Heiko Erde und das 4:1 konnte Lukas Potborski vom 1. FC Köln erzielen. Patrick war in viele der Angriffe perfekt integriert, und Matz konnte als Zuschauer nur feststellen: »Unglaublich, wie die sich gesteigert haben!« Und an Eva gewandt fügte er noch hinzu: »Wenn das so weitergeht, könnt ihr bald heiraten, denn dieser Locke muss einen Profivertrag bekommen. Du kannst schon mal Brillanten bestellen, so wie diese Posh Spice oder wie die Trulla vom Beckham heißt!« Lockes Mutter neben ihm lachte. Aber dieses Lachen klang schon verdammt stolz.

Halbzeit. Wie abgesprochen wurde jetzt munter ausgewechselt. Patrick bekam als Anerkennung vom Trainer einen Klaps auf den Rücken – aber das war's auch schon an Lob.

Dann ging es weiter.

In der zweiten Halbzeit übernahm Erik Patricks Position. Er versuchte alles. Er wirkte wie aufgedreht. Setzte seinen Körper wie eine Dampfwalze ein und wurde – was für ein solches Testspiel eher ungewöhnlich war – sogar mit einer gelben Karte bedacht. Tatsache war aber auch: Er wirkte sehr verkrampft und mit der Brechstange erzielte man eher selten Treffer. So war es Carsten Bönig vom VfB Stuttgart und Ulf Stachovski von Rot-Weiß Essen vorbehalten, das Endresultat von 6:1 herzustellen. Nach neunzig Minuten gingen also alle zufrieden in die Kabinen zurück – bis auf Erik. Wer ihn kannte, wusste, dass da etwas in ihm arbeitete.

Eva, Frau Schubert und Matz hatten sich vor das Gebäude der Sportschule zurückgezogen. Sie wollten sich in einem Café die Zeit vertreiben und dann Locke in Empfang nehmen.

In der Umkleidekabine hatte der Trainer die Jungs gebeten, sich schnell etwas überzuziehen und dann in den Gemeinschaftsraum zu kommen. Die Verkündung des Kaders! »Ihr könnt euch ja danach in aller Ruhe duschen«, fügte er noch hinzu.

Erik Stössken kannte diese Prozedur schon von den anderen Berufungen in die Schüler-Nationalmannschaft. Genau auf diese Mitteilung hatte er gewartet. »Trainer, können Sie bitte veranlassen, dass der Hausmeister mal kurz in unserem Duschraum nachschaut«, meldete er sich, »da ist irgendwas kaputt.«

Stettler schaute kurz hoch. »Okay, lasse ich erledigen«, es klang etwas genervt, »aber jetzt hopphopp, Männer, die Stunde der Wahrheit naht.«

Locke hatte zugehört und sich etwas über Eriks Einwurf gewundert, denn heute Morgen hatte er noch ohne jedes Problem duschen können. Aber was soll's, dachte er, vielleicht ist zwischenzeitlich wirklich was kaputtgegangen. Nur gut, dass es Erik bemerkt hat und sich darum kümmert.

Alle beeilten sich, schnell in den Gemeinschaftsraum zu kommen, denn klar, gleich würde man erfahren, ob man zum Kader gegen Portugal gehörte. Und so ganz nebenbei wollte man auch ganz gern schnell nach Hause. Der eine oder andere musste das Flugzeug nach München oder Berlin erwischen …

Erik hatte vor dem Spiel darauf gewartet, dass Locke sich auf den Weg zum Sportplatz machte. Dann hatte er ruck, zuck die zwei Flaschen Bier in die Toilette gegossen und die leeren Flaschen in Lockes Rucksack gepackt; groß prangte darauf das Abzeichen von Schalke 04. Jeder wusste, das konnte nur der von Patrick sein. Danach stellte er den Rucksack vor den Duschraum, halb geöffnet, sodass die Flaschen bei der geringsten Berührung herausrollen würden. Es sollte aussehen, als hätte Locke das Teil heute Morgen hier vergessen. Ein feiger, einfacher Plan. Aber es gab, so glaubte Erik, keine andere Möglichkeit mehr. Dieser Locke war eine echte Gefahr für seinen Stammplatz geworden. Das Spiel gegen den MSV Duisburg hatte seine Vermutungen mehr als bestätigt.

Im Café vor der Sporthochschule war die Stimmung überragend. Matz erklärte seiner weiblichen Begleitung im Stile eines Franz Beckenbauer – »dass, äh, dieser Trainer Detlef

Stettler, äh, unmöglich an diesem neuen, äh … na sagen wir mal, Lothar Matthäus … äh … vorbeikommen könnte«. Für ihn war es beschlossene Sache: Locke würde am Sonntag nach Bochum zur Vorbereitung auf das Spiel gegen Portugal reisen dürfen. Mutter Schubert traute sich kaum, Widerspruch einzulegen, und deshalb versuchte sie es nur mit einer Floskel: »Man soll den Tag nicht vor dem Abend loben.«

In der nahen Sportschule spielte sich in diesen Minuten ein Drama ab für den Helden Patrick Schubert, genannt Locke …

Stettler hatte angefangen, die Namen der Spieler zu verkünden, die am Sonntag nächster Woche mit nach Bochum kommen sollten. Alle Stammspieler waren bereits genannt – übrigens auch Erik Stössken –, als Stettler den Namen Patrick Schubert vorlas. »Patrick, du hast mir heute so gut gefallen, dass es mit dem Teufel zugehen müsste, wenn du nicht auch gegen die Portugiesen zur Startelf zählen würdest.« Er wandte sich dann an Erik. »Du hast einen echten Konkurrenten vor der Brust für den Platz als zweite Sturmspitze. Und du«, er sah jetzt auf Heiko, »du bleibst auf längere Sicht meine Nummer eins im Sturm.« Erik blickte grimmig vor sich hin.

In diesem Augenblick öffnete sich die Tür und Hausmeister Krause meldete sich.

»Entschuldigung, Herr Stettler – ich störe ungern, aber ich habe, glaube ich, eine wichtige Information für Sie.« Die beiden Männer gingen vor die Tür. Olli Bott, der Torwart Nummer drei, der heute als Einziger nicht zum Einsatz gekommen war, versuchte es noch mit einem lockeren Spruch: »Jetzt will der Krause dem Stettler seinen Dackel als Nationalspieler unterjubeln!« Doch das aufkommende Gelächter erstarb sehr schnell. Stettler betrat mit todernster Miene wieder den Raum.

An der Hand baumelte Lockes Rucksack – unübersehbar, dank des Schalke-Emblems. Locke dachte noch: Nanu, was will der denn mit meinem Rucksack?, als Stettler geradezu in den Raum hinein*brüllte:* »Patrick, das ist doch deiner – oder? Krause hat den oben in eurer Dusche gefunden. Und was kam aus deinem Sack gerollt? Zwei leere Bierflaschen. Patrick, ich muss einfach annehmen, dass du die getrunken hast. So dumm kann man eigentlich nicht sein – aber du kannst deine Sachen packen und abreisen. Und zwar sofort. Das war es für dich in der Schüler-Nationalmannschaft!«

Locke schluckte – und holte zur Gegenrede aus: »Trainer, ich trinke keinen Alkohol! Nie! Ich habe keine Ahnung, wie diese Flaschen in meinen Rucksack gekommen sind, irgendjemand muss sie …«

Stettler sah ihn eisig an und sagte nur kühl: »Da hast du jetzt richtig Zeit, drüber nachzudenken – eine billigere Ausrede habe ich selten zuvor gehört. Es bleibt dabei: pack deine Sachen und verlasse sofort die Sportschule. Ich habe es deutlich gesagt – wer mit Alkohol erwischt wird, hat hier nichts zu suchen. Geh jetzt!«

Was sollte er sagen? Alles, was er vorbrächte, würde nichts nützen, für den Trainer war die Sache klar. Patrick erhob sich. Tränen standen in seinen Augen und er schleppte sich aus dem Gemeinschaftsraum. Jeder Schritt tat plötzlich sehr weh und in seinem Kopf drehte sich alles. Was ist da nur passiert?, dachte er. Eine Falle! Wer hatte ihm diese blöden Bierflaschen untergejubelt?

Auf dem Weg ins Zimmer dann durchzuckte es ihn beinahe kochend heiß – das konnte nur Erik gewesen sein! Aber was soll ich bloß machen? Ich kann es nicht beweisen!

Locke packte seinen Kram zusammen und verließ wie ein geprügelter Hund die Sportschule. Aus der Traum von der Schüler-Nationalmannschaft.

Vor dem Eingang der Schule warteten seine Mutter und seine Freunde neben dem kleinen Suzuki. Eva sah Locke als Erste. »Da kommt er ja«, rief sie freudig, um gleich hinzuzufügen: »Irgendwie sieht der komisch aus!«

Auch Lockes Mutter erkannte sofort, dass mit ihrem Sohn irgendetwas nicht in Ordnung sein konnte. Er war auf der Treppe stehen geblieben, so ging sie auf ihn zu – und Patrick hob nur müde die Hand, um seine Mutter zu begrüßen. Dann konnte er die Tränen nicht mehr aufhalten, er weinte hemmungslos in ihren Armen. Das hatte er bestimmt in den letzten vier Jahren nicht mehr gemacht.

Mütter wissen in einem solchen Augenblick meist instinktiv, was das Richtige ist; so fragte Frau Schubert auch nicht viel, und Locke heulte sich einfach aus. Eva und Matz schauten aus der Entfernung zu – und waren einfach nur entsetzt. Was war passiert?

Die Frage blieb für die beiden unbeantwortet, denn Patrick begrüßte sie kaum, setzte sich stumm ins Auto, sprach kein weiteres Wort und brütete während der Heimfahrt stumpfsinnig auf dem Beifahrersitz vor sich hin.

So ging diese merkwürdige Fahrt über die Autobahn nach Gelsenkirchen. Lockes Mutter versuchte hier und da, das allgemeine Schweigen etwas aufzulockern, indem sie irgendetwas Belangloses von sich gab – über den Verkehr an diesem Nachmittag vor dem Wochenende, über das Wetter; aber da Patrick absolut nicht darauf einstieg, blieben auch Matz und Eva auf dem Rücksitz einsilbig. Ab und zu versuchte Eva, ihm einen Blick zuzuwerfen – aber Fehlanzeige. Er reagierte nicht.

In Gelsenkirchen angekommen, stiegen Matz und Eva als

Erste aus, und Locke sagte mit brüchiger Stimme zu seinen Freunden: »Morgen werd ich euch erzählen, was passiert ist – aber lasst mich jetzt erst einmal in Ruhe. Wir treffen uns so gegen vier bei mir.«

Daheim im Wohnzimmer erzählte Patrick seinen Eltern dann endlich die gesamte Geschichte. Und die hörten kopfschüttelnd zu. Lockes Vater ergriff als Erster wieder das Wort. »Das kann man doch mit meinem Jungen nicht machen«, ereiferte er sich, »das ist doch eine bodenlose Sauerei! Wo kommen wir denn da hin, wenn zwei leere Bierflaschen über die Zukunft eines Fußballtalents entscheiden – zumal die exakt nicht von dir getrunken wurden. Das müssen die dir erst mal beweisen!«

Er schimpfte und schimpfte. Mutter Schubert und ihr Sohn hatten das Oberhaupt der Familie schon lange nicht mehr so kämpferisch erlebt. Zumindest nicht seit dem Schlaganfall, den er erlitten hatte. »Langsam, langsam …«, ging dann Frau Schubert dazwischen. »Du hast ja Recht – aber jetzt müssen wir gemeinsam überlegen, wie man gegen diese Ungerechtigkeit vorgehen kann.«

Vater Schubert wollte aber nicht warten; er schimpfte laut weiter. »Wir wenden uns an die Medien. RTL, SAT 1 – alle müssen darüber berichten.«

Nun schaltete sich Locke ein. »So wichtig bin ich nun wirklich nicht, und so will ich auch nicht vorgehen. Das wäre mir zu blöd, ich denke, die Gerechtigkeit wird schon siegen.« Es war die Aufregung seines Vaters, die Locke half, sich wieder zu fangen. Wenn damit auch seine Bestürzung nicht überwunden war – er wirkte nun gefasster als noch vor wenigen Stunden.

So beruhigte sich an diesem Abend die Situation, ohne dass man einen klaren Plan erörtert hatte.

Am Samstag Punkt vier – und keine Sekunde später – standen Eva und Matz vor Lockes Tür. Patrick erzählte nun auch seiner Freundin und seinem besten Freund die ganze Geschichte. Matz stieß einige wilde Flüche auf türkisch aus, was er sonst selten machte, und es klang so bedrohlich, dass Eva und Patrick gar nicht so genau wissen wollten, was das hieß. Eva hielt Locke die Hand und fühlte mit ihm. Aber auch den drei Freunden fiel nichts Rechtes ein, wie auf die Schweinerei des gestrigen Tages angemessen reagiert werden sollte. Was konnten sie tun? Wie beweisen, dass jemand anderer die Bierflaschen in Lockes Rucksack getan hatte – denn es war ja wohl so, dass *er* den Beweis seiner Unschuld antreten müsste ... Wie das aber anfangen?!

Locke ließ schließlich sehr, sehr feierlich eine Kampfansage verlauten. »Nun werde ich noch mehr trainieren und Tore schießen, wie die Welt sie noch nicht gesehen hat«, sagte er mit erhobener Stimme, »und dann muss Stettler mich nochmals zur U15 einladen. Und dann kauf ich mir diesen Stössken im Trainingslager.« Matz und Eva waren froh, dass ihr Freund nun irgendwie wieder der Alte war. Sie machten ihm weiter Mut und versprachen, ihn zu unterstützen – bei allem, was er sich vornehmen würde. Auf sie beide war Verlass.

Langsam konnte man nun auch auf die Dinge zu sprechen kommen, die in den letzten Tagen bei Eva und Matz abgegangen waren ... Matz begann. Er sah seinen Freund wie entschuldigend an und erklärte: »International werde ich jetzt wohl die Ehre von Blau-Weiß hochhalten müssen, denn, mein lieber Locke: Matz wird türkischer U15-Nationalspieler.«

Augenblicklich lagen sich Patrick und Matz in den Armen. »Super, ich freue mich unheimlich für dich«, war Lockes offene und ehrliche Reaktion. »Der einzige Nachteil besteht darin, dass wir beide dann«, er grinste, »niemals zusammen in der deutschen Nationalmannschaft spielen können – wenn ich richtig informiert bin.«

Was prinzipiell stimmte. Matz hatte einen deutschen und einen türkischen Pass. Er konnte also frei entscheiden, für welche Nation – wenn es denn einmal wirklich zur Debatte stehen sollte – er spielen wollte. Wenn er allerdings jetzt nur ein einziges Mal für die Türkei antreten würde, war ihm der Weg in die deutsche Mannschaft für die nächsten Jahre verwehrt. So waren die FIFA-Regeln. Matz nickte sehr, sehr ernst und antwortete fast wie ein Politiker: »Nicht böse sein, aber die Türkei ist nun mal mein Heimatland – und für diese Nation möchte ich spielen.«

Eva fügte einmal mehr weise an: »Das kann ich gut verstehen.« Dann holte sie tief Luft, denn nun war sie an der Reihe. »Übrigens, Locke«, sagte sie fest, »ich möchte auch für eine bestimmte Sache spielen ...«

Patrick zuckte zusammen. »Hast du heimlich auch mit Fußball angefangen und jetzt eine Einladung zum Lehrgang der Frauen-Nationalmannschaft auf dem Tisch?«

Eva schaute ihn an. »Nein, viel besser«, sagte sie mit ihrem liebsten Lächeln, »für die KICKING DEVILS möchte ich spielen.«

Da Matz versprochen hatte, ihr in dieser Angelegenheit zu helfen, übernahm er das Wort.

»Locke«, sagte er, »als du in diesem – nun, sagen wir mal – merkwürdigen Trainingslager gewesen bist, hat Eva mit uns geprobt. Und es gibt keinen Widerspruch von den anderen in der Band: Es wäre klasse, wenn sie unsere Sängerin wird! Jetzt hör dir einmal dieses Tape an – du kannst nur begeistert sein.«

Schnell legte er in Lockes Stereoanlage den Mitschnitt der »Perfekten Welle« ein. Und Locke staunte. Was für eine

Stimme! Und wie Eva den Text rüberbrachte, das war mehr als nur die Worte wiederzugeben! Sie verstand es, das Gefühl für den Song zu wecken. Dass seine Freundin singen konnte, wusste Patrick schon seit langem, aber dass sie so gut war... Einfach klasse! Stolz gab er Eva einen Kuss. »Damit sind die KICKING DEVILS in den Olymp der Rockszene aufgestiegen«, sagte er, »und wenn du keinen Alkohol trinkst, kannst du den Job haben...«

Endlich konnten die drei wieder richtig schön miteinander lachen. Selbstironie war schon immer eine Stärke von Patrick!

Weil es so gut lief, kam jetzt auch noch der zweite Teil von Evas Beichte auf den Tisch.

»Patrick«, begann sie, »außerdem solltest du auch noch wissen, dass ich... na ja, dass ich eigentlich nur so aus Spaß und Langeweile... zu einem Casting gegangen bin, beim Fernsehen.«

Locke schaute sie groß an. »Und?«, fragte er, »Was für eins?«

»Von ›Deutschland sucht den Superstar‹ ... und... also, was soll ich groß rumlabern, ich bin tatsächlich zum Re-call eingeladen worden.«

Locke wusste von diesem Casting, und auch, wer dort unter anderem in der Jury saß. »Zu diesem Martin bist du gegangen, zu diesem Großkotz, den wir beide nicht leiden können?« Er grinste jetzt. »Merkwürdig, was ihr Mädels manchmal so macht! Aber was soll ich groß sagen? Meine Laufbahn als Profi ist wohl etwas ins Stocken geraten, da will ich dir als Superstar nicht im Wege stehen. Einer muss ja die Millionen verdienen!« Wieder lachten die drei – Eva war sehr erleichtert. Und wieder war die Welt ein Stück weit mehr in Ordnung...

Schon am nächsten Tag meldete sich Locke – obwohl es ein Sonntag war – bei seinem Vereinstrainer zurück und erzählte ihm die ganze Geschichte aus Duisburg. Kelter glaubte seinem Patrick natürlich. »Ist schon eine Sauerei«, meinte er, »aber da kann man kaum was machen; es gibt manchmal eben auch ein Schwein, da kann das Team ansonsten noch so gut und kameradschaftlich sein... Und die Konkurrenz ist schon ziemlich hart, das weißt du ja, da passiert es, dass der eine oder andere nicht mehr weiß, was sich gehört und was nicht! – Hast du versucht, mit Stettler zu reden?«

»Keine Chance!«, meinte Locke. Kelter nickte. Dann sagte er: »Du hast hier jegliche Unterstützung, Patrick, und nicht nur für die kommenden Trainingseinheiten!«

Patrick war sehr dankbar. Bei Blau-Weiß hatte er sowieso ein heimatliches, gutes Gefühl, und als er auch den Jungs kurz berichtet hatte, wie er gelinkt worden war, fragte keiner mehr groß nach den Dingen bei der U15. Der Alltag konnte beginnen...

Am Montag stieg Patrick wieder in das normale Vereinstraining ein, und jeder in diesem Verein hatte das Gefühl, einen noch besseren und stärkeren Patrick zu erleben. Er sprach jetzt mehr mit seinen Mannschaftskollegen und gab die Richtung auf dem Platz klarer vor. Das hatte er mitgebracht aus Duisburg, und es sollte sein Spiel verbessern – ganz nach der Devise: Tore schießen, wie die Welt sie noch nicht gesehen hat! Oder fast.

Am Dienstagnachmittag spielte die U15 von Deutschland gegen Portugal und Locke sah sich das Spiel ganz allein vor dem Fernseher an. Das Sportfernsehen übertrug die Begegnung am frühen Nachmittag. Zehntausend Zuschauer im Ruhrstadion sahen kein gutes Spiel. Es endete 1:1. Heiko Erde konnte in der siebzigsten Minute einen Elfmeter zum Ausgleich verwerten. Erik Stössken spielte über rund achtzig Minuten als zweite Sturmspitze und konnte nicht überzeugen.

Der Kommentator Jörg Dahlmann fragte nach dem Spiel bei Stettler nach, warum denn Patrick Schubert – »der doch im Trainingslager in Duisburg einen sehr guten Eindruck hinterlassen hat!« – nicht nominiert wurde. Aber der U15-Trainer wich dieser Frage aus; er antwortete einfach mit den Worten: »Das war eine interne Entscheidung – über die ich öffentlich nicht reden möchte.« Das sagte alles, aber auch nichts.

Patrick knipste den Fernseher aus und ging zum Vereinstraining – dort schoss er im heutigen Spiel sage und schreibe sechs Tore. So stark hatte man ihn selten erlebt!

Kelter nickte ihm anerkennend zu. »Du solltest immer Wut im Bauch haben«, meinte er, »dann würde ich am Gewinn der Stadtmeisterschaft keinerlei Zweifel haben.«

Das vorletzte Meisterschaftsspiel, am Sonntag eine Woche später, führte die Blau-Weißen nach Gelsenkirchen-Bulmke. Die Mannschaft von Viktoria Bulmke tummelte sich im Mittelfeld der Tabelle und hatte keinerlei Ambitionen, nach oben zu kommen. Das Spiel wurde zu einem Spaziergang für die Blau-Weißen.

Die Anwärter auf die Meisterschaft gewannen 6:0. Matz erzielte zwei Tore und Patrick baute seinen Vorsprung in der Torschützenliste durch vier Treffer weiter aus. Nach dem eigenen Spiel wurden naturgemäß fleißig per Handy die anderen Resultate dieses Sonntags abgefragt.

Es gab keine Überraschungen. Der Tabellenführer Erle 08 hatte am Forsthaus klar mit 3:0 gegen Rot-Weiß Bismarck und der Tabellendritte STV Horst gegen den Lokalrivalen Horst 08 mit 2:0 gewonnen. So konnten am letzten Spieltag am kommenden Sonntag noch zwei Mannschaften die Stadtmeisterschaft erringen:

1. Erle 08 – 61 Punkte

2. BLAU-WEISS Gelsenkirchen – 59 Punkte

3. STV Horst – 58 Punkte

Ganz Gelsenkirchen freute sich auf das echte Endspiel Blau-Weiß gegen Erle 08 am kommenden Sonntag auf dem Schürenkamp. Die Ausgangssitutation war klar: Blau-Weiß musste gewinnen. Erle 08 reichte ein Unentschieden. Die Horster hatten wegen des schlechten Torverhältnisses keine Chance mehr, die beiden führenden Mannschaften abzufangen.

Montag, endlich mal alles normal bei Locke. Schule, Hausaufgaben erledigen, ein bisschen am Computer spielen. Eva treffen, mit Matz quatschen – wunderbar. Keine blöden Fragen über die U15 beantworten. Einfach mal in den Tag reinleben und am Abend mit den KICKING DEVILS proben. Der erste große Auftritt würde nicht mehr lange auf sich warten lassen, die Proben mussten dafür langsam etwas intensiviert werden… Bei dieser Probe nun sang Eva wie selbstverständlich mit – als ob sie schon hundert Jahre zur Band gehören würde. So entspannt kann ein Montag sein.

Und so voll gepackt ein Dienstag:

Kaum war Locke aufgestanden, schickte ihn seine Mutter – es war noch nicht sieben Uhr! – zum Bäcker, ein paar Brötchen holen. Locke schwang sich auf sein Fahrrad und radelte in einem Tempo, wie es höchstens noch Jan Ullrich in Deutschland schafft, um die drei Häuserblöcke zur Wilhelminenstraße. Dort erstand er in der Bäckerei Ernst vier Körnerwecken, dazu drei mit Mohn und vier normale Brötchen.

Früher hatte er diese Einkaufstour am Morgen geradezu gehasst – aber dann dachte er sich: Na ja, es ist wie ein erstes frühes Training, dieses Radfahren. Und so war die Rückfahrt so etwas wie eine Bergwertung geworden – denn zur Overhofstraße ging es beständig, aber durchaus spürbar, in einer sanften Steigung zurück.

Heute spielte Locke »Tour de France« und feuerte sich selber auf dieser Strecke an. Dies ist der Tag, an dem Lance Armstrong geschlagen wird ... hämmerte es in seinem Kopf. Als er wieder zu Hause ankam, drückte er auf einen Knopf seiner Armbanduhr. 3.57,77 – das war neue Bestzeit. Der Tag fing zumindest gut an, mal sehen, wie er weiterging.

Viertel vor acht trafen sich Locke, Eva und Matz am Eingang ihrer Schule. Vor dem Unterricht musste einfach noch Zeit für ein kleines Schwätzchen sein. Die drei sprachen über den gestrigen Probenabend. Sie hatten neue Songs von »Silbermond« und »Klee« eingeübt. Alles klang wirklich super und sie freuten sich wie wild auf das erste gemeinsame Konzert der KICKING DEVILS – oder besser: der *NEW* KICKING DEVILS. Denn mit Eva sollte die Band, das war gestern Abend wieder deutlich geworden, eine neue Qualität erreichen. Angesetzt war das Konzert für den Sonntag, nach dem Spiel von Blau-Weiß gegen Erle 08, dem letzten der Meisterschaft. Zwei absolut wichtige Ereignisse an einem Tag! Das Katholische Jugendheim in Gelsenkirchen-Heßler war der Veranstalter – und in Heßler hingen schon die ersten Plakate an den Bäumen, die auf die Show hinwiesen.

Als die drei das Schulgebäude betraten, kamen sie an der Infowand vorbei – und auch dort hing nun ein solches Plakat. In schreiendem Orange auf weißem Untergrund stand schlicht und einfach zu lesen: THE KICKING DEVILS LIVE IN CONCERT!!!, und dazu Ort und Anfangszeit des Auftritts.

Schon ein wenig stolz blieben sie vor dem Poster stehen, da zückte Matz plötzlich einen Stift und setzte ein dickes

NEW vor den Namen der Band. Locke lachte und klopfte dem Freund auf die Schulter. Genauso war es: Ab jetzt würden sie nur noch mit dem NEW auftreten!

Gerade wollten sie weitergehen und sich in ihren Klassenraum zur ersten Stunde begeben, da kam der Direktor auf sie zu und sprach sie an. Genauer gesagt, Locke wurde angesprochen.

Dr. Bäumler streifte kurz das Plakat mit einem Blick, lächelte und wandte sich dann an Locke. »Du solltest mal in der großen Pause in mein Büro kommen, Patrick. Wir sind hiermit um Punkt zehn miteinander verabredet!« Das sagte er keinesfalls unfreundlich, eher beiläufig. Dennoch meinte Matz: »Hast du etwas verbrochen, Locke, von dem wir nichts wissen? Oder sind deine Zensuren so schlecht, dass der Herr Direktor dich persönlich motivieren muss?«

Locke zuckte nur mit den Schultern. »Keine Ahnung, was der von mir will«, überlegte er laut, »aber ein schlechtes Gewissen habe ich eigentlich nicht.«

Eva schaute etwas skeptisch. »Da lassen wir uns mal überraschen, was bei dieser Privataudienz rauskommt«, meinte sie und wollte noch zu einigen Mutmaßungen ausholen, aber jetzt mussten sich die Freunde beeilen, um rechtzeitig zum Matheunterricht zu erscheinen. Das gelang ihnen jedoch gerade noch pünktlich …

Das wie immer ersehnte Pausengeräusch machte aus einer – bei Mathematik sehr zurückhaltenden – Klasse ein Tollhaus. Waren alle in der Unterrichtsstunde sehr schweigsam gewesen, so lebte die Meute nun total auf. Die Schülerinnen und Schüler erwachten wie aus einem unheimlichen Totenschlaf. Noch vor ein paar Sekunden hatte tiefe Lähmung geherrscht – und jetzt sprang und hüpfte alles durcheinander und Wortfetzen und lautes Gelächter schwirrten durch diesen Raum des Grauens.

Locke machte sich pflichtbewusst auf in Richtung des Rektorats. Neugierig war er schon, was Dr. Bäumler wohl von ihm wollte. Punktlandung. Auf die Sekunde genau, um zehn Uhr, klopfte er am Sekretariat von Dr. Bäumler an. »Bitte eintreten«, hörte er es durch die Tür. Er betrat den Raum, in dem die Sekretärin, Frau Demmerling, ihn freundlich begrüßte.

»Ich habe einen Termin bei Herrn Dr. Bäumler«, sagte Patrick.

»Ach ja, hat er mir gesagt«, kam es fast wie ein Echo zurück. »Setz dich schon mal in das Büro vom Herrn Direktor; er muss jeden Augenblick wieder hier sein.« Locke ging also in den Raum nebenan und setzte sich an den Besprechungstisch.

Er war nicht zum ersten Mal hier, dennoch blickte er sich interessiert um. Alles in dem Raum war irgendwie elegant, verglichen mit der Ausstattung der Klassenräume: der Schreibtisch des Direktors, die Vorhänge an den Fenstern, das gemaserte Holz des Tisches, an dem Locke saß, der gepflegte Parkettboden, die Blumenkübel in der Ecke …

Lockes Beobachtungen wurden gestört, als Frau Demmerling die Tür öffnete, ein paar Kekse servierte und ihn freundlich fragte: »Kaffee, Tee, Limonade, Milch?« Locke staunte. Nein wirklich, nach einer Abreibung sah das hier nicht aus. Was kam da nur auf ihn zu? »Bitte eine Sprite!«, hörte er sich sagen.

Frau Demmerling eilte wieder hinaus – und er setzte seine Betrachtung des Zimmers fort. Hinter dem Schreibtisch, der voll beladen mit Akten war, hingen einige sorgfältig gerahmte Urkunden. Locke konnte von seinem Platz aus kaum erkennen, was darauf stand. Aber mit zusammengekniffenen Augen war doch auszumachen, dass Dr. Bäumler als Student eine echte Sportskanone gewesen sein musste.

Deutscher Hochschulmeister im Fußball – Universität Marburg stand da auf einer zu lesen. Und genau in diesem Augenblick, als Locke starr auf diese Auszeichnung blickte, betrat der Direktor mit federnden Schritten das Büro.

Locke wollte sich erheben. Doch Bäumler machte ihm mit einer kleinen Handbewegung klar, dass er sitzen bleiben sollte. Er setzte sich zu ihm an den Tisch und begann ohne Umschweife und lange Vorreden. »Junger Mann, wie mir natürlich nicht entgangen ist, bist du ein mehr als passabler Fußballer«, sagte er. »Aber was da bei der U15 in Duisburg passiert ist, kann man ja wohl nur als hornochsendumm bezeichnen.« Locke war wie elektrisiert – dass es hier in diesem Gespräch um Fußball gehen würde, hatte er nicht im Entferntesten erwartet. Außerdem fragte er sich gerade, was hornochsendumm sein sollte.

Aber der Direktor fuhr schon fort: »Wie kann man nur eine solche Chance einfach wegwerfen. Ich hätte alles gegeben, um einmal in solch einer Mannschaft für Deutschland spielen zu dürfen. Alles, verstehst du, und du wirfst für so ein paar blöde Flaschen Bier eine solche Möglichkeit in den Dreck.«

Dr. Bäumler schaute Locke forschend an, so als könne er selbst kaum glauben, dass der Schüler vor ihm tatsächlich eine solche Dummheit begangen hätte. Locke hob – fast automatisch, wie im Unterricht – den rechten Zeigefinger. Der Direktor blickte jetzt erstaunt und sagte im gleichen Atemzug: »Bitte!«

Patrick beteuerte nun einmal mehr seine Unschuld – und er erklärte unmissverständlich, dass er kein Bier trinken würde, niemals, und dass er schlicht und einfach reingelegt wurde. Bäumler schwieg einen Augenblick. Dann nickte er. »Patrick Schubert«, kam es ruhig und mit Nachdruck, »ich glaube dir. Ich wollte es nur nochmals direkt von dir hören.

Dein Vereinstrainer Kelter hat mir von der Sache erzählt. Er glaubt natürlich auch an deine Unschuld – aber das hat er dir ja schon gesagt. Er bat mich um Hilfe in dieser Angelegenheit«.

Neugierig fragte Locke dazwischen: »Wie können Sie denn helfen, Herr Direkor? Ich meine…«

Bäumler lächelte. »Nun, ich habe früher mit dem Verbandstrainer Stettler in der Hochschulmannschaft von Marburg gespielt. Er war immer schon ein sturer Hund. Wenn der mal eine Meinung hatte, dann war er nur schwer vom Gegenteil zu überzeugen. Wenn du willst, kann ich ihn aber anrufen und mit ihm reden. Vielleicht können wir eine zweite Chance für dich rausschlagen.«

Locke war begeistert. »Das würden Sie wirklich für mich tun?« – »Ja, aber auch nur, wenn sich dein Einsatz im Mathematikunterricht etwas erhöht.« Das fügte Bäumler jedoch mit einem weiteren Lächeln an.

Locke grinste, zeigte ein etwas schuldbewusstes Gesicht, erhob sich – und machte sich zu den nächsten zwei Unterrichtsstunden auf. Deutsch stand auf dem Programm. Ein Fach, das ihm etwas mehr lag…

In der Klasse angekommen, setzte er sich sofort auf seinen Platz und der Unterricht begann.

Matz und Eva, die neugierig zu ihm rüberschauten, bekamen einen hochgestreckten Daumen gezeigt. Sie erlebten in den folgenden neunzig Minuten einen Patrick Schubert – derart motiviert, dass sie nur staunen konnten. Er wirkte so gelöst auf sie wie sonst nur auf dem grünen Rasen.

In der Pause um zwölf wurden die Freunde umfassend informiert. Matz brachte es auf den Punkt: »Guter Mann, dieser Dr. Bäumler! Mir war er schon immer irgendwie sympathisch!« Und er schlug Patrick lachend auf die Schulter.

Nach der letzten Stunde – Biologie –, trennten sich die drei, um daheim Mittag zu essen und die Schulaufgaben zu erledigen. Aber der nächste Termin stand für die Jungs schon fest. Siebzehn Uhr, Training auf dem Schürenkamp. Dies war die Woche der Wahrheit; am kommenden Sonntag stieg das Spiel gegen Erle 08 und danach stand der Stadtmeister fest. Blau-Weiß kannte nur ein Ziel: Die Meisterschale musste her!!

Doch auch Evas Nachmittag sollte nicht nur aus Hausaufgaben und dem üblichen Kram bestehen. Ein Brief war angekommen. Absender: RTL. Kurz und knapp wurde sie zum Re-Call eingeladen …

Liebe Eva,
du hast es ja schon in Essen erfahren. Dein Auftritt vor
unserer Fachjury war so gut, dass wir dich zu einem weiteren
Probesingen einladen möchten. Der Termin steht nun fest.
Das Re-call findet am Samstag, den 8. Juni, statt, um
zehn Uhr im »Maritim-Hotel« in Gelsenkirchen.
Bitte studiere für diesen Termin zwei neue Titel ein, von denen
einer unbedingt in deutscher Sprache sein muss.
Auch Steve Martin freut sich auf ein weiteres Treffen mit dir.
Mit freundlichen Grüßen
Sabine Schollert
RTL-Redaktion

Eva grinste. Als ob der sich auf mich freuen würde. Sie informierte die Eltern beim Mittagessen. Ihre Mutter fand es gut, dass sie in die nächste Runde kam, und ihr Vater reagierte mit dem üblichen Spott. »Wenn du *noch* weiterkommst«, grinste er, »kannst du beim Zähneziehen singen, damit meine Patienten weniger Schmerz empfinden. Aber natürlich wünsche ich meiner lieben Tochter viel Erfolg!«

Er zwinkerte Eva zu, und dann war dieser Traum von einem Vater auch schon wieder auf dem Sprung zu seinen geliebten Patienten – den Opfern, wie Eva die Kunden ihres Vaters heimlich nannte.

»Na, dann werde ich noch etwas üben!«, beschloss sie das Mittagessen und erhob sich.

Auch Matz hatte Post bekommen. Die türkische U15-Nationalelf würde sich am Montag, den 9. Juni, in Istanbul treffen. Dem Brief lagen zwei Tickets bei. Düsseldorf – Istanbul und zurück. Matz platzte fast vor Stolz. Flugtickets für ihn.

Er fühlte sich wie ein ganz, ganz Großer…

Siebzehn Uhr, Trainingsgelände Blau-Weiß. Auf dem Schürenkamp hatten sich alle Spieler im Umkleideraum versammelt.

Kelter stand inmitten der Truppe und erhob die Stimme: »Meine Herren, wir haben es am kommenden Sonntag hier auf dem eigenen Platz in der Hand, die Stadtmeisterschaft zu gewinnen. Erle 08 muss einfach nur geschlagen werden!« Er lächelte über seinen Witz. Die Umstehenden grinsten. »Wir wollen nicht groß darüber diskutieren, jeder muss sein Bestes geben, damit wir das Ziel erreichen«, fuhr er fort. »In dieser Woche werden wir uns hier täglich – auch am Samstag – treffen, um uns optimal für das Spiel vorbereiten zu können. Konditionell sind wir gut aufgestellt. Einige kleine Tricks werden wir noch einüben, um die Männer aus Erle zu überraschen. Heute steht ein spezielles Freistoßtraining auf dem Programm, das wir bis Sonntag noch intensivieren werden. Locke und Matz, bitte kommt doch mal zu mir, euch will ich es speziell erklären; alle anderen können schon mal zum Aufwärmen auf den Platz gehen.«

Die Spieler gingen hinaus auf das Gelände – ernst, zielbewusst und konzentriert. Patrick sah ihnen nach. Unglaublich, aber wahr, dachte er, aus einem Sack Flöhe war in den letzten Monaten eine sehr disziplinierte Mannschaft geworden. Ganz sicher ein Verdienst von Kelter.

Bevor der Trainer den beiden Stürmern seinen besonderen Trick erläutern konnte, bedankte sich Patrick für die Fürsprache bei seinem Direktor.

»Gern geschehen«, antwortete Kelter und nickte ihm zu, »ich wusste noch, dass dein Direktor und Stettler früher einmal in einer Mannschaft gespielt haben – und da dachte ich …«, er unterbrach sich, »… nun, mal abwarten, was dabei herauskommt. Jetzt zählt aber zunächst nur das Endspiel gegen Erle 08«, kam er auf sein jetziges Thema zurück, »und da habe ich mir Folgendes ausgedacht …«

Innerhalb von zwei Minuten hatten Matz und Locke den kleinen Kniff begriffen – jetzt musste man ihn nur noch auf dem Platz ausprobieren.

Er bestand darin, dass Locke bei einer Freistoß-Entfernung von mehr als fünfundzwanzig Metern nicht direkt auf das Tor schießen sollte. Vielmehr war seine Aufgabe nun, den Ball über die Mauer des Gegners etwa fünf bis sechs Meter neben das Tor zu bugsieren. Matz sollte dann von der Grundlinie aus den Ball per Kopf auf einen heranlaufenden Spieler von Blau-Weiß lenken, damit dieser mit voller Wucht schießen konnte.

Hörte sich einfach an, aber bei der ersten Trainingseinheit funktionierte es nicht ein einziges Mal. Entweder Locke schnibbelte den Ball zu weit – oder Matz kam nicht schnell genug in den Rücken der Mauer. Oder wenn Matz den Ball schon mal zurückköpfte, war kein Spieler schnell genug gestartet, um zu übernehmen. Das sah noch nach verdammt viel Arbeit aus. Gegen neunzehn Uhr beendete Kelter dann die Trainingseinheit mit den Worten: »Morgen werden wir die ganze Angelegenheit verfeinern – für heute ist erst mal Feierabend.« Nicht ganz zufrieden mit sich selbst, verließ der Kader von Blau-Weiß den Schürenkamp.

Um acht hatten sich Locke, Eva, Matz und einige andere Jungs aus der Mannschaft noch auf einen Milch-Shake in der Eisbar auf der Bahnhofstraße verabredet. Aus der Musikbox erklang – keine Frage! – einmal mehr »Boulevard of Broken Dreams« … Aber eigentlich waren sich alle sicher, dass ihr Traum von der Meisterschaft nicht zerbrechen würde. Bei diesem gemütlichen Treff gab Matz ein wenig mit seinen Flugtickets nach Istanbul an – aber das war eher Spaß, und alle freuten sich mit dem Mannschaftsclown über dessen Berufung in sein Geburtsland. So ging ein harter, spannender Tag zu Ende. Ein paar Stunden später lagen alle Beteiligten müde und kaputt in ihren Betten – dort träumten sie von der Stadtmeisterschaft, einem erneuten Ruf in die deutsche U15, vom Re-Call für den »Superstar« oder einem Flug an den Bosporus …

Am nächsten Morgen griff Dr. Bäumler in seinem Büro zum Telefon und wählte eine Nummer in Frankfurt, beim Deutschen Fußball-Bund. Nachdem zweimal das Freizeichen ertönt war, meldete sich am anderen Ende eine weibliche Stimme: »Deutscher Fußball-Bund, guten Tag, was kann ich für Sie tun?«

Bäumler verlangte den Trainer der U15, Detlef Stettler, zu sprechen, und schon Sekunden später meldete sich der alte Kommilitone von der Universität mit seiner kräftigen Stimme: »Stettler, ja bitte …«

Bäumler begann mit einem Scherz, er sagte: »Und hier ist Real Madrid, Herr Stettler, wir haben Ihnen ein interessantes Angebot zu machen.«

Auf der anderen Seite der Leitung blieb es ruhig.

Bäumler setzte nach: »Wir können Ihnen ein Traumgehalt anbieten – aber nur, wenn Sie den Spieler Uwe Bäumler zu einem Comeback überreden können.«

Jetzt fiel der Groschen bei Stettler. »Mensch, Uwe, Scherzkeks, immer noch die alten Gags, erst die Leute am Telefon veralbern – und dann zur Sache kommen.« Der Trainer lachte laut, »und ich habe geglaubt, als Schuldirektor muss man immer seriös sein. Wie geht's denn, alter Knochenbrecher?«

Diese Bemerkung bezog sich darauf, dass Dr. Uwe Bäumler – noch in Zeiten ohne Doktortitel – in seiner Mannschaft als eisenharter Spieler verschrien war. Die beiden Mannschaftskameraden von einst tauschten nun Erinnerungen aus, redeten ein bisschen darüber, wie schön doch früher alles war… das Übliche eben, bevor Dr. Bäumler zum eigentlichen Anlass seines Anrufes kam.

»Ich habe hier an meiner Schule einen Schüler«, begann er nun erneut, »den du auch gut kennen dürftest. Patrick Schubert heißt er; du hast ihn aus der Mannschaft geschmissen und –«

Stettler ging sofort dazwischen. »Aus gutem Grund«, bellte er, seine Stimme klang jetzt nicht mehr locker. »Wer in der U15 meint, heimlich Bier trinken zu müssen, der wird nie ein vernünftiges Mitglied unserer Mannschaft werden, auf keinen Fall.«

Bäumler ließ sich nun die ganze Geschichte aus der Sicht von Stettler erzählen – um dann messerscharf zu fragen: »Woher bist du dir so sicher, dass Patrick das Bier wirklich getrunken hat? Du hättest ihn und andere ja mal ordentlich befragen können.«

Stettler schwieg, offenbar nachdenklich geworden.

So fuhr Bäumler fort: »Aber nein, der alte Sturkopf Stettler hat gleich die Keule rausgeholt und zugeschlagen. Es heißt doch wohl immer noch: im Zweifel für den Angeklagten! Gib dem Jungen noch eine Chance – gegen deine manchmal blöden Prinzipien. Vertraue mir, ich habe mich mit Patrick ausführlich unterhalten. Ich kenne ihn und ich glaube ihm: Er hat das Bier nicht getrunken!«

»Was macht dich so sicher?«, fragte Stettler zurück.

»Der gesunde Menschenverstand eines Schuldirektors«, war die knappe Antwort.

»Ein nicht ausreichendes Argument – normalerweise«, meinte Stettler noch, um dann seinem alten Freund zu versichern: »Ich werde darüber nachdenken, denn Patrick Schubert ist wirklich ein großes Talent. Am Sonntag habt ihr ja in Gelsenkirchen so eine Art Endspiel um die Stadtmeisterschaft, das wollte ich mir anschauen. Bist du auch da?«

»Ja klar, außer Patrick spielen noch ein paar Jungs hier von meiner Schule bei Blau-Weiß«, antwortete Bäumler prompt. »Das lasse ich mir doch nicht entgehen.«

So verabredeten sich die beiden Freunde für Sonntag um halb zehn, zu einem Frühstück im Gelsenkirchener Hotel »Zur Post«. Anschließend wollten sie dann gemeinsam auf dem Schürenkamp erscheinen. Dr. Bäumler hatte, nachdem er den Hörer aufgelegt hatte, ein gutes Gefühl in der Sache Patrick Schubert.

Zur gleichen Zeit schwitzte Locke schon wieder im Unterricht. Seit dem Gespräch gestern mit dem Direktor war er unglaublich motiviert, egal was es war… Sogar in Mathematik gelangen ihm an diesem Vormittag einige Treffer.

Erstmals hatte er das Gefühl: Fußball und Schule – das geht auch irgendwie zusammen!

An diesem Morgen hatte er die Karte von dem Spielervermittler Hücklein in seinem Chaos auf dem Schreibtisch wieder gefunden. Und – irgendwie in Hochstimmung – hatte er beschlossen, diesen komischen Vogel nach der Schule einmal kurz anzuklingeln. Mal hören, war ihm durch den Kopf gegangen, was der eigentlich von mir will.

Als die Schule aus war und Locke sich – wie fast immer – mit Eva und Matz auf den Heimweg machte, erzählte er den beiden von diesem Spielervermittler und bat Eva um ihr Handy, weil er seines vergessen hatte. Mit einem leichten Zögern reichte Eva es ihm; sie sah nicht sehr begeistert aus. Bei dem Wort »Spielervermittler« fielen ihr die wie geleckt aussehenden Herren ein, die sie kürzlich auf dem Sportplatz gesehen hatte. War das Lockes Sache, sich mit so einem Typen abzugeben? Aber sie sagte nichts.

Patrick fischte die Karte von Jimmy Hücklein aus seiner Hosentasche. »Wo soll ich denn anrufen, was meint ihr: auf dem Festnetzanschluss oder auf der Handynummer?«

»Diese Typen sind doch ständig unterwegs«, entschied Matz weltmännisch, »ruf ihn auf dem Handy an.« Die drei steckten die Köpfe zusammen, und Patrick stellte das Telefon so laut, dass auch Eva und Matz das Gespräch mithören konnten. Und tatsächlich meldete sich Hücklein sofort. »Jimmy Hücklein – immer bei der Arbeit.«

Komische Art, sich zu melden!, dachten alle drei. Dann ergriff Locke das Wort: »Hier ist Patrick Schubert, Sie hatten mich beim Trainingslager der U15 in Duisburg angesprochen – ich sollte Sie bei Gelegenheit einmal anrufen...« Alle Achtung, geniale Formulierung von Locke, dachte Matz, der sich nun aber auf die Antwort von Hücklein konzentrieren musste. Er streckte das rechte Ohr in Richtung Handy und konnte gerade so verstehen, was Jimmy Hücklein entgegnete.

»Herr Schubert, auch wenn Sie letztendlich nicht zur U15-Nationalmannschaft gekommen sind«, tönte es aus dem Mobiltelefon, »kann ich Ihre Spielerqualitäten doch beurteilen. Und so würde ich gerne einmal ein persönliches Gespräch mit Ihnen führen, ob nicht ein Wechsel von Gelsenkirchen zu einem wirklich großen Klub für Sie infrage käme.« Hücklein steuerte sofort auf sein Ziel zu. »Ich würde Sie gerne besuchen und auch gleich darum bitten, dass Ihre Eltern an diesem Gespräch teilnehmen. Einverstanden?«

Locke überlegte noch einige Sekunden und antwortete dann sehr gelassen, sehr erwachsen klingend: »Ich werde mit meinen Eltern vorab sprechen – und dann hören Sie von mir. Einen schönen Tag noch.«

Das Gespräch war beendet. Eva und Matz schauten Locke beinahe bewundernd an. »Du hast gesprochen wie ein Profi!«, ergriff Eva das Wort.

»Du solltest mein Manager werden«, fügte Matz voller Achtung hinzu.

»Mutter und Vater sollen von diesem Hücklein wissen – und dann schauen wir mal, ob wir wirklich mit einem Spielervermittler sprechen wollen.« Mit diesen Worten reichte Locke das Handy an Eva zurück, die Freunde nickten zustimmend.

»Nicht vergessen, nach dem Fußballtraining heute treffen sich die NEW KICKING DEVILS um halb acht in Sankt Joseph zur Bandprobe. Wir müssen für unser Konzert in Heßler noch fleißig proben ...« Nach dieser Erinnerung von Matz trennten sich die drei, denn jeder hatte für das letzte Stückchen zum Elternhaus in eine andere Richtung zu gehen.

Locke erzählte beim Mittagessen von Hücklein, und die Schuberts beschlossen gemeinsam, den »internationalen Spielervermittler« demnächst einmal anzuhören. Patrick sollte per Telefon einen Termin vereinbaren.

Das Training an diesem Tag verlief ohne große Höhepunkte. Das Einüben des Freistoßtricks nahm wieder viel Raum ein, und so richtig wollte das Ganze immer noch nicht gelingen. Wobei es diesmal schon besser als gestern aussah … Sie würden weiter an sich arbeiten.

Zur Bandprobe waren Ben, Thomas, Locke, Matz und Eva, wie verabredet, genau um halb acht eingetroffen. Wie es sich für einen Schlagzeuger gehörte, war Ben ein sehr robuster Typ, den eigentlich nichts aus der Bahn werfen konnte. Kein Wunder, er war ja auch der Torwart von Blau-Weiß. Thomas dagegen war eher ein stiller, beobachtender Junge, was man ebenfalls an seiner Position auf dem Rasen ablesen konnte; er war ein umsichtiger Mittelfeldspieler. Unter den Bandmitgliedern war er derjenige, der sich stets die meisten Gedanken um Musik und Stil machte; als Keyboarder sorgte er vor allem für die melodische Ausgewogenheit der Songs. Die fünf verloren nicht viel Zeit, die Geräte wurden angeschmissen und schon bald sang sich Eva die Seele aus dem Leib. Ja, das konnte man durchaus wörtlich nehmen – sie klang so intensiv und klasse, dass so manch einer der Jungs schon bei den Proben eine Gänsehaut bekam. Die NEW KICKING DEVILS spulten ihr Programm ab, was wirklich schon sehr gut klang. Für rund fünfundvierzig Minuten Show reichte es durchaus – das war auch das Mindeste, was sie ihren Fans demnächst in Heßler anbieten wollten.

Thomas machte heute noch einen besonderen Vorschlag. »Eva«, meinte er zu ihrer Frontfrau, »wir sollten deine Stimme noch besser zur Geltung bringen. Manchmal erschlagen dich die lauten Instrumente geradezu. Das müssen wir besser in den Griff bekommen. Aber«, und jetzt kam, was er vorschlagen wollte, »lass uns außerdem doch mal ein Stück nur zum Keyboard mit dir einstudieren.«

Die anderen KICKING DEVILS wollten zunächst protestieren, denn dann wären sie zumindest einen Song lang ohne Beschäftigung gewesen. Aber Thomas sprach schnell weiter: »Für dieses eine Stück«, wandte er sich an sie, »fahren wir das Licht im Saal total runter – und unser Beleuchter richtet nur den weißen Strahler auf Eva. Einen Song…«, er wurde jetzt ein bisschen rot, »…hätte ich schon! Er soll ›Überleben‹ heißen – und er klingt so…«

Und schon begann Thomas, eine irre schöne Melodie auf dem Keyboard zu spielen, das jetzt wie ein Klavier klang. Dazu sang er selber einen Text:

> Manchmal fühl ich mich allein
> Frage mich – muss das denn sein?
> Keiner hat die Kraft zu fragen
> Warum macht ihr mich so klein?
> Doch das ist jetzt einerlei…
>
> Ich will überleben
> Einfach nur die Sonne spüren –
> Wie viel Kraft ist mir gegeben
> Auf dem Weg zu dir?
> Eure blöden Regeln
> Öden mich ganz einfach an –
> Gehen wir's gemeinsam an
>
> Ich will überleben
> Einfach nur die Sonne spüren –
> Wie viel Kraft ist mir gegeben
> Auf dem Weg zu dir?
>
> Heute, morgen und für immer
> Es ist das Licht – es führt zum Ziel

Ich will überleben
Einfach nur die Sonne spüren –
Wie viel Kraft ist mir gegeben
Auf dem Weg zu dir?

Die letzten Töne verklangen. Einen Augenblick herrschte Schweigen. Die Mitglieder der Band waren völlig überrascht. Keiner von ihnen wusste, dass Thomas so was konnte: ein Lied schreiben. Und dann so ein schönes!

»Ist das echte Lyrik?«, fragte Matz in die Stille hinein. Und Eva hörte man sagen: »Mir gefällt es. Sehr sogar!«, worauf Thomas ihr den Text und die Noten für den Song in die Hand drückte. Nun sang Eva das Lied, und eine super schöne Stimmung machte sich im Raum breit. Allerdings: Gegen den ursprünglichen Wunsch von Thomas machten sich nun auch die anderen Bandmitglieder an ihre Instrumente. Sparsam wurden das Keyboard und die Stimme von Eva begleitet durch die Gitarren von Patrick und Matz und es entstand der erste gemeinsame eigene Song der NEW KICKING DEVILS. Den abschließenden Teil des Liedes schrieb Thomas noch in mehrstimmigen Gesang um – und alle hatten das Gefühl, einen eigenen Hit komponiert zu haben. Nach dem letzten Ton hörte die Band zaghaften Beifall. Kelter hatte sich mal wieder unbemerkt in den Probenraum geschlichen und war total begeistert…

Der Donnerstag und der Freitag vergingen wie im Fluge. Schule, Fußballtraining, die kleinen alltäglichen Dinge erledigen. Der Tag des wichtigen Spiels gegen Erle 08 stand unmittelbar bevor. Die Presse in Gelsenkirchen schrieb einige Vorschauberichte zu dem Spiel und allgemein wurde Blau-Weiß Gelsenkirchen favorisiert. Der Heimvorteil und die beiden Fast-U15-Nationalspieler Patrick Schubert und

Matz sprachen dafür. Keine andere Mannschaft in Gelsenkirchen hatte einen so starken Sturm. Was man aus den Zeitungen nicht erfahren konnte, war die Tatsache, dass der
Freistoßtrick im Training der Blau-Weißen immer besser
funktionierte. Um ihn im Spiel ausprobieren zu können,
brauchte man allerdings auch eine entsprechende Frei-
stoßsituation, so ungefähr fünfundzwanzig Meter vor dem
Tor von Erle 08 – und ob die kommen würde, stand natürlich in den Fußballsternen.

Eva dagegen hatte völlig unbekümmert dem Samstag ent-
gegengeschlummert. »Re-Call! Na und …?«, war ihr Motto.
Was hatte sie schon zu verlieren. Nichts! Locke und die
Band wussten natürlich von dem Termin. Matz meinte:
»Wenn Eva in die TV-Show kommt, dann haben wir hier 'ne
prima Reklame für die NEW KICKING DEVILS. Und Eva
ist ja nun mal alles andere als eine Retortensängerin.« Er fing
zu schwärmen an. »Ich sehe jetzt schon die Schlagzeilen in der
›Bravo‹ vor mir: ›Die NEW KICKING DEVILS haben sie
groß gemacht – und trotz eines Angebotes von Steve Martin
bleibt sie ihrer Band treu!‹ So wird es kommen …«

Locke hatte seiner Freundin ausdrücklich Glück für den
Termin gewünscht und sich angeboten, sie am Samstag
nach dem Re-Call vom »Maritim-Hotel« abzuholen.

So hatten sie es verabredet – und nun war es kurz vor zehn
und Eva traf, kalt wie eine Hundeschnauze, vor dem Hotel
ein.

Diesmal keine kilometerlangen Schlangen vor dem Eingang. Wohl aber die Fahnen des veranstaltenden Senders
und ein paar Werbeplakate der beteiligten Sponsoren. Zwei
freundliche Mitarbeiter von RTL begrüßten sie und fragten
nach ihrer Einladung. Eva zeigte den Brief vor – und schon
wurde sie in einen Warteraum geführt.

Eva betrat ein super modernes Zimmer, das beinahe nackt wirkte, so minimalistisch war es eingerichtet; nur einige Designermöbel waren wahllos im Raum vertcilt – eine kühle, aber auch offen wirkende Atmosphäre. Süßigkeiten und Getränke standen bereit und eine durchaus angenehme Stimmung war zu spüren.

Als Erstes lief Eva einem der Mädchen aus Bochum über den Weg, Susi, mit denen sie kürzlich, bei der Eingangsrunde in Essen, gesprochen hatte. »Freut mich, dich hier wiederzutreffen«, sagte sie zur Begrüßung.

»Babette hat es nicht geschafft – leider! Aber für mich hat es irgendwie gereicht. Ich glaube, ich bin heute knapp vor dir dran. Es hat sich hier alles etwas verspätet. Ich werde ›Here Comes The Summer‹ von ›Texas‹ und ›Liebe lebt‹ von Nena vortragen – und du?«

Eva lachte. »Langsam, langsam … nicht so schnell auf einmal. Ich muss mich erst mal umschauen. Lustige Leute hier, das sieht man auf den ersten Blick. Teilweise auch etwas bescheuert – aber das gehört wohl zum Popgeschäft.« Sie grinste. »Also, ich werde es mit ›Mercedes Benz‹, einem absoluten Klassiker von Janis Joplin, und mit ›Überleben‹ versuchen.«

Susi kicherte. »Überleben wollen wir hier alle – aber wie heißt der deutsche Titel, den du singen möchtest?«

Jetzt lachte Eva. »›Überleben‹ ist ein selbst geschriebenes Lied von der Band, in der ich sonst singe – den NEW KICKING DEVILS.«

»Verdammt mutig von dir – wie reagiert denn wohl diese Fachjury auf Songs, die sie noch nie gehört hat?«

»Keine Ahnung, aber ist mir auch egal, der Titel ist gut und damit basta! Übrigens, dieser Typ da, winkt der dir nicht zu?«

Tatsächlich rief ein junger Mann Susi zu sich; für sie

wurde es jetzt ernst. Eva schickte ihr noch ein »Viel Glück!« hinterher, und schon war Susi hinter den dicken, schalldichten Türen verschwunden. Niemand sollte draußen mitbekommen, welche Dramen sich im Inneren abspielten.

Nach gut fünfzehn Minuten kam Susi wieder aus dem Pop-Olymp heraus. Tränen liefen ihr übers Gesicht – und jeder konnte erkennen, dass es keine Freudentränen waren. »Abgelehnt!«, schluchzte sie. »Meine Stimme wäre nicht ausdrucksstark genug und außerdem wär ich zu dick, um fünf Kilo, hat dieser Martin gesagt. Mist, ich hatte mir vorgenommen, hier nicht zu flennen. Egal was passiert. Aber das ist einfach unqualifiziert, was dieser Mensch da von sich gibt.« Sie schnäuzte sich lautstark in ihr Taschentuch. »Ich wünsche dir alles Gute! Und wenn du mal ein Star werden solltest – schick mir ein persönliches Autogramm. Tschüss, Eva…«

Immerhin hatte Susi nach den letzten Worten schon wieder ein schiefes Grinsen im Gesicht. Sie würde an dieser Absage nicht zerbrechen, so viel stand fest. Eva war jetzt voller Kampfeslust für ihren Auftritt vor der Jury. Und der sollte auch nicht mehr lange auf sich warten lassen.

Die Türen öffneten sich – und Evas erster Blick fiel wieder auf die Werbung für Nuss-Nougat-Creme, die hier im Saal aufgestellt war. Auch diesmal thronten die Poprichter erhöht auf einer Bühne. Eva schaute sich die drei heute etwas genauer an. Steve Martin, der leicht ergraute Popstar, wirkte wie immer ultracool und trug sogar in diesem geschlossenen Raum eine Sonnenbrille. Kupfer, die Radiomoderatorin, war etwas bemüht alternativ gekleidet, so als ob sie auf einem Parteitag der Grünen wäre. Und Löwe, der Plattenboss, machte ganz auf Chef. Er trug einen grauen Anzug mit einem weißen Hemd und einer dezent gestreiften Krawatte. Er erinnerte damit etwas an einen Beamten…

Vor dieser Bühne war die Fläche, auf der sich die Talente präsentieren mussten. Gleich zwei Kamerateams hatten sich diesmal davor postiert.

In der Jury herrschte eine ausgelassene Stimmung, und Eva dachte: Muss spaßig sein, Leute fertig zu machen!

Martin sprach sie als Erster an: »Aha, Nummer einund-dreißig, Eva – irgendetwas war doch mit dir Besonderes beim letzten Mal…«

Evas Kampfeslust war ungebrochen. Nach dem Motto »Angriff ist die beste Verteidigung!« antwortete sie: »Ja, ich bin die, die beim letzten Mal in Essen schon gesehen hat, dass auch Sie an Übergewicht leiden…« Sie sagte es mit einem koketten Lächeln, aber diesmal war kein Gelächter die Reaktion – sondern nachdenkliche Blicke.

Der Plattenboss erwiderte anstelle von Martin: »Eva, das ist hier keine Kinderbelustigung. Wer hier mitmacht, muss eine knallharte Meinung vertragen können. Auch im Hin-blick auf sein Äußeres. Popmusik ist ein Job wie fast jeder andere auch, und da gilt es, bestimmte Regeln einzuhalten. Man sollte naturgemäß singen können, aber die Optik spielt eben auch eine Rolle – das kann man nicht leugnen. Aber«, versuchte er dann, die Wogen zu glätten, »jetzt lass uns nicht zanken, sondern zeig uns, was du kannst. Optisch habe ich nichts gegen dich einzuwenden – wenn ich das einmal so sagen darf…« Er lächelte.

Eva sah einmal mehr klasse aus. Sie hatte sich ihre besten Jeans angezogen. Knalleng. Dazu eine einfache weiße Bluse. Und schwarze Schuhe mit mittelhohen Absätzen. Ihr rotes, offenes Haar bot einen irrsinnigen Kontrast zu der weißen Bluse. Eva war nicht geschminkt; die Sonne der letzten Tage hatte ihre Haut sanft gebräunt.

Nun erhob sie ihre Stimme und sang »Mercedes Benz«, ein sehr raues, aber ungemein eingängiges Lied. Der Song war vor vielen Jahren von Janis Joplin gesungen worden und als A-Capella-Hit um die Welt gegangen. Eva vergaß alles um sich herum – und war eins mit dem Song. Die Jury blickte sich erstaunt und mit einiger Begeisterung an. Da war viel von Anerkennung, was Eva in den Augen der Fachleute lesen konnte. Nach gut zwei Minuten und dreißig Sekunden war der erste Teil des Auftritts geschafft.

»Was hast du uns noch mitgebracht?«

Steve Martin hatte wieder das Wort ergriffen und sah sie, wie die anderen Jurymitglieder auch, gespannt an. »Ein Lied, das ›Überleben‹ heißt«, sagte Eva mit einem leichten Lächeln. Sie fühlte sich auf einmal so sicher, so als ob ihr niemand etwas anhaben könnte.

»›Überleben‹– kenn ich nicht«, mischte sich nun erstmals die Radiomoderatorin ein. Und Martin hakte nach: »Von wem soll das sein?«

»Von meinem Freund Thomas und den NEW KICKING DEVILS«, antwortete Eva knapp.

»Nun, das ist etwas ungewöhnlich, hier eigene Songs vorzustellen – aber lass dich nicht aufhalten«, war nun von Löwe zu hören.

Und so kam es, dass »Überleben« als Welturaufführung vor der Fachjury von »Deutschland sucht den Superstar« zu hören war. Und es kam der Satz, mit dem Eva eigentlich nicht gerechnet und auf den sie auch nicht gehofft hatte. Oder doch? Egal!

»Nicht so schlecht, Fräulein!«, erklärte Martin fast beiläufig. »Wir erwarten dich als Teilnehmerin der TV-Show ›Deutschland sucht den Supestar‹ im Herbst bei RTL. Herzlichen Glückwunsch!«

Eva verließ den Raum wie auf Wolken. Sie hatte sich so fest vorgenommen, den TV-Test nicht so ernst zu nehmen, aber jetzt war sie doch verdammt stolz. Draußen vor der Tür beglückwünschten sie eine Redakteurin von RTL und ein Kamerateam, das mit aufgepflanztem hellem Licht auf der Kamera auf sie wartete. Die Reporterin, mit einem gelben Mikrofon bewaffnet, stellte die Frage aller Fragen: »Wie fühlst du dich?«

Eva schaute in die helle Lampe und sagte fröhlich: »Prima – es freut mich ganz besonders, dass die Jury auch mein Lied ›Überleben‹ mochte – das ist nämlich von den NEW KICKING DEVILS.« Die Reporterin schaute erstaunt. »Wer sind denn die NEW KICKING DEVILS? – Nie gehört!«

Eva sagte sehr gelassen in dieses etwas aufdringliche gelbe Mikro: »Das ist die beste Band der Welt – und wer sie kennen lernen möchte, kann sie morgen Abend im Jugendheim in Gelsenkirchen-Heßler live erleben.«

Das Licht auf der Kamera ging aus, und die Redakteurin, die ihr gerade noch überschwänglich gratuliert hatte, wandte sich abrupt ab, murmelte etwas von »du bekommst dann demnächst die Unterlagen für die erste TV-Show im Herbst«, und fügte im Weggehen hinzu: »Wir werden uns dann häufig sehen.«

Eva schaute ihr nach und murmelte ihrerseits: »Klar.« Und das war's dann auch. Sie verließ kurz vor zwölf das Hotel – und vor der Tür stand Patrick! Er schaute sie nur an – und wusste: Eva hatte es geschafft.

Er ging auf sie zu und nahm sie in den Arm. »Gratuliere«, sagte er fast feierlich. »Wenn überhaupt jemand Talent hat, dann du. Aber lass dich bitte, bitte nicht bekloppt machen von den Fernsehfuzzis.«

Eva lachte und konterte: »Du Fußballstar, lass du dich lieber nicht verrückt machen von leeren Bierflaschen und all so was.« Fast hätte sie hinzugefügt: Und von irgendwelchen Spielervermittlern … Wieso kam ihr das gerade jetzt in den Kopf? Verrückt.

Zur Feier des Tages lud Locke Eva in ein richtiges Restaurant zum Mittagessen ein. Wirklich ein Restaurant – keine Pommesbude! Sie tranken Apfelschorle und aßen jeder ein Bombensteak vom Feinsten. Allerdings staunte Locke nicht schlecht über die Preise. Fünfundzwanzig Euro musste er für sie beide hinblättern – immerhin sein halbes Taschengeld für einen Monat. Aber der Tag war es irgendwie wert.

Für drei Uhr am Nachmittag war die Mannschaft von Blau-Weiß zum Abschlusstraining auf den Schürenkamp geladen, für das morgige Topspiel gegen Erle 08.

Kelter ließ nur noch ein leichtes Bewegungsprogramm absolvieren, und gegen Ende der Trainingseinheit wurde noch einmal der Freistoßtrick geübt – und fachkundige Beobachter mussten zugeben, dass zumindest hier beim Training der Trick funktionierte...

Jetzt wurde der Fernseher eingeschaltet. Auf Premiere lief die Bundesliga in Konferenzschaltung, und die Jungs konnten sich über einen 3:0-Erfolg von Schalke 04 über Arminia Bielefeld freuen. Wenn das kein gutes Zeichen für ihr eigenes Spiel war!

Nach der Fußballübertragung hatte jemand auf RTL umgeschaltet und plötzlich war es in dem Raum so ruhig wie selten zuvor. Denn die Sendung »Exclusiv« zeigte einen Bericht über das heutige Re-Call; man konnte Evas Auftritt vor der Jury kurz sehen – und ihr Interview wurde ausgestrahlt.

Alle konnten hören, wie Eva Werbung für das morgige erste Konzert der NEW KICKING DEVILS in Heßler machte. Danach gab es kein Halten mehr, alle Anwesenden, auch jene, die nichts von Evas Auftritt gewusst hatten – und das war die absolute Mehrzahl –, brachen in lauten Beifall aus.

Patrick hatte das Gefühl, er wäre in diesem Augenblick deutscher Meister geworden. Die beiden anderen Mitglieder der DEVILS platzten fast vor Stolz darüber, dass ihr Bandname im Fernsehen genannt wurde.

Kelter lächelte. »Wenn das kein gutes Omen ist! Aber verlasst euch nicht darauf!«, meinte er. Und beendete anschließend diesen Nachmittag im Klubhaus. »Freut euch mit unseren Mitgliedern der Band! Geht früh ins Bett und denkt daran: morgen volle Konzentration für das Spiel gegen Erle 08. Also bis dann!«

Volle Konzentration für das Spiel gegen Erle – und anschließend die Show der NEW KICKING DEVILS. Was würde dieser Tag bringen? Patrick war voller Spannung auf morgen.

Er hatte gut geschlafen. Gegen acht war er aufgestanden und hatte in der Küche seinen Vater angetroffen. Markus Schubert ging es in letzter Zeit deutlich besser und manchmal konnte er den Rollstuhl für einige Schritte verlassen. Er hatte das Frühstück vorbereitet und es roch nach frischem Kaffee und Brötchen.

Lockes Vater war an Tagen, wenn fußballerische Entscheidungen wie die heutige anstanden, deutlich aufgeregter als sein Sohn. Er behandelte Patrick wie ein rohes Ei. »Setz dich hin, Junge – nicht jetzt schon unnötig Energie vergeuden. Du brauchst noch viel Kraft auf dem Platz.« Allerdings lachte er bei diesen Worten etwas, aber Locke hatte tatsächlich das Angebot angenommen und ließ sich bedienen.

Auch Patricks Mutter erschien nun in der Küche. »Das ist aber wirklich nett von euch, dass ihr das Frühstück schon zubereitet habt«, waren ihre ersten Worte. Auch sie wollte natürlich das Spiel gegen Erle 08 sehen.

Gesprochen wurde über das Match allerdings nicht. Dafür

unterhielten sie sich noch einmal ausführlich über das Telefongespräch mit Hücklein und beschlossen, den Mann demnächst zu einem Kaffee einzuladen.

»Wenn der ein Angebot von Bayern München aus der Tasche zieht...«, merkte Vater Schubert allerdings noch grimmig an, »fliegt er raus!« Locke musste lachen. »Einmal Schalker – immer Schalker!«, zog er seinen Vater auf.

Nationaltrainer Stettler und Schuldirektor Dr. Bäumler trafen sich im Hotel »Zur Post« in Gelsenkirchen, keine fünf Minuten vom Fußballplatz Schürenkamp entfernt. Gemütlich ließen sie sich an einem Fenster im Restaurant des Hotels nieder. Wenn man hinaussah, konnte man das schon sommerlich wirkende Grün im Stadtgarten von Gelsenkirchen genießen. Allerdings hatten die zwei kaum Augen für gepflegte Gartenanlagen; ihre Gespräche bei Tee, Orangensaft und Brötchen mit Käse drehten sich fast ausschließlich um Fußball. Endlich kam Dr. Bäumler zum »Fall Locke«, wie er es nannte.

»Sag mal, Detlef, wie war das denn im Trainingslager in Duisburg, hast du Patrick Schubert wirklich beim Biertrinken erwischt?«

Stettler war es etwas merkwürdig zumute. Er kannte den Gerechtigkeitssinn von Bäumler, und die Entdeckung der Bierflaschen in Patricks Rucksack, kurz vor dem Spiel der Nationalelf gegen Portugal, war natürlich nur aus zweiter Hand. »Also«, begann er, »die Beweise waren eindeutig, die leeren Bierflaschen rollten aus dem Rucksack von Schubert. Der Hausmeister in Duisburg ist absolut ehrlich und unbestechlich – und er war es schließlich, der diesen Fund gemacht hat.«

Bäumler schaute seinem Gegenüber direkt in die Augen. »Und wer sagt dir, dass Locke das Bier tatsächlich getrunken hat? Auch für dich sollte zunächst gelten: im Zweifel für den Angeklagten!«

Stettler nickte etwas schuldbewusst. »Aber Patrick hat sich nicht einmal gegen die Anschuldigung gewehrt …«, fügte er zu seiner Verteidigung noch an. Doch es klang nicht sehr überzeugend.

»Wie soll man sich auch gegen einen Prinzipienreiter wie dich groß wehren?«, konterte dann auch der Direktor, »da zieht man doch immer den Kürzeren.«

Detlef Stettler wurde nun nachdenklich – was zu seinen positiven Eigenschaften zählte. »Vielleicht hast du wirklich Recht«, meinte er. »Irgendwie war das wirklich alles zu einfach, neulich in Duisburg-Wedau. Du kennst den Jungen doch aus der Schule. Wie verhält er sich denn dort?«

Bäumler spürte, dass er seinen alten Kumpel jetzt am Wickel hatte. »Von seinen Leistungen her in der Mitte«, führte er knapp aus, »charakterlich keinerlei Auffälligkeiten, ein sympathischer Junge, ausgeglichen, verträglich. Er hat eine nette Freundin aus der eigenen Klasse – und ist sicher das größte Fußballtalent, das wir hier je auf der Schule hatten. Vielleicht bis auf Matz …«

»Wer ist das?«, fragte der Trainer zurück. Bäumler musste jetzt herzlich lachen. »Fällt nicht in deinen Aufgabenbereich: ein wieselflinker Rechtsaußen mit großer Torgefährlichkeit. Er wurde in der Türkei geboren und wie ich hörte, interessiert sich dein dortiger Kollege für den Jungen. Er fliegt in der nächsten Woche zu einem Sichtungslehrgang der türkischen U15 nach Istanbul. Du kannst ihn ja nachher sehen, er spielt natürlich mit Patrick Schubert zusammen im Sturm bei Blau-Weiß.« Bäumler machte eine kurze Pause. Dann fragte er eindringlich: »Aber was ist jetzt mit Patrick – bekommt er seine zweite Chance bei dir? Er hat mir gesagt, dass er nie Bier trinken würde, und ich glaube ihm!«

Stettler fiel es sichtlich schwer, seine Prinzipien zu verletzen, aber dann antwortete er doch: »Also gut, Bäumler, du bist der bessere Pädagoge – deshalb verspreche ich, es mit diesem Patrick Schubert noch einmal zu versuchen. Nach dem Spiel heute werde ich ein Gespräch mit ihm führen, und dann sehen wir weiter. Und ganz im Vertrauen, ich könnte ihn schon gut gebrauchen. Gegen Portugal hat Erik Stössken wirklich nicht gut gespielt – eine Alternative auf dieser Position wäre nicht verkehrt.« Er blickte auf die Uhr. »Ich glaube, jetzt wird es Zeit, dass wir aufbrechen. In fünfundzwanzig Minuten beginnt das Spiel.«

Auf dem Schürenkamp hatten sich etwa tausend Zuschauer versammelt, die das entscheidende Spiel um die Stadtmeisterschaft sehen wollten.

Alle, alle waren sie da. Lockes Eltern, Eva – erstmals zusammen mit ihrem Dad auf dem Fußballplatz –, dann die Angehörigen von Matz – eine große türkische Familie, die bestimmt aus zwanzig Personen bestand; auch Jimmy Hücklein hatte sich unter das Publikum gemischt und natürlich war die halbe Schule von Matz und Locke vertreten.

Die Stimmung vor dem Spiel war deutlich angespannt, aber irgendwie auch super prickelnd. Der Verein Blau-Weiß hatte sich etwas für dieses Spiel einfallen lassen – es gab eine große Beschallungsanlage und ein örtlicher Diskjockey namens Ulli spielte den Stadionsprecher. An einem großen Getränkestand konnten die Zuschauer auch einen Imbiss oder ein Stück Kuchen kaufen. Geld für die stets leeren Kassen von Blau-Weiß Gelsenkirchen …

Der Stadionsprecher verkündete jetzt, etwas reißerisch untermalt von der Musik aus dem Film »Mission Impossible«: »In fünfzehn Minuten beginnt das Spiel der Spiele. Blau-Weiß Gelsenkirchen gegen Erle 08. Bitte nehmen Sie

Ihre Plätze ein – und halten Sie etwas Kleingeld bereit. Unser Vereinskassierer geht gleich mit einer Zigarrenkiste herum – und bittet Sie um ein kleines, freiwilliges Eintrittsgeld.«

In den engen Umkleidekabinen war es etwas hektischer und nervöser zugegangen als sonst. Kelter hatte die letzten taktischen Anweisungen gegeben, nochmals auf den neuen Freistoßtrick hingewiesen und die Jungs zum Schwur im Kreis versammelt. »Blau und Weiß mit aller Kraft – für immer!!!«, brüllte die Mannschaft, und alle hatten das Gefühl, die Wände würden wackeln in den maroden Kabinen. Wie junge Fohlen zur Koppel war Blau-Weiß dann auf den Platz gelaufen, um sich aufzuwärmen.

Bäumler und Stettler waren inzwischen in dem kleinen Stadion angekommen und hatten sich auf der Minitribüne niedergelassen. Diskjockey Ulli hatte die beiden natürlich gesichtet. »Besonders begrüßen wir heute«, krähte er über seine Verstärkeranlage, »Detlef Stettler, den Trainer der deutschen U15-Auswahl, und Dr. Bäumler, den Direktor des Johannes-Gymnasiums.«

Locke registrierte die Ansage sehr wohl – und zuckte etwas zusammen. Stettler ist also da, sagte er sich im Stillen, da muss ich heute besonders stark sein. Vielleicht merkt er dann, dass er nicht auf mich verzichten kann! Dass Dr. Bäumler ebenfalls gekommen war, gab ihm die Hoffnung, dass er für ihn gut Wetter gemacht hatte. Versprochen hatte es sein Schuldirektor ja. Locke fühlte sich plötzlich, als ob er Bäume ausreißen könnte …

Nun wurden die Mannschaften an den Spielfeldrand geholt – und die beiden Teams mussten einlaufen wie bei einem Spiel der Bundesliga. Diskjockey Ulli legte dazu »We will rock you« von »Queen« auf. Das große Spiel konnte beginnen.

Und wie es begann! Keine Minute war gespielt, als der Schlussmann von Blau-Weiß den Ball aus dem eigenen Kasten holen musste. Die Mannschaft von Erle 08 in ihren giftgrünen Trikots hatte Anstoß gehabt und ihr Spielmacher hatte das Leder sofort weit in die Hälfte von Blau-Weiß getrieben. Danach erfolgte ein schnelles Abspiel auf die linke Außenbahn. Der Mann von Erle 08 lief noch etwa zwanzig Meter und schlug eine unglaublich exakte Flanke auf den Elfmeterpunkt. Die Abwehr von Blau-Weiß war alles andere als formiert und der Mittelstürmer von Erle konnte sich die Ecke zum Torschuss wie im Training aussuchen. Er wählte die rechte. Blau-Weiß-Torhüter Ben konnte nicht einmal mehr reagieren. Stehend musste er frustriert feststellen, dass die Kugel rechts oben in seinem Gehäuse eingeschlagen war!

Der Jubel der Erler war riesig, und obwohl der Schürenkamp ein einfacher roter Aschenplatz war, begruben die Spieler ihren Torschützen unter sich. Der arme Kerl lag inmitten der Spielertraube und konnte froh sein, dass er seinen Treffer nicht mit einer Verletzung bezahlen musste. Die rund hundert Fans aus Erle waren entsprechend begeistert, und Diskjockey Ulli gab kleinlaut bekannt: »Erste Spielminute – 1:0 für unseren Gast aus Erle. Torschütze mit der Nummer neun, Sven Paschinski!«

Auf der Tribüne entsetzte Kommentare. Dr. Bäumler meinte: »Das war das Schlimmste, was passieren konnte; jetzt werden die Erler mauern ohne Ende, denn denen reicht ja ein einziger Punkt für die Meisterschaft.« Stettler nickte dazu. »Wie kann man nur so schlafmützig in ein Spiel gehen!« Es war nicht zu fassen.

Ab der zweiten Minute rollte nun eine Angriffswelle nach der anderen auf das Tor von Erle 08 zu. Nur: Die Spieler von Blau-Weiß kamen höchstens bis zur Strafraumgrenze – dann war Schluss mit lustig. Die Grünen hauten die Bälle einfach blind wieder aus der Gefahrenzone hinaus. Es war kein gutes Spiel und es sah sehr schlecht für Blau-Weiß aus. Gegen diesen angerührten Beton der Erler gab es einfach kein Mittel. Oder doch?

In der dreißigsten Minute hatte Matz endlich den Weg in den Strafraum gefunden und sein Gewaltschuss aus vierzehn Metern Entfernung zischte förmlich am Tor von Erle 08 vorbei. Sollten die Blau-Weißen das Spiel und den Gegner endlich in den Griff bekommen? Nein, es war ein Strohfeuer, und Markus Schubert murmelte am Spielfeldrand nur immerzu: »Was ist nur mit Locke los?«

Tja, was war mit ihm los? Locke verstand es selbst nicht. Er hatte doch ein Gefühl gehabt, als ob heute ein großes Spiel bevorstehen würde, und nun das. Er hatte schon eine Menge Ballkontakte, das konnte man nicht bestreiten. Aber alle seine Vorlagen landeten an der Abwehrmauer von Erle 08 – und die Chance in der dreißigsten Minute für Matz war wirklich eine Einzelleistung gewesen. Aber Patrick wusste, es lag nicht an ihm allein. Die gesamte Elf spielte einen schrecklichen, einfallslosen Murks zusammen. Es war einfach schlimm, so schlimm, dass Patrick sich sogar bei dem Gedanken ertappte: Jetzt müsste ich noch mal die alten Schuhe von Libuda haben! Aber die hatten sich ja bekanntermaßen in ein unheimliches Nichts aufgelöst…

Evas Vater – wahrlich kein Fußballexperte – ärgerte seine Tochter mit der Bemerkung: »So richtig gut ist dein Locke aber nicht.« Sie allerdings blieb unerschütterlich optimistisch. »Warte nur ab, auf Patrick ist Verlass«, konterte sie.

Bis zur Halbzeit aber passierte nichts mehr und die Zuschauer – soweit sie nicht zu Erle 08 hielten – waren mehr als enttäuscht. Detlef Stettler ließ sich auf der Tribüne sogar zu der Bemerkung hinreißen: »In dieser Form brauche ich

Patrick nicht zu berücksichtigen. Bier hin, Bier her. Da gefällt mir dieser Matz schon besser, der arbeitet wenigstens auch in der Defensive gut.«

Blau-Weiß *schlich* förmlich zum Halbzeitgespräch. Kelter nahm seine Truppe in Empfang, als wären sie alle aus der Kirche ausgetreten. Der Pfarrer und Fußballtrainer schäumte vor Wut; so hatten die Spieler von Blau-Weiß ihren Lukas Kelter noch nie erlebt.

Ein Donnerwetter, eine Ansprache gegen den Teufel erfolgte in diesen fünfzehn Minuten Unterbrechung. »Ihr müsst über die Flügel kommen. In den Rücken der Abwehr. Provoziert doch auch mal ein Foul im Sechzehnmeterraum. Wir haben nicht eine Woche Freistoßtraining gemacht, damit ihr hier wie die Engel Fußball spielt.« Er fuhr sich verzweifelt und wütend zugleich durch die Haare.

»Ja, als Gottesmann darf ich das eigentlich nicht sagen – aber hier geht es um die Stadtmeisterschaft. Seid einfach etwas abgebrühter. Cleverer! Und Locke«, er wandte sich an seinen Superstürmer, »der U15-Nationaltrainer sitzt auf der Tribüne, und du spielst, als ob du in die Pampers-Liga willst – auf keinen Fall aber in das Nationaltrikot!« Dann wieder an alle: »Ich verlange, jawohl, richtig gehört, ich verlange von euch eine zweite Halbzeit, die sich gewaschen hat, und wenn ihr verliert, ist es auch nicht schlimm. Aber blamiert uns nicht! Gebt alles – verstanden?«

Die Jungs hörten erschrocken und erstaunt zugleich zu. So waren sie von Kelter noch nie angeschrien worden. Aber er hatte ja Recht! Kapitän Patrick Schubert ergriff das Wort: »Trainer, Sie haben komplett Recht. Wir gehen jetzt raus und zeigen allen, dass wir auch ganz anders können!«

Gegen alle Gewohnheit bildeten sie nochmals ihren Kreis und brüllten lauter als je zuvor: »Blau und Weiß – mit aller Kraft – für immer!«

Die zweite Halbzeit konnte beginnen.

Beide Teams gingen unverändert in die entscheidenden fünfundvierzig Minuten.

Anstoß hatte nun Blau-Weiß. Der Pfiff des Schiedsrichters ertönte, und manch einer der Zuschauer hatte noch mit seiner Bratwurst oder seinem Getränk zu kämpfen, als Locke einen Zauberpass spielte. Über fünfunddreißig Meter flog der Ball in die Linksaußenposition und Thomas, Keyboarder der DEVILS und verlässlicher Mittelfeldspieler, rannte noch rund zwanzig Meter bis zur Grundlinie. Endlich war man in den Rücken der Abwehr von Erle 08 gekommen. Nun die Flanke. Sie drehte sich vorbildlich vom Tor des Erler Keepers weg. Locke war zwischenzeitlich in den Strafraum gesprintet. Er stieg zum Kopfstoß hoch und erwischte das Spielgerät ideal mit der Stirn. Jeder, aber wirklich jeder auf dem Schürenkamp hatte den Torschrei auf den Lippen. Aber – von der Latte sprang der Ball ins Aus. Ein Schrei der Enttäuschung hallte über den Platz. Anerkennend nickte Stettler auf der Tribüne.

Spielervermittler Hücklein ließ seine vornehme Art sausen und schrie: »Wie Ballack, wie Ballack!« Auch Evas Vater klatschte begeistert in die Hände, und die Tochter rief laut: »Habe ich es dir doch gesagt, auf Locke ist Verlass!«

Vater Schuberts Gesicht war am Glühen, als hätte er mehrere Liter des gleichnamigen Weines intus – aber den trinkt man im Juni ja garantiert nicht! Die Familie von Matz begann jetzt, einen Anfeuerungsruf zu kreieren, und tatsächlich stimmten die meisten der tausend Zuschauer ein. »Lo – cke … Lo – cke … Lo – cke«, hallte es in einer Weise über den Platz, wie es sonst der Nationalspieler Robert Huth zu hören bekam.

Es lief nun bei Blau-Weiß. Am Spielfeldrand bekreuzigte sich Trainer Kelter und sprach in Gedanken das fünfte Vaterunser. Und der liebe Gott musste es erhört haben, denn in der fünfzigsten Minute fiel das eins zu eins!

Matz hatte eine Ecke herausgeholt. Er selbst trat auch den Eckball und der lange Abwehrspieler Björn von Blau-Weiß konnte den Ball per Kopf genau in die Tormitte wuchten. Ganz klar, ein Fehler des Schlussmannes von Erle 08 – der hätte eigentlich die Kugel abfangen müssen. Aber egal, manchmal muss man auch Geschenke annehmen.

Ein Riesenjubel brach auf dem Schürenkamp aus und Zuversicht machte sich bei den Fans von Blau-Weiß breit. Der Diskjockey spielte den Anfang von »Smoke on the Water« ein und schrie förmlich in sein Mikrofon: »Das war der Ausgleich zum eins zu eins für Blau-Weiß Gelsenkirchen… Und hier der Name des Torschützen: Bjöööööörn Schimpf!« Er zog das Ö dabei so lang, dass das Aussprechen des Namens allein bestimmt acht Sekunden dauerte. Aber noch war die Kuh nicht vom Eis, denn die Blau-Weiß-Mannschaft musste gewinnen, um die Stadtmeisterschaft zu erringen.

Erle 08 versuchte es nach Ewigkeiten mal wieder mit der Offensive; Hansi Fröhlich aber, der Innenverteidiger von Blau-Weiß, war dem Stürmer in Grün entgegengeeilt. Beinahe mühelos gewann er den Zweikampf. Und plötzlich war in der Mitte förmlich ein Loch in der Formation von Erle 08. Hansi erkannte das sofort. Mit langen Schritten überbrückte er vierzig Meter und spielte dabei noch einen Spieler aus Erle mit viel Schwung aus. Locke lief in kleinem Abstand neben ihm her.

Hansi spielte das Leder genau im richtigen Augenblick zu Locke.

Der hielt nur den Fuß hin. »Was für ein Doppelpass«, entfuhr es Schüler-Nationaltrainer Stettler auf der Tribüne. Völlig frei lief der Abwehrspieler nun auf das Tor von Erle zu. Ja, wäre Hansi nun ein gelernter Stürmer gewesen, er hätte Blau-Weiß sicher in Führung gebracht. So aber verzog er den Schuss um zwei bis drei Meter am linken Pfosten vorbei. Ein Raunen ging durch das Stadion.

Im Minutentakt hatte Blau-Weiß nun Möglichkeiten. Aber Erle 08 verteidigte mit Mann und Maus und mit viel Glück das 1:1. Es waren nur noch zehn Minuten zu spielen, als Matz wieder einmal mit schnellem Antritt auf das Erler Tor zulief. Bis dorthin hatte er noch gut zwanzig Meter zurückzulegen. Hier müsste es jetzt einen Freistoß für uns geben, schoss es ihm durch den Kopf. Er verlangsamte das Tempo. Ließ den Verteidiger von Erle auf sich zukommen. Der ging bei dem Versuch, Matz den Ball abzujagen, sehr ungeschickt zu Werke, traf den rechten Knöchel seines Gegners – und Matz ging lautstark zu Boden. Der Pfiff des Schiedsrichters kam sofort. Kelter hatte diese Szene aufgeregt beobachtet. Augenblicklich kamen seine Handzeichen. Jeder Spieler von Blau-Weiß wusste, was jetzt zu tun war.

Patrick legte sich den Ball sorgfältig zurecht. Die Mauer von Erle 08 wurde lautstark vom Schlussmann aufgebaut. Jeder – oder besser gesagt: fast jeder – im Stadion rechnete mit einem Direktschuss auf das Erler Tor. Die Entfernung war ideal und die Position halbrechts vor dem Sechzehnmeterraum bot sich einfach dafür an. Matz hatte sich etwas nach links abgesetzt und stand zwei Meter neben dem Abwehrbollwerk.

Der Unparteiische gab das Zeichen zum Ausführen des Freistoßes. Patrick nahm einige Schritte Anlauf. Jetzt musste der Schuss kommen. Er berührte den Ball gefühlvoll mit dem Innenrist. Die Mauer sprang in die Höhe – was total sinnlos war, denn die Kugel flog einige Meter hoch über sie hinweg. Nein, der Ball flog nicht, er segelte – das wäre die bessere Beschreibung. Matz war im Augenblick, als Patrick den Ball berührte, an der Mauer vorbei einige Schritte neben den linken Pfosten gelaufen. Zentimetergenau dorthin senkte sich das weiße Objekt der Begierde.

Matz köpfte den Ball wieder in Richtung Sechzehnmeterlinie zurück – und genau dort stand Olaf nun zwölf Meter vor dem Erler Tor; Olaf, eigentlich der defensive Mittelfeldspieler der Blau-Weißen. Volley nahm er die Vorlage von Matz an und der Ball rauschte unter dem Jubel der Spieler und Zuschauer halbhoch in das linke Eck des Erler Tores.

Jetzt lagen die Blau-Weißen auf der roten Asche des Schürenkamps und bauten einen Turm aus Menschen über ihrem Olaf. Stettler war aufgesprungen und vergaß jede Zurückhaltung und Neutralität, die eigentlich ein Verbandstrainer haben musste. »Genial, einfach genial«, schrie er aus vollem Hals. Die Eltern von Locke lagen sich in den Armen und der vornehme Herr Zahnarzt tanzte mit seiner Tochter Eva einen Samba. Kelter stand an der Außenlinie und rief wie von Sinnen immer wieder: »Hab ich's nicht gesagt – hab ich's nicht gesagt!«, auf den Platz.

Das Stadion tobte, und über den Jubel und die Begeisterung des Publikums hinweg vermeldete Ulli, der Diskjockey, stolz wie der Stadionsprecher von Schalke 04: »Liebe Freunde, wir erleben hier Fußballgeschichte; das war das 2:1 für Blau-Weiß. Der Torschütze war der Spieler mit der Nummer acht, unser Olaf Schmittke. Und damit sind wir Stadtmeister!« Das stimmte natürlich – doch nur zu diesem Zeitpunkt. Patrick wusste, der einzige Schönheitsfehler war, dass noch gut zehn Minuten gespielt werden sollten. Und nur ein einziges Törchen von Erle 08, und die Blau-Weißen wären die Meisterschaft wieder los.

Blau-Weiß spielte also zunächst einmal sehr konzentriert weiter. Alle, die jetzt mit einem Sturmlauf von Erle 08 gerechnet hatten, sahen sich getäuscht. Blau-Weiß war weiterhin die dominierende Farbe auf dem Platz. Locke hatte sogar – drei Minuten vor Schluss der Begegnung – eine gute Gelegenheit, auf 3:1 zu erhöhen. Er nahm einen Pass von Olaf Schmittke mit dem linken Fuß an, drehte sich um die eigene Achse und schoss sofort aus zwanzig Metern auf das Erler Tor. Diesmal aber hechtete der Schlussmann beherzt in die rechte Torecke und konnte, unter dem Beifall der Zuschauer, den Ball ins Feld zurückfausten.

Die reguläre Spielzeit war inzwischen abgelaufen. Der Schiedsrichter zeigte mit zwei erhobenen Fingern an, dass noch zwei Minuten nachzuspielen waren, als der bis dahin so starke Olaf Schmittke einen Rückpass auf seinen Torwart geben wollte… Klar, Olaf hatte vor, auf Nummer Sicher zu gehen und auch etwas auf Zeit zu spielen. Aber der Ball versprang ihm total. Der schnelle Mittelstürmer der Erler erlief sich das Leder und war drauf und dran, in den Sechzehnmeterraum der Blau-Weißen einzudringen. Die Zuschauer sahen es mit Schrecken. Olaf war zurückgelaufen und erreichte den Erler, als der gerade im Strafraum angekommen war. Der Keeper von Blau-Weiß hatte natürlich die Torlinie verlassen und war dem nun einschussbereiten Erler entgegengestürmt. Der kam aber nicht mehr zum Schießen – denn Olaf hatte ihn von hinten mit den Armen umgestoßen! Ein langer Pfiff ließ keine Zweifel aufkommen: Elfmeter für Erle 08! Eine rote Karte für Olaf! – Und das sechzig Sekunden vor dem Abpfiff.

Patrick traute seinen Augen nicht. Einen Krimi konnte man nicht besser erfinden. Was jetzt? Olaf, vor wenigen Minuten noch ein Held, war jetzt der Depp. Er schlug die Hände vors Gesicht und trotzdem konnte er seine Tränen nicht verbergen. Kelter nahm ihn am Spielfeldrand in Empfang – und wer nun glaubte, der Trainer würde ihn zurechtweisen und ihn beschimpfen, der irrte sich: Er konnte feststellen, dass Lukas Kelter seinen Spieler lobte. »Ein ganz, ganz großes Spiel von dir, Olaf!« Dann nahm er ihn einfach in den Arm.

Inzwischen hatte der Schiedsrichter den Ball auf den Elfmeterpunkt gelegt – doch noch machte kein Spieler von Erle Anstalten, den Strafstoß auszuführen. Der Unparteiische sah sich beinahe fragend um, dann endlich löste sich ein Spieler aus den grünen Reihen und ging auf den Punkt zu. Eines war allen klar: Dieser eine Schuss würde nun die Stadtmeisterschaft entscheiden.

Ralf Fink, der Libero von Erle 08, hatte den Mut, die Verantwortung zu übernehmen. Der Gelsenkirchener Torwart kauerte sich auf der Linie zusammen. Gleich würde der Schiedsrichter den Ball freigeben. Patrick konnte gar nicht hinsehen – er hatte sich einfach umgedreht. Matz stand fassungslos am Sechzehnmeterraum. Sollte alles umsonst gewesen sein?

Familie Schubert, die Leute von Matz, Eva und ihr Vater, Jimmy Hücklein, Dr. Bäumler, Detlef Stettler, Trainer Kelter und alle anderen sahen wie gebannt auf diese eine und wohl auch letzte Aktion des Spiels.

Ralf Fink legte sich den Ball zurecht. Er ließ sich Zeit; mehrfach rollte er ihn auf dem Elfmeterpunkt hin und her, bis er mit der Position des Leders einverstanden schien. Oder doch nicht? Torhüter Ben von Blau-Weiß kauerte schon seit gut und gerne dreißig Sekunden nervös auf der Torlinie. Jetzt richtete er sich nochmals auf und ging sogar einige Schritte auf den Spieler von Erle zu: Offenbar machte er nun seinerseits mit bei den taktischen Spielchen seines Gegenübers.

Das sieht nach Nervenkrieg aus, fand Patrick, so nannten das immer die Fernsehreporter – und die beiden Jungs hatten wohl schon zu viele derartige Übertragungen gesehen. Der Schiedsrichter unterband endlich dieses Hin und Her und zeigte Ben an, wo er hingehörte – nämlich ins Tor. Auch Ralf Fink bekam den deutlichen Hinweis, die Kugel ruhen zu lassen und zu schießen.

Die Spannung war kaum noch zu ertragen, und jetzt pfiff der Schiedsrichter.

Der Mann von Erle 08 lief etwa drei bis vier Meter an; er drehte den rechten Fuß so, dass Ben meinen musste, der Ball würde von ihm aus gesehen in die linke Ecke kommen. Der Schlussmann reagierte, er flog in die bedrohte Richtung. In allerletzter Sekunde aber drehte Ralf Fink den Fuß.

Der Ball rollte geradezu gemütlich in die rechte Torseite. Ben konnte nur noch entsetzt feststellen, dass er das Leder nie und nimmer erreichen würde, und schon hörte er den Jubel der Erler.

Tatsächlich! 2:2! Das bedeutete, Erle 08 war Stadtmeister in Gelsenkirchen! Der Mann in Schwarz hatte sofort nach dem Torerfolg für Erle das Spiel beendet.

Die Erler lagen – einmal mehr – jubelnd über ihrem Torschützen und auch die Spieler von Blau-Weiß lagen nun auf dem Platz. Sie jedoch zusammengebrochen vor Enttäuschung; der eine oder andere weinte sogar. Trainer Kelter war auf dem Spielfeld und tröstete seine Mannschaft, so gut er konnte.

Der Stadionsprecher gratulierte, wie es sich gehörte, den Erlern artig zur Meisterschaft und fügte etwas kleinlaut hinzu: »Natürlich bedanken wir uns auch für das schöne Spiel unserer Mannschaft...« In diesem Augenblick erhoben sich die Zuschauer auf der Tribüne und spendeten beiden Mannschaften stehend Applaus. Stettler und Dr. Bäumler klatschten ebenfalls begeistert, und der U15-Trainer meinte anerkennend: »Hier hat wirklich keine Mannschaft verloren, beide hätten sie die Meisterschaft verdient. Und was ich wirklich sagen muss«, fügte er hinzu, »euer Patrick Schubert hat sich in der zweiten Halbzeit, wie die gesamte Mannschaft von Blau-Weiß, um hundert Prozent gesteigert. Ich werde gleich nach der Siegerehrung mit ihm sprechen; er soll eine zweite Chance bekommen – zumal«, und jetzt murmelte er, »ich vielleicht wirklich etwas falsch gemacht habe.«

Der Bürgermeister von Gelsenkirchen überreichte nun den Meisterpokal an Erle 08, und nochmals brandete Jubel auf. Patrick Schubert gratulierte als einer der Ersten seinem Kapitänskollegen im giftgrünen Trikot, das zwischenzeitlich einen leicht rötlichen Touch erhalten hatte: »Ihr habt alles gegeben, deshalb meine ehrliche Gratulation.« Ralf Fink umarmte Locke. »Ihr habt auch prima gespielt«, bedankte er sich, und setzte hinzu: »Dir Locke, möchte ich ohne jeden Neid sagen, dass du absolut in die deutsche U15 musst. Ich hab gehört, was da los gewesen sein soll in Duisburg. Ist doch alles Blödsinn, das wird sich klären. Hast du gesehen? Stettler war ja heute hier – er kommt an dir nicht vorbei!« Und Arm in Arm begaben sich die Gegner nun in Richtung Umkleide.

Bevor die Mannschaft geschlossen unter die Dusche ging, bedankte sich Kelter noch bei all seinen Spielern. »Jungs, ich bin stolz auf euch«, begann er. »Und auch wenn wir nicht Meister geworden sind – so wie ihr heute gespielt habt: Das war mit das Beste, was ich je als Trainer dieses Vereins erlebt habe. Das gilt für alle Mannschaftsmitglieder. Auch ein Trainer sollte einmal Danke sagen – und deshalb: Danke!«

Er nickte der Mannschaft zu. »Der Vorstand von Blau-Weiß hat übrigens beschlossen, dass wir die ungefähr tausend Euro Eintrittsgelder für unsere Mannschaftskasse behalten können. Vielleicht gehen wir mit dem Geld demnächst mal wieder auf große Fahrt! So viel für jetzt. Wir sehen uns gleich beim Mannschaftsessen im Clubhaus.«

Alle Spieler klatschten und gingen nicht wie Verlierer, sondern wie Vizemeister unter das wärmende und entspannende Wasser.

Während die Mannschaft aus Erle die Heimfahrt antrat, kamen die Spieler von Blau-Weiß im Klubhaus an, nach und nach trudelten sie dort ein. In dem großen Raum war ein langer Tisch festlich gedeckt, woran Platz war für alle Spieler nebst den Ersatzspielern, den Trainern von Blau-Weiß, dem Vorstand und einigen Gästen – wie Detlef Stettler.

Als alle Platz genommen hatten, erhob sich der Vorsitzende des Vereins und klopfte an sein Glas. »Liebe Spieler, lieber Lukas Kelter, liebe Gäste! Eigentlich hatten wir gehofft, dass wir dieses Essen als Stadtmeister von Gelsenkirchen einnehmen könnten. Nun, dazu ist es leider nicht gekommen. Dennoch sind wir unheimlich stolz auf euch, unsere Mannschaft, denn dieses Spiel heute war in jeder Beziehung Extraklasse. Ihr habt die Meisterschaft verloren – aber mit Anstand – und deshalb große Ehre für den Verein eingelegt. Gratulation also an alle Beteiligten. Und so«, meinte er und strahlte über das ganze Gesicht, »will ich jetzt auch keine großen Worte machen, sondern sage: guten Hunger!«

Beifall brandete auf, während sich alle über das Essen hermachten, und Matz, der wie fast immer neben Locke saß, flüsterte seinem Kumpel zu: »Das ist ja hier wie beim Bundespräsidenten. Perfekte Ansprache!« Patrick aber war etwas geistesabwesend, er nickte nur, denn seine Aufmerksamkeit war auf jemand ganz Bestimmten gerichtet: Am Ende des Tisches saß Stettler!

»Matz, gleich will der Stettler mit mir quatschen. Sei mir nicht böse, aber ich bin doch etwas nervös«, meinte er, und

Matz hatte natürlich Verständnis – musste aber noch einen kleinen Spruch loswerden: »Der wird dich auf Knien um Entschuldigung bitten: Bitte, bitte, Patrick, spiel wieder für Deutschland. Die Nation braucht dich doch…« Er schlug Locke auf die Schulter, und im gleichen Augenblick, als hätte Stettler ihr Gespräch mit angehört, stand der Trainer von seinem Platz auf und kam auf sie beide zu. Locke legte das Besteck auf den Teller und sah Stettler entgegen.

»Patrick, können wir uns kurz an einen der Nachbartische setzen?«, fragte er ohne Umschweife. »Wir sollten doch einmal unter vier Augen miteinander reden.« Locke nickte, und sie gingen nun beide in die hinterste Ecke des Klubraums, wo der Stammtisch des Vereins stand. Seit vielen Jahren wurden dort die wichtigsten Entscheidungen getroffen, und Locke hoffte inständig, dass heute wieder eine solche Entscheidung fallen würde.

Stettler sah ihn an. Ganz direkt! Prüfend! Er begleitete diesen Blickkontakt mit ruhigen, freundlichen, aber auch bestimmten Worten. »Locke, keine Ahnung, was da in Duisburg passiert ist. Ich musste allerdings annehmen, dass du gegen mein absolutes Alkoholverbot verstoßen hattest. Dein Schuldirektor, Dr. Bäumler, hat mich nun allerdings davon überzeugt, dass ich natürlich keine absolute Sicherheit habe, dass es wirklich so gewesen ist. Deshalb fordere ich jetzt dein Ehrenwort ein.« Er machte eine Pause, dann fragte er eindringlich: »Hattest du das Bier getrunken?«

Locke schaute den Trainer fast traurig an. »Herr Stettler, ich habe in meinem Leben noch keinen Alkohol getrunken und ich werde auch nie welchen trinken…«

Stettler lächelte. »Sage niemals nie! Und gegen ein gelegentliches Bier oder ein Glas Wein ist auch nichts einzuwenden. Aber in unserem Trainingslager muss das natürlich absolut tabu sein.« Er nickte wie zur Bestätigung seiner eigenen Worte und erklärte dann: »Nun, Patrick, ich möchte mich bei dir entschuldigen – für die vorschnelle Verurteilung. Du bekommst nach den großen Ferien eine Einladung für den nächsten Sichtungslehrgang. Wir spielen gegen Holland. Vielleicht gehörst du dann zum Länderspielaufgebot. Wenn du die Form von heute behältst, käme ich kaum an dir vorbei.«

Stettler erhob sich nun, auch Patrick stand auf und die beiden gaben sich feierlich die Hand. Patrick drückte die Hand des Trainers ganz fest und sagte knapp: »Danke, ich werde alles für diese Chance tun.«

Und nun: das nächste Highlight des Tages.

Nach dem Essen im Klubhaus waren die Bandmitglieder miteinander verabredet. Locke und Matz sowie Ben und Thomas schleppten Verstärker und Instrumente aus dem Probenraum und brachten sie im Sprinter von Thomas' älterem Bruder Sven unter. Sven fuhr nicht nur den Kleinbus für die Band, er war auch ihr Techniker am Mischpult. Eva war natürlich ebenfalls dabei und auch sie trug das eine oder andere Teil zum Bus.

In Gelsenkirchen-Heßler wurde alles wieder ausgeladen. Drei Jungs vom Veranstalter halfen ihnen dabei. Die Messdiener der ansässigen Kirche hatten alles organisiert, um ihre Kasse etwas aufzubessern… Und zwei Stunden später war es so weit: Der Soundcheck konnte stattfinden. Sven setzte sich hinter das Mischpult und die NEW KICKING DEVILS begannen ihre Instrumente aufeinander abzustimmen. Es ging erstaunlich schnell, bald klang alles perfekt und auch die Lichtprobe, vorgenommen vom Hausmeister des Katholischen Jugendheims, verlief zur Zufriedenheit aller. Nun mussten nur noch Zuhörer kommen, und sie sollten bereit sein, drei Euro Eintritt für das Konzert zu zahlen.

Die Band zog sich in einen Raum zurück, der als Garderobe diente und auch als Aufenthaltsraum. Für ihren Auftritt hatten sich die fünf keine besondere Kleidung ausgedacht; jeder wollte so auf die Bühne gehen, wie er sich am wohlsten fühlte. Die Folge war, dass die NEW KICKING DEVILS in Jeans, Turnschuhen und Sweatshirts auftreten würden...

Langsam trafen die ersten Musikfans vor dem Jugendheim ein. Natürlich war die halbe Klasse von Eva, Locke & Co. gekommen. Auch ein Teil der Fußballer von Blau-Weiß stand an der Kasse nach Tickets an. Das waren schon fast fünfzig Leute. Mit denen hatten die Bandmitglieder aber auch fest gerechnet. Und nun? Da zeigte sich, dass der Auftritt von Eva am Samstag bei RTL die allerbeste Werbung gewesen war: Gegen halb acht stürmten weit über hundert Leute den Saal, der damit brechend voll war. Stolz konnte jetzt sogar ein »Ausverkauft« an die Kasse gehängt werden.

Die NEW KICKING DEVILS hatten erstaunt den Andrang registriert – ruhiger wurden die fünf Bandmitglieder damit allerdings nicht. Lampenfieber machte sich in der Garderobe breit. »Auweia, hoffentlich wollen die nachher auch wirklich hören, was wir spielen«, quengelte Matz. Er hatte vor Aufregung plötzlich rote Flecken im Gesicht und fügte hinzu: »Ich möchte nicht ausgepfiffen werden!«

Patrick machte einen sehr gelassenen Eindruck. »Wir haben heute schon einmal mehr oder weniger verloren, oder?«, meinte er grinsend. »Was soll uns da noch groß passieren?«

Sie hörten, wie vorn, im hell erleuchteten Saal, eine CD von »Coldplay« aufgelegt wurde. Halblaut dudelte die Musik vor sich hin. »Sag mal, Patrick, was ist eigentlich schlimmer, ein Fußballspiel vor tausend Leuten oder ein Rockkonzert vor zweihundert?«, meldete sich Eva.

»Eindeutig ein Bühnenauftritt«, meinte er.

»Kannst du einem aber Mut machen«, kam es von Eva zurück. Sie wusste nicht, wieso – doch irgendwie war sie hier viel aufgeregter als bei ihrem Casting.

Kurz vor acht schaute Sven in den Raum. »Leute, Leute, das wird 'ne geile Mucke. Die Halle ist voll. Ihr habt den besten Mischer der Welt dabei und Hausmeister Menzel wird gleich eine Lightshow der Sonderklasse abfahren. Also raus, Freunde, auf die Bretter, die die Welt bedeuten!«

Die fünf Bandmitglieder bildeten einen Kreis, und jeder spuckte dem anderen über die Schulter. »Toi, toi, toi!«, riefen sie wie aus einem Mund. Die Show konnte beginnen.

Im Saal war das Licht ausgegangen und von einer MP3-Datei kam der Vorspann zum Programm der Band. Sven hatte sich viel Mühe bei der Produktion gegeben. Eine Sirene heulte laut auf, dann gab es einen gewaltigen Donnerschlag, und eine Stimme mit ungeheurem Hall machte die Ansage: »Hochverehrtes Publikum, liebe Fans! Hier und heute begrüßen wir Sie zu einer absoluten Weltpremiere! Erstmals LIVE und in FARBE: THEEEEE NEWWWW KICKING DEVIIIIILLLLSSSS!« Jetzt kamen drei dicke, fette Gongschläge und die NEW KICKING DEVILS betraten die Bühne. Die Lichtanlage produzierte wild durcheinander grünes, gelbes, weißes und rotes Licht.

Die Menge im Saal jubelte, als wären die »Rolling Stones« nach Gelsenkirchen gekommen.

Es ging los. Zunächst pulsierte der Bass durch die Boxen, gespielt von Matz, danach stieg Locke mit seiner Leadgitarre ein. Wenig später erklangen auch das Keyboard von Thomas und das Schlagzeug von Ben. Ein toller Sound rollte durch den Saal und augenblicklich war jegliches Lampenfieber bei den Bandmitgliedern verschwunden. Dann erhob sich Evas glockenklare Stimme über diesem Meer aus Klängen und der erste Song eroberte die Herzen der Fans im Sturm: »Zeit für Optimisten« von »Silbermond« war genau das richtige Lied! Die Masse klatschte im Rhythmus mit und das Jugendheim bebte förmlich in seinen Grundfesten...

Die NEW KICKING DEVILS schwebten durch das Konzert. Ein Hit reihte sich an die anderen und die Stimmung steigerte sich! Es war gigantisch. Aber dann kam der schwierigste Part des Abends. Eva sagte ihn an.

»Liebe Freunde«, rief sie ins Mikrofon, »es macht unglaublich viel Spaß, hier für euch zu spielen. Aber jetzt kommt noch etwas ganz Besonderes, ein Song, den wir selbst komponiert haben. Er handelt davon, dass wir alle – jeder für sich – schon eine Menge Probleme haben... Egal ob in der Schule, in der Ausbildung oder wie heute Patrick und die Blau-Weißen auf dem Fußballplatz. Der Song heißt ›Überleben‹ – und das wollen wir doch alle!«

Der Lärmpegel legte sich etwas, aufmerksame Spannung wurde spürbar. Das Licht war jetzt plötzlich nicht mehr bunt. Hausmeister Menzel hatte auf einen weißen Scheinwerfer in dem stockdunklen Saal umgeschaltet. Eva stand vorne, am Rand der Bühne. Das Piano erklang und nun wurde es mucksmäuschenstill im Jugendheim. Die Stimme von Eva klang fest, aber doch irgendwie auch zerbrechlich.

>   Manchmal fühl ich mich allein
>   Frage mich – muss das denn sein?

Feuerzeuge wurden hochgehalten. Eine harmonische, friedliche Stimmung machte sich breit. Locke sah bewundernd auf seine Freundin, wie sie dastand mit ihren langen roten Haaren und wie sie es schaffte, in diesem Saal eine Atmosphäre herbeizuzaubern, die unglaublich war. Er mochte Eva sehr in diesem Augenblick.

Sie sang die letzten Zeilen ihres Liedes:

Ich will überleben
Einfach nur die Sonne spüren –
Wie viel Kraft ist mir gegeben
Auf dem Weg zu dir?

Eine Sekunde lang herrschte Stille – dann brach ein Jubelsturm los. Der erste eigene Song der Band war vom Publikum angenommen worden.

Die restliche Zeit des Konzerts war nun ein Kinderspiel. Nach mehr als einer Stunde, inklusive einiger Zugaben, verließen die NEW KICKING DEVILS die Bühne. War Blau-Weiß heute auch nicht Stadtmeister geworden, so hatten die Bandmitglieder, allesamt Spieler bei der Mannschaft, für diesen entgangenen Titel doch mehr als einen Ersatz gefunden.

In der Garderobe lagen sich die fünf und ihr Techniker Sven wie nach einem gewonnenen Fußballspiel in den Armen. Locke war der Erste, der die Sprache wieder fand. »Mann, das ist ja fast geiler als damals in Newcastle – ein unglaubliches Gefühl, so ein Konzert zu geben! Mit einem solchen Erfolg! So bejubelt zu werden – einfach Wahnsinn.«

Matz wollte das aber nicht unwidersprochen lassen. »Jetzt mal langsam, Locke, ein entscheidendes Tor in der neunzigsten Minute zu erzielen, dürfte doch wohl ein ähnlicher Kick sein, oder?«

Die beiden Freunde wollten noch ein bisschen miteinander streiten, zum Spaß natürlich, doch Eva machte dem ein Ende. Klipp und klar sagte sie: »Meine Herren Musiker, ich danke euch. Es war ein großes Vergnügen, mit euch aufzutreten.« Und nach diesen bewusst etwas steif klingenden Worten fügte sie hinzu: »Es war wirklich der megasteile Wahnsinn!«, und strahlte Locke an. Sven neben ihr war ebenso beeindruckt.

Ziemlich erschöpft hingen nun die NEW KICKING DEVILS in den alten, plüschigen roten Sesseln, die in der Garderobe standen. Leider musste aber auch noch alles abgebaut und die Instrumente zurück in den Probenraum gebracht werden. So wurde es fast Mitternacht, als sich die fünf endlich trennten.

Locke und Matz verabschiedeten sich besonders herzlich, denn für Matz begann nun das U15-Abenteuer in der Türkei. Am Montagvormittag ging sein Flugzeug nach Istanbul; sieben Tage würde er dort bleiben. »Ich werde dir per E-Mail regelmäßig Berichte darüber schicken, was abgeht«, versprach Matz. Davon war Patrick ausgegangen, schließlich wollte er auf dem Laufenden gehalten werden.

So gingen alle nach diesem ereignisreichen Tag, trotz des Verlustes der Meisterschaft von Blau-Weiß, zufrieden schlafen – zumal am Montag die Sommerferien anfingen.

Was für ein Erwachen! Sechs Wochen keine Schule! Sechs Wochen kein Training! Locke räkelte sich wohlig unter seiner Bettdecke. Er knipste per Fernbedienung das Radio an und hörte seinen Lokalsender Radio Emscher-Lippe. Es war kurz vor neun und der Moderator hatte schon eine erschreckend gute Laune. Doch da Locke grundsätzlich nur positive Gedanken beim Wachwerden hatte, ließ er sich schnell anstecken. Leise pfiff er einen Song von einer Gruppe mit, die auf den komischen Namen »LebensWeGe« hörte; die Jungs waren gerade angesagt.

Über die Musik hinweg war ein Klappern aus der Küche zu hören. Patricks Vater machte für sie beide das Frühstück – Sandra, seine Mutter, war um diese Zeit schon unterwegs in den Bosporus-Grill. Der Dienst für sie begann dort früh um neun Uhr und dauerte, außer mittwochs, häufig bis acht oder zehn Uhr abends. Patrick ärgerte sich oft darüber, dass seine Mutter derart malochen musste, aber was wollte man machen? Sein Vater war nach dem Schlaganfall vor drei Jahren noch immer nicht in der Lage zu arbeiten, und das Geld, das Sandra verdiente, brauchte die Familie dringend.

Patrick hatte sich vorgenommen, falls er jemals viel Geld verdienen sollte, seine Mutter so zu entlasten, dass sie zumindest nicht mehr den ganzen Tag in das Lokal musste.

Mit solchen Gedanken sprang Locke nun aus dem Bett. Der direkte Weg führte ihn unter die Dusche, dann in die Küche. Sein Vater saß inzwischen schon bei einer dampfenden Tasse Tee; etwas Geflügelwurst, Obst, Rührei und eine Kanne mit Orangensaft standen auf dem Tisch. Er hatte für zwei gedeckt, sie beide konnten sich auf ein gemütliches, langes Frühstück freuen. Die Lokalzeitung lag neben Patricks Teller. Sein Vater hatte sie schon gelesen.

»Morgen, Junge, die schreiben gut über euch«, sagte er. »Im Sportteil wird ausführlich über das Spiel gegen Erle 08 berichtet und beide Mannschaften kommen gut dabei weg. Deine Leistung haben sie auch gewürdigt.« Er lächelte. »Aber besonders lustig finde ich den Bericht im Teil ›Vermischtes‹ über euren Auftritt gestern Abend im Jugendheim. Der Reporter meint tatsächlich, dass du genauso gut Musik machen könntest, wie Fußball spielen. Ich befürchte, dass ich mir demnächst auch so ein Popkonzert von dir anhören muss.«

Locke hatte natürlich nicht mitbekommen, dass gestern jemand von der Presse beim Konzert war. Jetzt wurde er fast ein wenig rot. Was für ein Lob am frühen Morgen! Dann grinste er. »Ich werde das später in aller Ruhe lesen«, meinte er, »und danach absolute Starallüren bekommen.«

Sein Vater grinste ebenfalls, dann machte er ein betont verbittertes Gesicht. »Starallüren? Glaube ich kaum, denn ich würde umgehend dazwischenschlagen.«

Locke sah ihn ernst an. »Da würde sofort der Kinderschutzbund von mir eingeschaltet werden und dann ginge es dir an den Kragen!« Jetzt mussten beide lachen.

Locke griff nach der Kanne auf dem Tisch, goss sich Tee ein, wie immer extra kräftig zubereitet, und nun wurde genüsslich gegessen und getrunken – und so ganz nebenbei über das Spiel gegen Erle diskutiert.

Locke erzählte auch von dem Gespräch mit Trainer Stettler, gestern Nachmittag im Klub von Blau-Weiß... dass der Chef der U15 sich bei ihm entschuldigt hatte und ihm eine zweite Chance eröffnen wollte, in die Nationalmannschaft einzusteigen.

Sein Vater freute sich. »Na bitte«, meinte er, »das steht dir auch zu. Aber das Spiel gegen Portugal hat er dir trotzdem vermasselt. Wer weiß, wann er das nächste Mal ausrastet«, grollte er, »falls wieder irgendwer vor lauter Neid dir etwas in den Rucksack steckt.« Dann stockte er. »Sag mal, wann kommt eigentlich dieser Hücklein zum Gespräch?«

Patrick griff sofort zum mobilen Telefon. »Stimmt, ich wollte den Spielervermittler ja mal anrufen – also mache ich es gleich. Ist Mittwoch siebzehn Uhr ein guter Termin? Mutter hat Mittwochnachmittag frei. Dann können wir dem Herrn gemeinsam auf den Zahn fühlen. Bin wirklich auch gespannt, was der genau will.«

Er wählte die auf der Karte angegebene Nummer in Düsseldorf. Sekunden später meldete sich eine sehr nette Frauenstimme. »Büro Jimmy Hücklein – guten Morgen, mein Name ist Ulla Lutz, was kann ich für Sie tun?«

Locke räusperte sich. »Ich bin Patrick Schubert und möchte gerne mit Herrn Hücklein sprechen.«

»Moment, ich verbinde...«, flötete Ulla Lutz zurück. Es folgte ein leises Knacken in der Leitung und Jimmy meldete sich – und gleich mit einem kleinen Wortschwall: »Hallo,

Patrick, war ein tolles Spiel gestern von Ihnen. Leider unglücklich für Blau-Weiß ausgegangen. In der zweiten Hälfte waren Sie aber der beste Mann auf dem Platz. Hat der Stettler Sie wieder in die U15 berufen? Wann treffen wir uns?«

Endlich hatte Patrick, der sich wieder einmal sehr geehrt fühlte, wenn man »Sie« zu ihm sagte, die Gelegenheit, etwas zu antworten. »Deshalb rufe ich ja an«, beeilte er sich zu sagen. »Können Sie am Mittwoch, so gegen siebzehn Uhr, bei uns in Gelsenkirchen sein?«

Man hörte, wie Hücklein in einem Terminkalender blätterte, und dann antwortete er sehr schnell: »Klar, Mittwoch siebzehn Uhr, Gelsenkirchen, machen wir. Wie ist die Adresse?« Locke sagte sie ihm. »Okay«, tönte es aus dem Hörer, »freue mich. Kann Ihnen und Ihren Eltern ein interessantes Angebot machen. Dann bis Mittwoch.«

Locke konnte noch kurz: »Dann tschüss!« sagen und die Gesprächspartner legten fast zeitgleich den Hörer auf.

Dieser Montag blieb für Patrick ein toller Tag.

Am späten Nachmittag traf er sich mit Eva in ihrem gemeinsamen Lieblingscafé auf ein Eis. Die beiden genossen die Möglichkeit, einfach mal nur so rumzusitzen und über dies und das zu reden.

Natürlich erzählte Locke auch seiner Freundin von dem bevorstehenden Gespräch mit Hücklein. Eva, die dem Spielervermittler unverändert kritisch gegenüberstand, zog Patrick dezent auf: »Unter AC Mailand oder Chelsea nichts unterschreiben; ich bevorzuge einen hohen Lebensstandard als Zahnarzttochter.«

Locke legte einen gewollt ernst wirkenden Gesichtsausdruck auf und frotzelte zurück: »Bei diesen Vereinen braucht man schon einen Film- oder Popstar als Freundin. Mit einer Zahnarzttochter brauche ich gar nicht erst aufzulaufen!« Dann kam er wieder zum normalen Tonfall zurück: »Aber warten wir doch einfach mal ab, was der Heini von mir will. Wenigstens hat er Manieren und sagt ›Sie‹ zu mir.«

Eva nahm auch diesen Ball sofort auf. »Herr Locke, sagen Sie, können wir uns noch ein zweites Eis leisten?«

Gegen zehn Uhr landete Locke unter Umgehung des Wohnzimmers der Eltern wieder in seinem Zimmer. Er schmiss den Computer an und rief seine Mails ab. Einige Freunde hatten ihre Kommentare zum Spiel gegen Erle 08 geschickt und ein paar Spinner beschwerten sich, natürlich anonym, über das Konzert am Sonntag. Es sei zu wenig harte Musik gespielt worden. Locke schüttelte den Kopf. Man kann es wohl doch nicht allen recht machen, überlegte er.

Auch eine erste Mail von Matz war dabei:

Matz@turfoot.de an Locke@schalkefan.de

Hallo, Kumpel,
hatte erstes Training heute, hier in Istanbul, mit meinen neuen Freunden von der türkischen U15. War nicht so schlecht.
Ich habe das Gefühl, die können einen gefährlichen Stürmer wie mich durchaus gebrauchen! Komisch ist für mich nur, dass ich mich mit der türkischen Sprache doch etwas schwer tue. Die verstehen mich hier manchmal schlecht! Das kriege ich aber auch noch hin. Weitere Infos morgen.
Ach ja – haben wir nach unserem Topkonzert schon einen Vertrag von einem Plattenlabel bekommen?
Matz

Locke antwortete sofort:

Locke@schalkefan.de an Matz@turfoot.de

Hey, türkische Hoffnung,
du bist der Größte! Und was die Sprache angeht, sprich
doch einfach hochtürkisch und lass den Ruhrgebiets-
slang weg… Ansonsten: leider keine Angebote von
Sony-BMG oder so. Dafür habe ich ein paar Mails bekommen, wir wären Weicheier und sollten mal ordent-
lichen Punk einstudieren. Na ja, man kann wohl nicht
jeden glücklich machen.
Warte auf weitere Meldungen aus Istanbul. Ich genieße
die trainingsfreie Zeit…
Locke

Patrick schaltete noch den Fernseher ein und schlief dann
bei den schönsten Toren aus Europa ein – bei der Sendung
»Eurogoals« auf Eurosport.

Der Dienstag begann für ihn wieder sportlich. Auch wenn
sein Verein bis Anfang August Sommerpause hatte, etwas
Bewegung konnte nicht schaden. Also acht Uhr aufstehen,
rein in den Jogginganzug und ab auf die Laufstrecke. Locke
lief stets in einer Kleingartenanlage hinter der Berufsfach-
schule in Gelsenkirchen.
    Auch wenn er das Lauftraining nicht besonders mochte,
am heutigen Morgen fühlte er sich pudelwohl dabei. Leicht-
füßig kurvte er durch die verwinkelten Wege, vorbei an
den vielen Gartentoren und steigerte systematisch sein
Tempo.
    Plötzlich bemerkte er, dass ein mittelgroßer hellbrauner
Hund ihn verfolgte. Locke verlangsamte das Tempo. Der
Hund holte auf, überholte ihn und baute sich vor Locke auf.
Der war gezwungen, stehen zu bleiben. Er hatte keine Angst

vor Hunden und beugte sich zu dem Pfotentier hinunter. Vorsichtig streichelte er ihm über den Kopf.

»Na, möchtest du mit mir laufen? Zu wem gehörst du eigentlich?«

Locke befand sich auf einem der lang gestreckten Hauptwege der Gartenanlage. Er schaute sich um, aber es war niemand zu sehen.

»Komm Hundchen, wir gehen mal ein paar Schritte zurück in die Richtung, aus der wir gekommen sind«, sagte er, »deine Leute müssen ja irgendwo sein.«

Im Laufen sah er sich den Hund genauer an. Das Tier machte einen durchaus gepflegten Eindruck, dichtes, glänzendes Fell, braune Knopfaugen, er war ungefähr sechzig Zentimeter groß und schien total zutraulich. Patrick hatte förmlich das Gefühl, das zottelige Hundetier würde ihn anlächeln.

Er lief ein ganzes Stück zurück auf dem Weg, doch da war offensichtlich niemand, der seinen Hund vermisste. Also beugte sich Locke nochmals zu ihm hinunter und befahl wie ein erfahrener Hundebesitzer mit lauter, klarer Stimme: »Du bleibst jetzt hier und ich muss trainieren; deine Besitzer werden dich schon auflesen!«

Dann setzte er sich langsam in Bewegung. Traben wäre wohl der richtige Ausdruck für die Gangart, die er einlegte. Der Hund staunte einen Augenblick… und trabte ebenfalls los. Immer brav am rechten Fuß von Locke. Der blieb wieder stehen und sprach den hellbraunen Begleiter nochmals energisch an: »Mein Freund, ich werde jetzt einen Spurt einlegen, den du sowieso nicht schaffst – kehr um und geh nach Hause!«

Er versuchte eine Überraschungstaktik. Plötzlich rannte er los, als hinge von diesem Spurt sein Leben ab. Doch locker und leicht hielt der Hund mit, oder besser: Das hellbraune Etwas setzte sich sogar von Locke ab und lief nun zwei, drei Meter vor ihm her. Allerdings ließ ihn der Hund dabei nicht aus den Augen. Auch wenn Locke blitzschnell die Richtung wechselte und in einen anderen Gartenweg abbog – dass Felltier blieb ihm auf den Fersen. Da gab es nur noch eines: Er wählte die Heimwegstrecke! Und der Hund – wie selbstverständlich hinterher!

An der Haustür angekommen, staunte Locke nicht schlecht. Er selbst war völlig außer Atem, seinem Begleiter jedoch schien das eben gelaufene Tempo nichts auszumachen. Aus seinem freundlichen Maul hing lediglich eine große Hundezunge.

»Ja und jetzt?«, keuchte Locke. »Jetzt stehen wir vor unserer Tür und ich kann dich nicht mit raufnehmen. Vater würde schimpfen, wenn ich auch noch einen Hund anschleppte.« Aber wer kümmert sich dann um dich?, setzte er in Gedanken fort. Hier auf der Straße bekommst du am Ende noch Ärger mit den Autos … Dann gab sich Locke einen Ruck. »Also, komm mit, wir rufen mal die Polizei an«, sagte er wieder laut, »sicher wird irgendwo schon jemand nach dir suchen.«

Als er merkte, wohin es ging, wedelte der Hund freudig mit seinem buschigen Schwanz. Er lief die Treppen hinauf, als würde er hier schon seit Jahren wohnen. Vorsichtig öffnete Locke die Tür.

»Hi, Dad. Überraschung. Vorsicht, hier kommt ein Monster!«

Schon war der Hund im Wohnzimmer und staunte Herrn Schubert an. Irgendwie verhielt sich das Tier sehr clever. Beinahe demütig legte es sich zu Füßen von Markus Schubert nieder.

»Wo kommt der denn her?«, fragte er entgeistert. Und Patrick erzählte kurz die Geschichte. »Dann müssen wir wirk lich umgehend auf der Wache anrufen, um nachzufragen, wer einen Hund vermisst«, war die Reaktion auf die Story.

Patrick griff zum Telefon; er wählte den Notruf und sofort meldete sich ein Beamter.

»Polizeiwache Gelsenkirchen Mitte, Buchholz ist mein Name.«

Patrick schilderte den Fall. Die Antwort war kurz und bündig.

»Bei uns wird derzeit kein Hund gesucht; melden Sie sich gegebenenfalls bei einem Tierheim. Guten Tag!« Der Freund und Helfer wollte sich nicht länger mit diesem Notfall auseinander setzen.

Ratlos schauten sich Vater und Sohn an, während der zutrauliche Hund, auf der Seite liegend, alle viere von sich gestreckt, sanft eingeschlafen war.

Herr Schubert überlegte kurz. »Tierheime sind schrecklich«, meinte er dann. »Wir werden am besten ein paar Zettel kopieren und du hängst sie noch heute Nachmittag in der Kleingartenanlage aus; es wird sich dann bestimmt jemand melden, dem der Hund gehört. Wie heißt er eigentlich?«

Locke schüttelte den Kopf. »Woher soll ich das wissen? Der ist mir ja nur nachgerannt. Zugeben muss ich aber, dass er ein guter Trainingskamerad ist. Teuflisch schnell.«

Vater Schubert erwiderte kurz: »Dann nennen wir ihnen Poldi; der Podolski vom 1. FC Köln ist ja auch ganz schön schnell.«

Das hellbraune Etwas konnte also gemütlich weiter ausschlafen – und würde mit dem Namen Poldi wieder erwachen. Patrick hatte plötzlich eine Beschäftigung.

Mit der Digitalkamera machte er ein Foto von Poldi.

Dann bearbeitete er die Angelegenheit am Computer und setzte einen kurzen Text dazu:

HUND IN DER KLEINGARTENANLAGE GEFUNDEN!!!

Dazu kamen ein herzallerliebstes Bild vom schlafenden Poldi und ein Aufruf: BITTE MELDEN SIE SICH UNTER: Hier gab Patrick die Telefonnummer der Familie Schubert an.

Danach rief er bei Eva an. »Eva, hast du Lust, heute Nachmittag mit mir Kommissar zu spielen? Uns ist Poldi, ein netter Mischling, zugelaufen. Ich möchte in der Kleingartenanlage einige Zettel aufhängen und mal nachfragen, ob jemand den Hund kennt.«

Locke sah wieder einmal: Mädchen können super schnell sein. »Klar, ich komme sofort«, rief Eva am anderen Ende der Leitung. Er hörte deutlich, wie der Telefonhörer knallend aufgelegt wurde.

Und so kam es, dass knapp zwanzig Minuten nach diesem Gespräch Eva vor Poldi kniete und eine offensichtliche Liebe fürs Leben geboren wurde. Eva knuddelte das Tier, und der Hund war so begeistert, dass man meinte, die beiden würden sich schon seit Ewigkeiten kennen.

Vater Schubert mahnte dann aber doch: »Der Hund gehört uns nicht! Bitte macht euch jetzt auf den Weg, hängt die Zettel auf und fragt sorgfältig nach, wem Poldi gehören könnte.«

Eine merkwürdige Gesellschaft zog schließlich in die Gartenanlage. Ein Mädchen hielt einen Hund, der seit kurzer Zeit Poldi hieß, an einer Leine. Doch »Leine« war das falsche Wort. Das Teil sah eher nach einer schrecklich gemusterten altväterlichen Krawatte aus, die man zur Hundeleine umfunktioniert hatte. Und ein Junge hatte einen Stapel Zettel unter dem Arm, hüpfte von Baum zu Baum und befestigte dort einen ausführlichen Hundesteckbrief. Und überall, wo jemand in den Gartenhäusern auf ihr Klingeln hin öffnete, fragten die beiden die Bewohner, ob sie den

Hund an der Krawattenleine kennen würden. Alle Befragten schüttelten den Kopf und fast jeder streichelte Poldi einmal über das dichte Fell. Dem gefiel das. Gelegentlich bekam er sogar einen kleinen Leckerbissen zugesteckt. Man sah, für ihn war diese Tour offensichtlich ein Genuss!

Eva verstand zwar, dass man nach dem ursprünglichen Besitzer suchte musste, hoffte aber insgeheim, dass man ihn nicht finden würde. Nach gut zwei Stunden und unzähligen Gesprächen wanderten die drei wieder zurück in die Overhofstraße. Poldi musste wohl bei Patrick übernachten; aber da galt es, noch eine Hürde zu überwinden – Sandra, Patricks Mutter.

Als sie am Abend heimkam, fiel sie fast aus allen Wolken, denn sie wurde begeistert von Poldi begrüßt. Es musste wohl am Geruch des Grills gelegen haben, an dem Sandra noch bis vor einer halben Stunde gearbeitet hatte. Der Hund flippte fast aus. Patricks Mutter auch: »Was ist das denn für ein Kläffer? Wo kommt der her? Ruhe! Ich habe hart geschuftet! Kann mir jemand erklären, was das soll?« Poldi verkroch sich blitzschnell unter dem Sofa. Er wurde ganz, ganz still.

Vater Schubert, Locke und Eva erzählten nun ausführlich von den Geschehnissen des Tages. Eva hatte schnell ein paar Schnittchen gemacht, und so saßen sie nun um den Wohnzimmertisch, wo Sandra Schubert gerade allen Beteiligten erklärte, dass sie unter gar keinen Umständen Zeit für Poldi hätte.

Beim Stichwort »Poldi«, schaute dieser aus sicherer Deckung unter dem Sofa hervor. Vorsichtig schlich er sich an Sandra heran. Mit seiner dicken Nase stupste er ihr Knie an. So als wollte er sagen: Ich bin ein netter Kerl, bitte kümmert euch doch um mich!

Zögernd strich Lockes Mutter dem neuen Freund von

Eva und Locke das Fell. Zaghaft tätschelte sie ihn hinter den Ohren. Poldi war begeistert. Er legte seinen Kopf schief und schaute Sandra liebevoll an – und auch sie schmolz nun dahin.

»Also schön«, meinte sie und stöhnte spaßhaft auf, »dieser komische Spieler vom FC Köln kann zunächst bei dir im Zimmer schlafen, Patrick. Gut, dass jetzt Ferien sind. Du kannst mit ihm regelmäßig Gassi gehen, und Markus hat dann auch jemanden, der bei ihm ist, wenn wir alle unterwegs sind. Außerdem wird sich bestimmt bald der rechtmäßige Besitzer melden.« Mit diesen Worten nahm sie die TV-Fernbedienung in die Hand, schloss die Augen und sagte: »So, und jetzt geht ihr in euer Zimmer, ich möchte mit Vater noch etwas in die Glotze schauen.« Eva, Locke und Poldi verschwanden augenblicklich. Irgendwie wirkten alle drei unheimlich zufrieden.

So ein Hund – der macht auch Arbeit. Diese Feststellung drängte sich Locke am Mittwochvormittag geradezu auf. Schon um sieben Uhr hatte ihn Poldi geweckt. Mit seiner dicken, nassen, ungemein zutraulichen Nase hatte er ihn angestoßen. Danach setzte er sich fast kerzengerade vor Patricks Bett und beobachtete sein neues Herrchen. Der blickte direkt in die schönen braunen Augen von Poldi und sagte unter kräftigem Gähnen: »Hey, Stürmerkollege, du willst wohl schon was erleben – also gut, raus an die Bäume. Ich werde einige Dehnübungen an der frischen Luft machen und du kannst das Beinchen heben.«

Ruck, zuck war Patrick mit dem Zähneputzen und der Morgentoilette fertig. Im Eiltempo zog er sich seinen Trainingsanzug über und begab sich mit dem Hundetier auf eine nette Runde.

Der Fußballer dehnte und streckte sich gymnastisch an

den Bäumen und der Hund markierte dieselben mit einer unglaublichen Genauigkeit. Nach ungefähr einer halben Stunde hatten beide ihre Trainingseinheit absolviert, und Locke beschloss, beim Bäcker Ernst frische Brötchen zu kaufen und daheim für das Frühstück zu sorgen.

Erstaunt registrierten seine Eltern bald darauf, dass es in ihrer Wohnung nach Kaffee und frisch Gebackenem roch. Als sie in die Küche kamen, sahen sie ihren Sohn am gedeckten Tisch auf sie warten. Darunter saß, wie selbstverständlich, Poldi und kaute genussvoll an einem Hundesnack, den Locke auch noch besorgt hatte.

Mutter Schubert schlug endlich etwas sehr Sinnvolles vor. »Wir sollten für Poldi ein Halsband und eine Hundeleine kaufen«, meinte sie. »Das sieht ja unmöglich aus, wenn er mit der Uralt-Krawatte von Markus herumläuft. Außerdem braucht er einen Napf und vernünftiges Futter. Er kann sich ja nicht immer von diesen komischen Kaustangen ernähren, die du mitgebracht hast, Locke.«

Nach den ersten gestrigen Streicheleinheiten, die Lockes Mutter an Poldi verteilt hatte, bedeutete auch dies jetzt nicht unbedingt eine ablehnende Haltung. Poldi war außerdem raffiniert genug, seinen Kopf auf die Füße von Sandra zu legen, was diese als durchaus angenehm empfand. Niemand sprach also an diesem Morgen von der Suchaktion nach dem früheren Herrchen Poldis; vielmehr konzentrierte sich das Gespräch nun auf ein anderes wichtiges Thema: den Besuch des Spielervermittlers Jimmy Hücklein, der für diesen Nachmittag angemeldet war.

»Wie gesagt, ich bin gespannt, was er vorhat«, sagte Markus zu seinem Sohn.

»Ich weiß es auch nicht. Aber wofür sind Spielervermittler schon da? Was du befürchtest: er wird mir ein Angebot machen, zum FC Bayern München zu wechseln.«

Markus Schubert verschluckte sich an seinem Kaffee. »Du wirst doch wohl nicht –?«, fragte er geschockt.

Locke musste laut lachen. »Reingelegt, reingelegt. Ich halte es da mit einem Song der ›Toten Hosen‹.« Und er begann, den Hit der Gruppe »Ich würde nie zum FC Bayern München gehen« laut zu singen. Mutter Schubert unterbrach ihn mit dem Satz: »Wer beim Essen singt, der bekommt eine dumme Frau.«

Aber Locke konterte: »Ich habe Eva, und die ist bestimmt nicht beschränkt.«

Und Markus Schubert fügte amüsiert hinzu: »Von Hochzeit war hier aber noch nie die Rede«, und kam auf das ursprüngliche Thema zurück: »Also, lassen wir uns doch einfach mal von den Vorstellungen des Herrn Hücklein überraschen. Nachdem du, Locke, nun auch wieder in die U15-Mannschaft zurückkannst, können wir uns das ja ganz in Ruhe anhören.«

Pünktlich um fünf Uhr fuhr das Luxusauto von Jimmy Hücklein in der Overhofstraße 8 in Gelsenkirchen vor. Ein Mercedes der M-Klasse, versehen mit der silbernen Zahl 500! Ein Benzinschlucker erster Güte; aber Spielervermittler brauchten wohl solche Statussymbole … Das Auto hatte abgedunkelte Scheiben, die einen eindrucksvollen Kontrast zur silbernen Farbe des Fahrzeugs boten.

Locke beobachtete die Ankunft hinter der Gardine versteckt. Sieht ein bisschen nach Mafia aus, dachte er. Hücklein stieg beschwingt aus. Dunkler Anzug, weißes Hemd, seidene Krawatte, teure Schuhe an den Füßen. In der einen Hand trug er einen eleganten kleinen Koffer, der, wie alles an dem Mann, ebenfalls sehr teuer aussah. In der anderen hielt er einen großen Blumenstrauß und eine kleinere Plastiktüte. Nanu, überlegte Locke, will der uns bestechen, oder was soll das? Seine Überlegungen gingen in einem kraftvollen Läuten unter. Hücklein hatte offensichtlich mehr als nachdrücklich auf die Klingel neben dem Namensschild »Schubert« gedrückt. Das kann ja lustig werden, schoss es Locke durch den Kopf, und er blickte beunruhigt auf Poldi, der das offenbar als Provokation empfand. Er bellte aufgebracht.

Markus betätigte den Summer und die Familie versammelte sich zur Begrüßung an der Wohnungstür. Die Tür öffnete sich – und Poldi schoss auf den unbekannten Mann zu, bevor irgendjemand ihn daran hindern konnte. Ohne Rücksicht auf dunkle Anzüge, weiße Hemden und seidene Krawatten sprang er den Besuch kräftig an und hinterließ auf dem Outfit von Herrn Hücklein einige Spuren.

Der Spielervermittler bewahrte jedoch die Fassung. »So freundlich bin ich lange nicht willkommen geheißen worden«, begrüßte er die Familie Schubert. »Wenn ich das gewusst hätte, dann wäre ich am Tiergeschäft ›Fressnapf‹ vorbeigefahren und hätte dem Vierbeiner auch etwas gekauft. Aber zunächst einmal Blumen für die Dame und einen guten Tropfen für den Vater von Patrick.« Mit einer angedeuteten Verbeugung überreichte er die mitgebrachten Dinge.

Sandra Schubert freute sich sichtlich über den üppigen Blumenstrauß, während Vater Schubert achselzuckend entgegnete: »Ist ja gut gemeint, Herr Hücklein, aber Alkohol ist in dieser Familie spätestens seit meiner Erkrankung tabu. Trotzdem danke!« Er lächelte. »Irgendein Besuch wird die Flasche schon leeren.« Gemeinsam setzte man sich ins Wohnzimmer und Hücklein ergriff ohne große Umschweife das Wort.

»Sie wissen, dass Locke ein großes Fußballtalent ist«, begann er, »und früher oder später, wenn er Profi werden möchte, den Verein wechseln muss. Bei Blau-Weiß kann das ja nichts werden.« Er grinste Locke an. »Meine Agentur beschäftigt sich mit der Abwicklung von derartigen Vereinswechseln und ich möchte Ihnen, Herrn und Frau Schubert, und natürlich in erster Linie dir, Patrick, ein Angebot machen.«

Locke fand, Herr Hücklein wirkte etwas gehetzt, er nahm sich keine Zeit, erst mal ein bisschen mit ihm zu plaudern, vielleicht darüber, was er selbst so über seine Zukunft dachte, etwa, wie das mit der U15 aussähe – ob er dort weitermachen wollte… und überhaupt. Ziemlich kurz angebunden, der Mann, dachte Locke. Ihm blieb nichts weiter übrig, als zuzuhören.

»Um es kurz zu machen«, sagte da auch schon der Spielervermittler, an seine Eltern gewandt, »der MSV Duisburg hätte Interesse, Patrick in der kommenden Saison für die B-Jugend zu verpflichten. Natürlich mit der Aussicht, später für die Profimannschaft zu spielen. Er kann dort im Internat leben, er wird schulisch perfekt betreut und würde jeden Tag mit den größten Talenten vom MSV trainieren. Der Verein bietet außer der Unterbringung im Jugendinternat, die natürlich kostenfrei wäre, eine Summe von fünfhundert Euro pro Monat als Taschengeld an. Selbstverständlich müssten Sie, Familie Schubert, sich verpflichten, alle späteren Gespräche über Profiverträge ebenfalls mit meiner Unterstützung als Agentur abzuschließen. Ich erhalte dafür eine Provision von zwanzig Prozent von den jeweiligen Gehältern und eventuellen Ablösezahlungen. Nun, was halten Sie von diesem Vorschlag?«

Hücklein machte endlich eine Pause. Er lehnte sich zurück, zog die Krawatte auf seiner Brust zurecht, schlug die Beine übereinander und musterte die Schuberts der Reihe nach. Er schien sich seiner selbst und seiner eben gehaltenen Rede sehr sicher zu sein.

Die Familienmitglieder schauten sich an. Tja, was sollte man davon halten? Vater Schubert meinte trocken: »Herr Hücklein, wir werden uns Gedanken machen und Ihnen unsere Entscheidung mitteilen. Patrick, was meinst du?«

Locke wirkte sehr nachdenklich und antwortete fast wie in Zeitlupe: »Genau das werden wir machen, wir werden im Familienrat darüber sprechen und uns dann wieder bei Ihnen melden.«

Hücklein nickte, trank die zwischenzeitlich gereichte Tasse Kaffee mit einem Zug aus und teilte munter mit: »Einverstanden, war nett, Sie kennen gelernt zu haben, und ich hoffe, wir können unser Gespräch demnächst fortsetzen.« Ohne weiteres erhob sich der Agenturchef und verabschiedete sich. Poldi nahm jetzt keine Notiz mehr von dem Spielervermittler. Es schien, als gefielen ihm so dynamisch wirkende Herren, die immer unter Zeitnot litten, nicht besonders. Vielleicht hatte er ja entsprechende Erfahrungen ...

Hücklein war kaum aus dem Wohnzimmer der Schuberts, als die Diskussion über das Angebot begann.

Lockes Mutter hatte eine klare Meinung: »Lernen und Fußballspielen kannst du auch weiterhin hier in Gelsenkirchen. Fünfhundert Euro sind natürlich verdammt viel Geld, aber wir sind bisher ohne das ausgekommen, und das werden wir auch weiterhin tun. Außerdem, warum solltest du dich jetzt schon an einen Manager binden? Und überhaupt: Vielleicht kommt morgen Schalke 04 und macht dir ein Angebot – und das ist doch dein Traumverein, oder?« Vater Schubert war begeistert: »Du hast wie eine wahre Expertin gesprochen, Sandra. Ich schließe mich einfach deinen Worten an.« Poldi saß bei diesem Gespräch aufrecht neben dem Wohnzimmertisch, als könne er jedes Wort verstehen. Nun sprang er zu Patrick auf das Sofa, was er eigentlich nicht durfte, und schmiegte sich eng an ihn. Es wirkte, als wollte er sagen: Was soll denn aus mir werden, wenn du nach Duisburg gehst?

Patrick musste nicht lange nachdenken. »Wir sagen ab; dieser aufgetakelte Hücklein mit seinen Blumen und seinem Kurzbesuch ist mir irgendwie nicht ganz geheuer. Und wirklich, käme morgen der Assauer«, er grinste, »und ich habe beim MSV zugesagt – ich würde mir in den Hintern beißen. Die fünfhundert Euro verdienen wir außerdem demnächst locker durch unsere Auftritte mit den NEW KICKING DEVILS.« Letzteres war natürlich längst nicht klar, aber Patrick brauchte noch ein Argument für die Ablehnung, vor sich selbst.

Damit war die Sache erledigt und die Familie Schubert hatte die ersten Erfahrungen mit dem Profifußball gesammelt.

Patrick ging in sein Zimmer, Poldi ihm auf den Fersen, und erzählte Eva am Telefon von dem Angebot Hückleins. Auch sie fand die Entscheidung der Familie Schubert absolut richtig. Und außerdem: Was wäre denn sonst aus der Band und aus ihnen beiden geworden, wenn Locke in Duisburg wäre …?

Patrick sah danach noch ins Outlookprogramm seines Computers und tatsächlich war eine Mail von Matz eingegangen.

Matz@turfoot.de an locke@schalkefan.de

Hallo Locke,
hier in Istanbul läuft es optimal. Habe heute im Training zwei Tore gegen den türkischen U15-Nationaltorwart gemacht. Einen Ball habe ich geradezu durch die Hosenträger des Schlussmanns geschoben! Tat mir fast

Leid, der Gute. Also, sieht so aus, als ob die nicht auf mich verzichten können; sonst aber durchaus eine lustige Truppe. Was gibt es Neues bei dir?
Matz
PS So langsam verstehe ich auch wieder perfekt Türkisch. Alles eine Frage der Routine …

Patrick grinste. Dieser alte Angeber. Aber er schrieb sofort eine Antwort.

Locke@schalkefan.de an Matz@turfoot.de

Hallo, Starstürmer der Türkei,
ich habe gerade ein Angebot des MSV Duisburg abgelehnt. Spielervermittler Hücklein hat hier rumgeschleimt, aber für Blau-Weiß und die NEW KICKING DEVILS verzichte ich auf eine absolute Topbörse. Hoffentlich weißt auch du das zu schätzen!!
Ansonsten läuft hier alles super. Stell dir vor, Trainer Stettler hat sich bei mir für den Rausschmiss bei unserer U15 entschuldigt und er gibt mir eine zweite Chance! Vielleicht klappt es und ich kann gegen Holland dabei sein!!
Übrigens haben wir ein neues Familienmitglied: Poldi, einen unheimlich schnellen Rechtsaußen. Könnte sein, dass er deinen Stammplatz bei Blau-Weiß einnehmen wird. Tschüss, halte mich auf dem Laufenden …
Locke

Er schickte die Nachricht ab und staunte wieder einmal über diese Technik. Unglaublich, aber in wenigen Sekunden konnte sein Freund Matz diese Mitteilung auf seinem Laptop in der Türkei lesen. Irgendwie Wahnsinn …

Für den Donnerstagmorgen hatte sich Locke ein ausgedehntes Lauftraining vorgenommen. Schon um halb neun war er gestartet – selbstverständlich zusammen mit Poldi. Wie Locke bereits an Matz geschrieben hatte: Der Hund war schon nach wenigen Tagen ein komplettes Mitglied der Familie Schubert geworden, und alle hofften inzwischen, dass sich der eigentliche Besitzer nicht mehr melden würde.

Locke drehte seine Runden diesmal auf der Aschenbahn auf dem Schürenkamp. Auch wenn er die Lauferei hasste – ihm war klar, dass er gerade jetzt in der Sommerpause etwas für seine Fitness tun musste. Poldi war ein, zwei Runden mitgelaufen, dann jedoch hatte er genug, setzte sich mitten in eines der Tore und schaute seinem neuen Herrchen fast beeindruckt zu. Nach einer guten Stunde beendete Locke endlich sein einsames Training.

Auf dem Heimweg trafen er und Poldi zufällig auf Trainer Kelter. »Vorbildlich, vorbildlich«, rief ihm sein Coach schon von weitem zu. »So muss es sein, auch in den Ferien sollte ein Topspieler auf seine Kondition achten.« Dann kam er heran, schlug Locke auf die Schulter und sah auf den Hund an seiner Seite. »Und wer bist du?«

Eine Frage, die Poldi nicht beantworten konnte, und so erklärte Patrick dem Trainer den Neuzugang Poldi.

»Hast du noch Zeit auf eine Limo, Locke?« Der war begeistert über die Einladung. »Klar doch, immer!«

»Ich hätte was mit dir zu bereden!« Das klang spannend.

So gingen der fußballverrückte Pfarrer, Poldi und Locke in eine typische Ruhrgebietskneipe. Schon am frühen Vormittag saßen einige traurige Gestalten an der Theke. Vor sich ein Pils. Qualm stieg auf. Merkwürdige Gespräche über Politik und Fußball wurden laut geführt, doch wenn man nicht genau zuhörte, dann wusste man nicht, welches der beiden Themen die Männer gerade wälzten, Fußball oder

Politik. Die Argumente waren oft die Gleichen. Worte wie »Pfeifen« oder »Versager« wurden sehr oft benutzt.

Kelter und Patrick begaben sich in eine entfernte Ecke der Kneipe und Poldi verzog sich sofort unter den Tisch. Patrick erzählte zunächst von dem Besuch Herrn Hückleins, und Kelter war froh, dass sein Stürmer das Angebot abgelehnt hatte. »Patrick, genau deshalb will ich mit dir sprechen.« Er räusperte sich, dann sah er ihn an. »Ich will ehrlich sein. Natürlich habe ich bemerkt, dass du eines unserer größten Talente bist, und um gleich noch eine Schippe Ehrlichkeit draufzulegen: Für unseren kleinen Verein bist du – und übrigens auch Matz – eigentlich zu gut. Du musst einfach zu einem großen Verein wechseln. Die Förderung und das Training sind bei einem Bundesligaklub doch etwas ganz anderes als bei uns. Das Angebot aus Duisburg über diesen Hücklein überrascht mich nicht. Höchstens dass es so lange gedauert hat, bis der zu dir gekommen ist.« Wieder räusperte Kelter sich, atmete einmal tief ein und aus und sagte dann: »Also, langer Rede – kurzer Sinn, der Jugendleiter von Schalke 04, Fritz Schöppner, hat mich gefragt, ob ich euch nicht beide abgeben kann, also Matz und dich.« Locke stockte der Atem. Da hatte er noch vor zwei Tagen rumgeflachst, ob Schalke ihn wohl holen würde… und nun das!! Es war zwar nicht Rudi Assauer persönlich, aber was nicht ist, konnte ja noch werden. Fast musste er lachen, doch er bezwang sich. – Aber dann schoss ihm die Frage durch den Kopf: Ging das überhaupt? Konnte er hier so einfach weggehen?

»Ich…«, stotterte er, »ich bin doch der Kapitän von Blau-Weiß und unsere Mannschaft ist fast Stadtmeister geworden – da kann man doch nicht einfach gehen.«

Kelter schaute Locke an. »Es ehrt dich, was du jetzt gesagt hast, aber bei Schalke 04 spielst du eine Klasse höher, intensiver und besser. Glaub mir, ich gebe dich und Matz nicht

gerne her, aber ich muss als Trainer auch loslassen können.« Er lächelte. »Mann, hätte jemand mir früher ein solches Angebot gemacht, ich wäre vor Freude an die Decke
gesprungen.«

Der Trainer hat ja Recht, dachte Locke. Eigentlich habe
ich immer davon geträumt und jetzt ist es so weit. »Weiß
Matz schon von dem Angebot?«

Kelter verneinte. »Matz ist doch in der Türkei! Aber ihr
zwei«, fügte er hinzu, »redet sicher öfter miteinander, per
Handy oder Mail oder so … Erzähl du ihm bitte von dem Angebot der Schalker. Ehrlich, ihr müsst es annehmen!«

Die Wirtin der Kneipe hatte in der Zwischenzeit für Kelter einen Kaffee und für Patrick eine Sprite gebracht – Poldi
unter dem Tisch bekam eine Schüssel Wasser. Patrick
beugte sich zu seinem Hund hinunter und sprach ihn an:
»Was meinst du, Kumpel, was soll ich machen?« Die Antwort
war eindeutig. Poldi wedelte erfreut mit dem Schwanz.
»Okay, ich spreche mit meinen Eltern und schicke Matz
eine Mail. Morgen gibt es dann eine Antwort.«

Er sah Kelter jetzt fest an. »Trainer, ich werde Sie sehr vermissen.«

Das klang schon ziemlich eindeutig, und obwohl Kelter ja
wusste, was das Beste für Locke und seinen Freund Matz war,
einen ganz kleinen Stich verspürte er nun doch in seinem
Herzen. Aber er versprach ihm: »Klar, ich schaue mir dann
auch, wann immer ich kann, die Spiele der Schalker B-
Jugend an. Macht mir keine Schande, ich möchte stolz auf
euch sein.« Patrick nickte, und er wusste, dass sich sein
Leben als Fußballer an diesem Tag und nach diesem Gespräch total verändern würde.

Sein Vater platzte fast vor Stolz.

Gleich als er nach Hause kam, erzählte er ihm von dem

Gespräch mit Lukas Kelter. Markus Schubert war sein Leben lang Schalke-Fan gewesen, und sein größter Traum war es schon immer, dass sein Patrick ein großer Spieler dieses Vereins werden würde. Schalke 04 war mehr als ein Fußballverein; es war fast so etwas wie eine Religion mit einer unglaublich großen Gemeinde.

»Und – das machst du jetzt aber, oder?« Markus Schubert sah seinen Sohn an.

Locke wusste natürlich von der Leidenschaft seines Vaters und er spielte jetzt etwas mit den Gefühlen seines Erzeugers.

»Mal sehen«, sagte er leichthin, »wenn Borussia Dortmund jetzt käme... dann würde ich vielleicht doch lieber für die spielen.«

Markus fiel vor Schreck fast der Unterkiefer runter. Aber dann merkte er natürlich, dass sein Sohn einen schlechten Scherz gemacht hatte, und drohte ihm schelmisch mit dem Finger.

»Schon gut, schon gut«, entgegnete Patrick darauf und grinste seinen Vater glücklich an. Dann wandte er sich um. »Also, Papa. Matz bekommt jetzt von mir eine Mail, und wenn der auch zu Schalke will – dann gehen wir.«

Vater Schubert lächelte. In diesem Augenblick vergaß er seinen Schlaganfall; eine solche Nachricht war die beste Therapie für ihn.

Patricks Nachmittag aber gehörte zunächst dann doch Eva. An Matz würde er später mailen... Die zwei gingen mit Poldi durch den Stadtgarten und auch Eva war von den neuen Nachrichten begeistert. Sie flüsterte ihrem Locke ins Ohr: »Schalke 04, Liebe im Revier, Junge, wat fällt dir Schöneres ein.«

Am frühen Abend setzte sich Patrick an den Computer.

Locke@schalkefan.de an Matz@turfoot.de

Mein großer Rechtsaußen,
heute habe ich dir ein offizielles Angebot zu unterbreiten. Stell dir vor, unser Trainer Kelter hat uns an
die B-Jugend von Schalke 04 »verkauft«. Nach der Sommerpause können wir *beide* dort antreten. Was meinst
du? Wollen wir Bordon, Lincoln, Rost und Co. mal so
richtig aufmischen? Auch wenn es mir schwer fällt, den
alten Freunden von Blau-Weiß tschüss zu sagen, wir
müssen es wohl oder übel machen für eine glorreiche
Profikarierre. Erwarte deine Antwort!
Locke

Er schickte die Mail ab.

Am nächsten Morgen war die Antwort da.

Matz@turfoot.de an Locke@schalkefan.de

Mein Mittelstürmer,
meine Antwort heißt: JA! JA! JA! Wenn jetzt nicht noch
ein Angebot von Galatasaray Istanbul kommt, dann
sind wir bald Schalker.
Übrigens: Freitagabend um zwanzig Uhr spielt die U15
der Türkei gegen Albanien – und ich bin als Rechtsaußen dabei. Das Ergebnis maile ich dir umgehend. Bin
Sonntag wieder daheim.
Dein Neu-Schalker
Matz

Na prima, dachte Patrick, hab auch nichts anderes erwartet.
Dann ist ja alles klar. Sofort rief er Kelter an und teilte ihm

mit, dass Matz und er wechseln würden. Kelter sollte alle weiteren Schritte einleiten.

Der Freitag war ein ziemlich lahmer Tag. Patrick fieberte lediglich dem Resultat aus der Türkei entgegen. Den Abend verbrachte er mit Eva auf seinem Zimmer. Die beiden hörten Musik und schauten sich eine witzige DVD an. Endlich, gegen elf Uhr, macht es dingdong am Computer. Das Ergebnis aus der Türkei traf ein.

Matz@turfoot.de an Locke@schalkefan.de

Hallo Locke,
ganz kurz nur: 4:0 gewonnen! Dein Freund Matz hat ein Tor geschossen.
Freue mich auf die Band, auf Schalke und alles …
Matz

In den nächsten zwei Wochen musste Patrick ohne seine Freundin auskommen; Eva fuhr mit ihrer Familie nach Spanien in den Urlaub. Für die Familie Schubert reichte es finanziell natürlich nicht zu einer Reise, egal wohin. Auch die Proben mit der Band THE NEW KICKING DEVILS mussten ruhen, denn Ben und Thomas waren ebenfalls mit ihren Eltern verreist.

So verbrachte Locke jede Minute mit Matz und mit Poldi. Die drei machten zusammen das tägliche Lauftraining, und ab und zu gingen sie im Rhein-Herne-Kanal schwimmen. Dabei stellte sich heraus, dass Poldi mit Abstand der beste Schwimmer war. Ansonsten warteten sie gespannt auf den 8. August – dann sollte ihr erster Trainingstag bei Schalke 04 sein. Das Schöne daran war auch, dass die Schulferien dann immer noch fast drei Wochen dauern würden …

Endlich war es so weit: Montag, der 8. August! Das erste Training bei Schalke! Es war für siebzehn Uhr angesetzt, auf einem der Nebenplätze der Arena Auf Schalke.

Vor zwei Tagen war Eva mit ihren Eltern aus dem Spanienurlaub zurückgekehrt. Patrick war unheimlich froh, dass seine Freundin endlich wieder in Gelsenkirchen war... Sie fehlte ihm, sehr sogar.

An diesem Morgen hatten sich Eva, Matz und Patrick bei Schuberts zu einem Frühstück verabredet. Um zehn waren die Freunde eingetroffen, worüber sich auch Poldi sehr freute – der inzwischen ordentlich angemeldet war, mit Hundemarke und so. Niemand hatte Laut gegeben, um diesen fabelhaften Hund von Schuberts abzuholen. Kläffend sprang er Matz und Eva an, als Patrick die Wohnungstür öffnete, und beruhigte sich erst, als die drei am Tisch in der Küche saßen.

Während des Frühstücks wurden Pläne für die nächsten Tage und Wochen geschmiedet. Die NEW KICKING DEVILS hatten unter anderem ein Angebot für ein Konzert im Hans-Sachs-Haus in Gelsenkirchen bekommen. Dort gab es einen viel größeren Saal als den im katholischen Jugendheim von Heßler. Der Veranstalter hatte die Rekordgage von dreihundert Euro geboten.

Da waren sich alle schnell einig! Natürlich wollten sie dort spielen. Das Konzert sollte an einem Sonntag Ende September über die Bühne gehen.

Fußballerisch konzentrierten sich die Jungs jetzt natürlich auf den heutigen Nachmittag. Schalke 04 wartete. Die beiden waren mehr als gespannt. Eva dagegen – so war zu hören – wartete auf Post von RTL, denn für den September waren die ersten Proben für »Deutschland sucht den Superstar« angekündigt worden. Spannende Ereignisse standen also bevor. Und natürlich hatte Locke jeden Tag in den

Briefkasten geschaut, ob denn die Einladung zur U15 eintrudeln würde. Stettler hatte es ja versprochen und das war neben Schalke noch der absolute Kick obendrauf.

Das erste Training bei Schalke 04 an diesem Nachmittag war etwas ganz anderes als bei Blau-Weiß. Alles war viel intensiver und professioneller.

Jugendleiter Schöppner begrüßte die neuen Spieler in der Umkleide sehr herzlich. Auch die Jungs, die in der Vergangenheit schon für Schalke 04 in der B-Jugend gespielt hatten, freuten sich über die Neuzugänge. Der Mannschaftskapitän Stefan Heinsmann, der ein ausgesprochen guter Innenverteidiger war, schüttelte allen die Hand. Torhüter Tim Seeberger, eine echte Stimmungskanone und immer gut drauf, bezeichnete Patrick mit einem Augenzwinkern als die große Sturmhoffnung für Deutschland, und Matz, witzelte er mit einem Augenzwinkern, als *die* Rechtsaußenkatastrophe für die Türkei.

Außer Locke und Matz waren noch drei weitere Spieler neu zur B-Jugend von Schalke 04 gekommen. Schöppner erklärte laut: »Auch wenn ihr jetzt für Schalke 04 spielen werdet, einen der berühmtesten Vereine in Deutschland, bitte keine Starallüren. Das können wir hier überhaupt nicht leiden. Und das gilt auch für türkische Nationalspieler«, fügte er hinzu und schaute Matz amüsiert an. Der konnte natürlich den Mund nicht halten und erwiderte: »Sie müssen mich nicht wie einst Ailton in die Türkei schicken. Wenn, dann gehe ich freiwillig.« Alle mussten lachen.

»Jungs«, wandte sich Schöppner nun an die ganze versammelte Trainingsgruppe, »wir haben nicht nur einige neue Spieler in der kommenden Saison, sondern auch einen neuen Trainer für die B-Jugend verpflichtet. Ihr werdet ihn alle kennen, er hat früher hier für Schalke 04 gespielt, und er war mit Bayern München deutscher Meister. Über fünfzig Länderspiele für Deutschland kommen noch hinzu. Hier ist euer neuer Trainer…« Alle schauten wie gebannt zur Kabinentür und es trat ein: Olaf Thölle. Die Spieler klatschten begeistert. Locke wusste, dass Thölle vor vielen Jahren als Siebzehnjähriger bei einem Pokalspiel zwischen Schalke 04 und Bayern München, das 6:6 endete, drei Tore geschossen hatte. Damit war Thölle ein echtes Schalker Idol. Ein Vorbild und trotzdem ein wirklich lockerer Typ.

Und Lockerheit bewies er gleich mit seinen ersten Worten: »Hallo, Spieler, ich bin nur 1,67 groß und genau deshalb möchte ich aus euch allen Männer mit *wirklicher* Größe machen. Ich verlange viel, aber wichtig ist mir auch der Spaß am Fußball.« Er grinste.

»Das muss fürs Erste reichen«, fuhr er fort, »mehr dann später. Jetzt kommt erst einmal das alte Wort zur Geltung: Die Wahrheit liegt auf dem Platz. Also, ich will sehen, was ihr draufhabt, deshalb lasst uns raus auf den Rasen gehen.«

Rasen, wie das allein klang! Locke und Matz kannten ja bislang vom Schürenkamp nur die rote Asche als Trainingsfläche. Als sie das Grün unter ihren Füßen spürten, kam es ihnen vor, als würden sie einen gepflegten Teppich betreten.

Thölle absolvierte ein sehr abwechslungsreiches Programm mit den Spielern. Nach einer Aufwärmzeit von – Locke schätzt – einer halben Stunde wurde nur mit dem Ball gearbeitet. Und alle sahen dem Trainer an, dass es eine helle Freude für ihn war, all den Talenten auf dem Rasen zuzuschauen.

Beim anschließenden kleinen Trainingsspiel waren Matz und Locke gleich in ihrem Element und gaben einen guten

Eindruck ab. Es wurden zwei Tore geschossen, und die wurden durch Locke und Matz erzielt.

Thölle lobte sie. »He, ihr, das macht ihr wirklich gut. Wer seid ihr? Und von welchem Verein kommt ihr?« Locke und Matz gaben kurz Auskunft, die anderen Spieler hörten nicht ohne Neid, dass die beiden Neuen gleich in dieser Weise die Aufmerksamkeit des Trainers auf ihrer Seite hatten.

»Aha, Blau-Weiß Gelsenkirchen also«, meinte Thölle dann. »Die Namen Patrick Schubert und Matz Irrfan werde ich mir merken ... Aber gleich ein erster Rat: Immer schön die Augen auf! Und das gilt auch für die anderen Mitspieler. Sich häufiger mal rechtzeitig vom Ball trennen und das Leder abspielen.«

Lob und Kritik in einem Satz, geschickt gemacht von Thölle.

Nach dieser ersten Trainingseinheit saß die Mannschaft noch etwas beieinander. Das war dem Trainer sehr wichtig. Wie er erklärte, wollte er dadurch die Mannschaft schnell zu einer wirklichen Gemeinschaft zusammenschweißen. Außerdem wollte er natürlich auf diesem Wege seine Leute auch schneller kennen lernen. So unterhielten sich alle angeregt und man kam sich rasch näher.

Grundsätzlich wurde bei Schalke 04 sehr viel mehr trainiert als bei Blau-Weiß Gelsenkirchen. Montags, dienstags, mittwochs, donnerstags und freitags wollte Thölle seine Mannschaft sehen. Dazu kam natürlich immer das Spiel am Sonntag. Das klang schon alles sehr professionell. Sogar eine eigene medizinische Abteilung gab es bei Schalke, die sich bei Bedarf natürlich auch um die Jugendlichen kümmerte. Übrigens schaute gelegentlich Rudi Assauer bei den Trainingseinheiten vorbei. Das Interesse des Managers ging weit über die Profimannschaft hinaus. Er interessierte sich auch für den Nachwuchs.

Fußball war nun also der absolute Mittelpunkt im Leben von Patrick. Und um das Glück perfekt zu machen, kam zwei Tage nach diesem ersten Trainingstag der von ihm so ersehnte Brief aus Frankfurt. Stettler hatte Wort gehalten. Patrick wurde zum Lehrgang vor dem U15-Länderspiel gegen Holland diesmal in die Sportschule Hennef bei Köln eingeladen. Das Spiel gegen Holland sollte dann in der ersten Septemberwoche im neuen Kölner WM-Stadion stattfinden.

Patrick freute sich riesig, als er den Brief öffnete und ihn las, aber irgendwie fürchtete er sich auch etwas vor dem Wiedersehen mit Erik Stössken von Tasmania 1900 Berlin …

Wie es der Zufall wollte: Matz hatte ebenfalls eine Einladung erhalten. Er sollte in derselben Woche nach Athen kommen! Die türkische U15 hatte ein Länderspiel gegen Griechenland zu absolvieren … Und um das Glück für alle perfekt zu machen, war auch bei Eva Post eingetroffen. RTL teilte ihr endlich mit, dass die Proben zur Superstar-Show beginnen sollten, und *auch* in der ersten Septemberwoche. Das klang nach Stress für alle drei.

Ende August, an einem Sonntag, fand das erste Meisterschaftsspiel der Schalker B-Jugend statt. Bislang hatten Locke und Matz ja meist nur innerhalb von Gelsenkirchen mit ihren Blau-Weißen gespielt. Aber Schalke 04 war in der Westfalenliga und deshalb musste die Mannschaft bei Auswärtsspielen oft einige Kilometer überbrücken. Zum Start in die Saison ging es nach Herne.

Allein der Bus war schon eine Schau für sich: Kein Vergleich mit der alten Schüssel, mit der sich Blau-Weiß immer abgequält hatte! Es war das neueste Busmodell von Mercedes-Benz, und darauf stand in großer Schrift zu lesen: Hier fährt der Nachwuchs von Schalke 04! Daneben prangte das

Logo einer großen Versicherungsgesellschaft, einem der Sponsoren des Vereins. Genau das Richtige, um sich schon ein klein wenig als Profi zu fühlen.

Familie Schubert war zusammen mit Eva – und natürlich mit Poldi – in Sandras altem Suzuki zu dem ersten Spiel von Locke und Matz ebenfalls nach Herne aufgebrochen. Wie so oft konnte niemand aus Matz' Familie mit dabei sein, das Restaurant brauchte gerade am Sonntag alle Hände…

In Herne angekommen, nahmen sie einen Platz auf der Tribüne ein. Markus Schubert, der in den letzten Wochen geradezu verbissen daran gearbeitet hatte, seine Gehversuche zu verbessern, war so fit, dass er die zweihundert Meter vom Parkplatz bis zur Tribüne zu Fuß zurücklegen konnte. Ein Riesenerfolg, ein Beweis für seine große Willenskraft – und vielleicht auch eine Wirkung des Aufstiegs seines Sohnes…

Locke und Matz wurden beide als Stürmer aufgeboten. Die Begegnung startete sehr zurückhaltend und wenig aufregend, bis es in der fünfzehnten Minute doch einen echten Höhepunkt gab. Allerdings einen gänzlich unerwarteten.

Matz war gerade in der Rechtsaußenposition am Ball, in Höhe der Tribünenplätze von Schuberts, Poldi und Eva. Er wartete geschickt, bis sich Patrick auf ihn zu bewegte. Er rief: »Komm Locke…«, und Patrick rief zurück: »Spiel ab!« – als es Poldi nicht mehr auf seinem Sitzplatz hielt. Mit einem Riesensatz löste er sich von Eva und sprang über die Spielfeldumrandung direkt auf den Rasen. Der Hund eroberte sofort den Ball und schleppte ihn im Maul zu Locke. Nun blies der Schiedsrichter wie wild in seine Pfeife und unterbrach die Partie. Poldi empfand die Pfeiferei allerdings als ungeheure Anfeuerung. Er legte die Pille direkt vor Locke nieder, drehte sich um und sprang den Schiedsrichter freundlich an. Dem fiel nichts anderes ein, als dem Wuschelhund die rote Karte zu zeigen. Ein Riesengelächter der Zuschauer schallte über den Platz, und Eva machte sich zum Spielfeldrand auf, um Poldi wieder in Empfang zu nehmen.

Patrick hatte seinen vierbeinigen Freund am Halsband gepackt und schleppte ihn zu ihr. Etwas peinlich war ihm der Zwischenfall schon, dennoch sagte er mit einem Grinsen: »Pass bitte besser auf ihn auf, sonst sieht jeder hier, dass Poldi schneller ist als ich.«

Der Hund wurde nun augenblicklich an die Leine genommen und zwischen Eva und Lockes Mutter gesetzt. Sandra schimpfte etwas mit Poldi, aber eigentlich fand sie den Auftritt des Hundes eher lustig. »Wenn du das noch einmal machst, mein Freund«, sagte sie, »dann kommst du in ein Erziehungsheim für schlecht spielende Fußballer.« Die drum herum sitzenden Zuschauer quittierten diesen Spruch noch mit einem herzlichen Lachen – und dann konnte endlich das Spiel weitergehen.

Die Begegnung blieb an diesem Sonntag eher eine langweilige Angelegenheit. Beide Mannschaften neutralisierten sich regelrecht, keine kam zum Zug, sodass weder die Westfalia noch Schalke 04 echte Chancen herausarbeiten konnten. Zum Schluss gab es lediglich ein unbefriedigendes 0:0 und nur der Auftritt von Poldi würde allen Beteiligten, Spielern wie Zuschauern, in Erinnerung bleiben.

Trainer Olaf Thölle jedenfalls hatte keinen Grund, hinterher von einer guten Mannschaftsleistung zu sprechen, und fragte Patrick lediglich: »War das dein Hund, der da auf den Platz gelaufen ist?« Locke nickte. »Könnte auch mannschaftsdienlicher sein!«, meinte der Trainer. Nochmals lachten alle.

Thölle sprach aber dann doch noch ernsthaft weiter. »Jungs, wir müssen uns besser bewegen«, meinte er. »Mehr Laufbereitschaft zeigen und schneller zum Abschluss kommen – dann wird das schon. Wir sehen uns morgen beim Training.«

Das Training am nächsten Tag war dann der Auftakt für einige gezielte Korrekturen am Spielstil. Es wurde konkret an den Laufwegen der einzelnen Spieler gearbeitet und auch ein spezielles Schusstraining durchgeführt.

Tatsächlich besserte sich das Spiel der Schalker in den nächsten Wochen. Gegen den VfL Bochum gewann die Truppe mit 1:0, auch Arminia Bielefeld wurde mit 2:1 besiegt, und Rot-Weiß Oberhausen bekam in der Arena Auf Schalke mit 5:0 eine nachhaltige Klatsche. Und es war in diesem Spiel, wo Locke und Matz endlich jeweils ihr erstes Tor erzielten.

Poldi hatte übrigens ebenfalls zusammen mit Eva alle Spiele gesehen und war nicht weiter auffällig geworden. Vielleicht lag es daran, dass er daheim einen eigenen Ball bekommen hatte …

So ging der August vorüber, und es brach ein September an, den wohl alle Beteiligten ihr Leben lang nicht vergessen würden …

Eva war am 3. September schon früh am Morgen von einem Produktionsfahrzeug des Senders RTL abgeholt worden. Ihr Klassenlehrer hatte ihr tatsächlich einen freien Tag für die Proben zu der Sendung eingeräumt – was allerdings bei Eva auch nicht das Problem war, denn mit den Schulnoten stand sie genauso wenig auf Kriegsfuß wie mit den Noten ihrer Songs.

Die dicke Limousine fuhr sie direkt nach Köln in ein gewaltiges Gebäude. Coloneum nannte sich der Studiokomplex, der sogar noch tief in die Erde gebaut war, mit einem Saal, in dem bequem tausend Zuschauer Platz finden konnten. Als Erstes lernte Eva alle anderen Kandidaten der Show kennen. Elf Talente waren es, mit den unterschiedlichsten Stimmen und mit ganz verschiedener Ausstrahlung. Besonders beeindruckt war Eva von einem Mädchen, das Alina hieß; sie hatte fast das gleiche Stimmvolumen wie Tina Turner. Auch ein junger Mann aus Bayern fiel auf, der konnte zwar absolut nicht singen – brachte aber alle anderen durch seine etwas überdrehte Art zum Lachen. Er hieß Siegmund, was an sich schon sehr erheiternd war.

Jeder von ihnen musste am frühen Nachmittag einen Song vor einer Fernsehkamera vortragen. Aber was heißt vor *einer*? Es waren sieben Kameras aufgebaut! Und das bedeutete, dass man in bestimmten Momenten den Blick von einer Kamera in eine andere wechseln musste – was nichts anderes hieß, als dass man alle dreißig Sekunden in eine andere Linse zu schauen hatte. Eva stellte fest, dass sich das einfach anhörte, aber verdammt schwierig war.

Der Regisseur der Show gab lautstark seine Anweisungen. Marc Soobwoob hieß der Mann, offensichtlich ein Holländer, und er war nicht so ganz einfach zu verstehen, er sprach ein Kauderwelsch aus Deutsch, Holländisch und Englisch. »Eve« – er nannte Eva nur Eve –, »du musst immer auf das Redlight achten – danke, well – du machst eine Topjob vor den Kameras.« Das war etwas übertrieben, aber für die Motivation von Eva sicherlich nicht schlecht.

Zuvor war Eva in die Maske gesteckt worden, was hieß: Sie wurde geschminkt. Die Maskenbildnerin Chris hatte sie so intensiv mit Puder und Make-up versehen, dass Eva nach der Behandlung mindestens wie neunzehn oder zwanzig aussah. Anschließend war eine so genannte Stylistin mit ihr in einem riesigen Fundus gewesen und sie hatten gemeinsam tolle Klamotten ausgesucht. Auch ein Frisör stand noch auf dem Programm, der Evas lange rote Mähne elegant zu einem kunstvollen Turm umgestaltete.

Nun stand Eva also in einem kurzen Jeansrock, einer orangefarbenen grellen Bluse und in hochhackigen goldlackier-
ten Schuhen vor den Kameras. Trotz aller Verkleidung
fühlte sie sich nicht unwohl. Sie sang einen alten Hit von
»ABBA«. Titel: »Mamma Mia«. Eigentlich nicht gerade ihre
Musik. Aber Eva wusste, dass jede Sendung von »Deutschland sucht den Superstar« unter ein anderes Motto gestellt
wurde. Die Teilnehmer mussten entweder Musicals singen
oder große Filmhits. Heute aber würde es um bekannte
Oldies gehen, und RTL hatte Eva eine Liste mit Songs geschickt, von denen sie einen auswählen sollte. Mit der Zeit
fand sie dieses zickige »Mamma Mia« sogar ganz okay.

Immer wieder wurde das Playback unterbrochen, und
Eva bekam Hinweise, wie sie zu stehen oder wo sie hin-
zuschauen hatte. Das, was sonst im Fernsehen so spielerisch leicht aussieht, erwies sich als harte Arbeit. Auch ein
Tanztrainer griff ständig in das Geschehen ein und korri-
gierte Evas Schritte. Nach einer guten Stunde waren aber
alle mit den gezeigten Leistungen von ihr zufrieden. »Sehr,
sehr good, Eve. Gefällt mir ausgezeichnet«, meldete sich
Marc Swoobwood über die Studiolautsprecher. »In unsere
erste Show gibst du bestimmt eine gute Figur ab. Wir werden am Samstag noch einmal ausführlich vor die Sendung
proben – und dann wird es hier sehr, sehr ernst. Für heute
hast du Weekend.«

Die Aufnahmeleitung entführte Eva in den Gemeinschaftsraum, in dem die Teilnehmer versammelt waren.
Hier erklärte die Redakteurin Uschi, wie es weitergehen
sollte. »Am kommenden Samstag werdet ihr abgeholt –
dann werden wir ab zehn Uhr hier nochmals ausführlich
proben, und pünktlich um zwanzig Uhr fünfzehn gehen wir
live auf Sendung!« Sie machte eine bedeutsame Pause und
sah die Mädchen und jungen Männer an. »Dann werden na-

türlich auch die Moderatoren und die Jury von Anfang an dabei sein. Abends, gegen elf Uhr, haben wir ein Ergebnis und wissen, wer von euch aus dem Wettbewerb ausscheidet. Die Zuschauer stimmen per Telefon über die Leistungen der Talente ab. Noch Fragen?«

Eva überlegte kurz. »Kann ich einige Eintrittskarten für Freunde haben?«, erkundigte sie sich.

»Leider nein«, kam die prompte Antwort, »das Studio ist komplett ausverkauft. Erst für die letzten Shows sind Einladungen für Eltern und Freunde vorgesehen. Aber das hat ja wirklich noch Zeit…« Sie wandte sich an alle. »Jetzt fahren wir euch erst mal nach Hause.« Sie gab jedem noch die Hand und lächelte zum Abschied – nach diesen leicht gehetzt wirkenden kurzen Auskünften.

Eva war irgendwie kaputt und müde. Sie machte sich auf.

Locke hatte an diesem denkwürdigen Tag schon um acht Uhr die Sportschule in Hennef erreicht. Die U15-Nationalmannschaft wartete zum zweiten Mal auf ihn. Eigentlich lief alles wie kürzlich in Duisburg ab. Wieder waren er und Stettler die Ersten gewesen, die eingetroffen waren. In der Empfangshalle hing die lange Liste mit den fünfundzwanzig Namen der Spieler, die zu diesem Länderspiel gegen Holland eingeladen waren. Nichts hatte sich geändert, es waren dieselben wie gegen Portugal.

Anschließend unterhielt Locke sich mit Stettler über die Situation in der Fußball-Bundesliga. Der Trainer machte den einen oder anderen Witz über Schalke 04, denn die Profitruppe hatte sich eigentlich vorgenommen, die Bayern aus München diesmal zu jagen, aber nach vier Spieltagen lagen die Schalker schon vier Punkte hinter dem Rekordmeister zurück… Nach einigen kleinen – nicht böse gemeinten – Seitenhieben informierte Stettler sich bei Locke über seine ersten Erfahrungen in der B-Jugend der Schalker.

»Läuft alles wie geschmiert!«, lautete die Antwort von Locke. Und er konnte dies guten Gewissens so sagen, denn nach den anfänglichen Schwierigkeiten hatte sich die Mannschaft ja tatsächlich stabilisiert. »Und wie kommst du mit Thölle klar?«, bohrte der Trainer der deutschen U15 weiter.

»Ganz ausgezeichnet! Man merkt, dass Olaf Thölle selbst ein Nationalspieler war, und ein echter Schalker ist er natürlich auch«, sagte Locke. »Er bringt uns wirklich tolle Tricks bei – aber das Wichtigste ist für ihn die Ordnung in einer Mannschaft. Ähnlich wie bei Ihnen!«

Stettler nickte zufrieden.

Nach und nach kamen auch die anderen Spieler in der Sportschule an. Besonders gespannt war Locke auf das Zusammentreffen mit Erik Stössken. Ein ungutes Gefühl machte sich dabei wieder in ihm breit – aber er wollte dem Stürmer aus Berlin so unvoreingenommen wie möglich begegnen. Natürlich war ihm klar, dass Stössken seinen Rausschmiss wegen der Bierflaschen bewirkt hatte. Aber wie sollte man das beweisen? Also galt es, cool auf ihn zu reagieren …

Besonders herzlich fiel die Begrüßung mit Kevin Rott, dem Torwart von Bayern München, aus und das Wiedersehen mit Heiko Erde, dem Stürmer von Borussia Dortmund.

Kevin flüsterte ihm scherzend zu: »Gut, dass sie dich auf Entzug gestellt haben – jetzt zeig aber auch, dass du ohne Alk triffst.« Patrick musste grinsen. So locker kann man also mit dem Thema umgehen, dachte er. Heiko ließ seine rechte Pranke auf die Schulter von Patrick krachen und meinte: »Prima, Locke, dass wir uns jetzt auch zum anstehenden Spiel in der Westfalenliga treffen werden – ich sag dir schon mal, dass wir euch Schalker 3:0 abledern werden.«

Patrick nahm die Wortschlacht an: »Wenn du dir so sicher bist, warum müssen wir dann überhaupt spielen? Aber dreh das Resultat besser um – und dann passt es.«

In diesem Augenblick spürte er einen kleinen Stich, denn Stössken betrat das Foyer der Sportschule. Freundlich gab er allen die Hand und sogar Patrick bekam von ihm ein kleines Wort zur Begrüßung geschenkt. »Hallo, Neu-Schalker!«

Immerhin, dachte Locke. Halbwegs erträglich. Er sah Erik bewusst voll ins Gesicht und grüßte mit einem knappen »Hallo!« einigermaßen neutral zurück. Zu mehr sah er sich allerdings auch nicht in der Lage. Nun, da Stössken vor ihm stand, machte sich doch so etwas wie Wut in ihm breit. Aber er unterdrückte das Gefühl. Doch dann die Überraschung: Stettler verkündete die Zimmereinteilung. »Meine Herren, um es kurz zu machen: Die Bettenbelegung ist identisch mit jener vor dem Spiel gegen Portugal – deshalb gleiche Zimmereinteilung. Ihr werdet euch ja noch erinnern, mit wem ihr auf der Bude wart.«

Locke traf es wie ein Hammerschlag. Ausgerechnet wieder mit Erik Stössken! Das konnte extrem schwierig werden; er hatte sich vorgenommen, cool zu bleiben im Hinblick auf Stössken, und beim Training war das kein Problem für ihn. Aber nun auch noch das Zusammensein auf einer Bude – das ödete ihn total an… So ein Mist! Der Trainer konnte sich doch ausrechnen, dass hinter der »Bieraktion« höchstwahrscheinlich dieser Erik steckte. Sollten sie sich etwa zusammenraufen? Locke fühlte sich extrem unbehaglich.

Stettler erhob jetzt nochmals die Stimme: »Neun Uhr dreißig beginnt die Schule und die dauert bis zwölf Uhr dreißig. Dann gemeinsames Mittagessen – Fußball ab vierzehn Uhr auf dem Trainingsgelände!«

Nun entstand das übliche Gewusel. Die Spieler schleppten ihre Klamotten auf die jeweiligen Zimmer. Stössken und Patrick bezogen die Nummer zehn am Ende eines langen Ganges.

Wortlos packten sie zunächst ihre Sachen aus und sortierten sie in die Schränke. Die Zimmer hier in Hennef waren deutlich größer, moderner und heller als die in Duisburg. An den Wänden hingen Poster von bekannten Mannschaften. In Zimmer zehn ausgerechnet eines von der UEFA-Cup-Siegermannschaft von Schalke 04! Locke betrachtete das als ein gutes Omen.

Plötzlich brach Erik das Schweigen. »Hör zu, Patrick«, sagte er. »Dicke Freunde werden wir wohl nicht mehr werden – das weißt du genauso gut wie ich, aber ich werde den Kampf mit dir um einen Stammplatz in der Elf aufnehmen.« Er sah ihn offen an. »Lass uns einfach vernünftig miteinander umgehen.«

Locke war erstaunt. »Vernünftig wäre ja schon eine tolle Lösung. Aber gut, lass es uns versuchen, an mir lag es auch beim letzten Mal nicht.«

Er überlegte: Wo kam dieser Sinneswandel bei Erik her? Patrick beschloss, auf der Hut zu sein – plante Erik eine neue Sauerei? Zunächst aber war alles viel angenehmer zwischen ihnen als in Duisburg. Sie unterhielten sich tatsächlich über alle möglichen Fußballthemen und dann gingen sie gemeinsam zum Schulunterricht.

Ebenfalls an diesem Tag war Matz für eine knappe Woche nach Athen aufgebrochen. Die U15 der Türkei hatte in Griechenland ein Qualifikationsspiel zu absolvieren für die im kommenden Jahr in Deutschland stattfindende U15-Europameisterschaft. Die Türkei musste das Spiel gewinnen, um ihre Teilnahme an der Meisterschaft zu packen.

Deutschland war als Gastgeber natürlich schon gesetzt – vielleicht würde es ja eine höchst spannende Begegnung geben… Die beiden Freunde hatten ausgemacht, diesmal per SMS in Kontakt zu bleiben.

Nach dem Mittagessen war also das erste Training in Hennef angesetzt. Diesmal sollte am Donnerstag der Trainingswoche die Entscheidung fallen, welche achtzehn Spieler zum engeren Kreis für das Treffen mit Holland am kommenden Samstag zählen sollten. Es gab keine Pause mehr zwischendurch. Sieben Spieler würden nach Hause fahren müssen und die anderen blieben bis zur Begegnung gegen die Holländer in Köln beieinander. Es würde keine einfache Sache werden, dieses Spiel gegen die Niederlande; die betreffende Auswahl hatte sich bereits für die U15-EM qualifiziert und galt in Fachkreisen als die beste Mannschaft in Europa. Manche meinten sogar, in der ganzen Welt! Das bedeutete: Ein unglaublich dicker Brocken wartete auf die Deutschen. Diese erste Trainingseinheit verlief völlig normal und im üblichen kleinen Testspiel mussten Locke und Erik in einem Team spielen. Fast unglaublich war für Patrick die Tatsache, dass Erik dabei einen Ball für ihn auflegte, den er eiskalt zu einem Tor ausnutzte. Stettler rief ihnen anerkennend zu: »Geht doch mit euch beiden – mehr davon!«

Viel mehr ging an diesem Montag aber nicht mehr für Patrick – er war einfach hundemüde und am frühen Abend, schon kurz nach neun, war er im Land der Träume gelandet. Vorher hatte er noch kurz daheim angerufen. Seine Eltern waren besonders froh zu erfahren, dass Erik Stössken auf Schmusekurs gegangen war, wie sie es nannten. Na, mal sehen, dachte Locke…

Das Gespräch mit Eva fiel ebenfalls kurz aus, denn hinter

ihr lag ein harter Tag. Etwas traurig waren beide darüber, dass Eva am Samstag wegen der Proben zu ihrer Show nicht ins Stadion kommen konnte – ebenso Patrick, weil es keine Karten für ihre Show gab. Er hätte es nach dem Länderspiel gegen Holland, das ja schon um halb drei angepfiffen wurde, noch locker ins Studio von RTL geschafft.

»Nicht zu ändern, schade«, beendete Locke das Gespräch und fügte hinzu: »Dann sehe ich dich Samstag im Fernsehen, Sonntag können wir uns dann ja um elf Uhr lebendig bei mir treffen.« Und dann versprachen sie sich noch, dass jeder dem anderen fest die Daumen drücken würde.

In dieser Nacht träumte Locke merkwürdiges Zeug. Er sah Eva und dass sie in ihrer TV-Show die Lippen nicht auseinander bekam, keine einzige Silbe von ihrem Song war zu hören; und er, Locke, traf im Spiel gegen Holland nicht einen einzigen Ball – und nach der Begegnung verkaufte ihn Schalke 04 für einen Euro an die schlechteste Fußballmannschaft in Deutschland: an Borussia Banana… Er war unheimlich froh, als er aufwachte und feststellte, dass der ganze Unsinn nicht real war.

In Hennef wurde an diesem Dienstag hart gearbeitet. Stettler hatte nach dem Schulunterricht und noch vor dem Mittagessen ein Konditionstraining der übelsten Sorte angesetzt. Die Spieler mussten riesige Gymnastikbälle in einer Staffel schleppen.

Und danach stand sage und schreibe Seilspringen auf dem Programm! Die U15-Spieler kamen sich vor wie Boxer vor einem WM-Kampf. Zwischendurch mussten sie alle Bleiwesten anziehen; plötzlich war jeder acht Kilogramm schwerer. Aber der Gag bestand darin, dass Stettler nach dem Lauf mit den Bleiwesten einen Einhundertmetersprint ansetzte. Unglaublich, wie leicht man sich da auf einmal fühlte.

Locke gewann seinen Run in ausgezeichneten 12,2 Sekunden. »Hey, Patrick«, lobte der Kotrainer von Stettler daraufhin, »du könntest auch ein guter Leichtathlet sein!«

Auch Erik hatte seinen Lauf gewonnen, er war sogar noch etwas schneller als Locke; die Stoppuhr zeigte bei ihm 12,1 Sekunden an. Heiko Erde dagegen war mit 13,9 Sekunden ein fast erschreckend langsamer Stürmer – aber Heiko lebte auch von seiner guten Technik, seiner sensationellen Schusskraft und seinen gefährlichen Kopfbällen. Stettler machte einen zufriedenen Eindruck – und seinen Jungs ging es ebenso, als sie endlich zum Mittagessen gehen durften.

Am Nachmittag wurde nur ein leichtes Balltraining durchgeführt, und Stettler erklärte den Spielern einige taktische Ideen, die er gegen Holland umsetzen wollte.

»Übrigens, morgen um siebzehn Uhr gibt es wieder unser gefürchtetes Testspiel«, kam es dann im Anschluss. Er blickte die Jungs der Reihe nach an. »Unser Gegner wird die B-Jugend des 1. FC Köln sein. Eine gute Mannschaft, wie ihr wisst, die Jungs sind dieses Jahr immerhin Rheinlandmeister geworden. Morgen nach dem Mittagessen gebe ich die Mannschaftsaufstellung bekannt.« Er räusperte sich, bevor er weitersprach. »Klar, es kommen fast alle wieder zum Einsatz. Aber wie immer gilt: Die Startelf ist ein kleiner Hinweis auf das Spiel gegen Holland.« Patrick spürte die Spannung, die sich auf einmal im Raum ausbreitete.

Der Abend im Trainingscamp verlief dann wieder entspannt. Stettler hatte im großen Gemeinschaftsraum einen Beamer aufbauen lassen und alle sahen sich gemeinsam den super Spielfilm »Das Wunder von Bern« auf DVD an. Patrick saß neben Kevin und während des Films flüsterten die zwei gelegentlich miteinander.

»Eine tolle Freundschaft, die die Spieler damals verbunden hat«, meinte Kevin, als man mehrfach sehen konnte, wie Fritz Walter, der Kapitän der WM-Mannschaft von 1954, seine Mannschaftskollegen immer wieder, auch nach den schwierigsten Situationen, aufrichten konnte. »Übrigens, wie läuft es denn mit Erik?«

Patrick murmelte leise zurück: »Überraschend gut. Wir haben so etwas wie einen Waffenstillstand geschlossen.«

Gegen zehn Uhr war der Film zu Ende und Stettler schickte seine Mannschaft schlafen. Locke ging zusammen mit Erik aufs Zimmer. Dort angekommen schaute Locke kurz auf seinem Handy nach, ob er noch einige SMS-Nachrichten bekommen hatte.

Tatsächlich piepste das Gerät sofort, nachdem es sich ins Netz eingewählt hatte.

»Sie haben 3 neue Nachrichten«, war auf dem Display zu lesen.

Die erste kam von seiner Mutter:

Lieber patrick, hier ist alles okay. Poldi lässt schön grüßen, wau! Schlaf schön. Deine eltern.

Nachricht zwei stammte von Eva:

Hey, locke, ganz schön öde ohne dich! Ruf mich doch morgen an. Deine eva.
Ps. Trainiere schön.

Die letzte News kam aus dem entfernten Athen von Matz:

Hallo, alter! Ich spiele gegen griechenland! Bei dir auch alles klar, oder muss ich vorbeikommen, um diesen erik zu verhauen?

Locke beantwortete ganz schnell noch mit wenigen Worten die einzelnen Nachrichten. Er bemerkte, dass Erik ihn dabei verstohlen beobachtete. Schön, dass es Menschen gibt, die einen mögen, dachte Locke und begab sich in den Waschraum zu einer schnell durchgeführten Nachtkosmetik. Als er zurückkam, um sich aufs Ohr zu hauen, wünschte er Erik noch freundlich »Gute Nacht!«, und dann machte er das Licht aus.

Plötzlich kam aus dem Dunkel eine überraschende Frage: »Sag mal, Patrick, du hast bestimmt viele Freunde und so – oder?«

Locke dachte kurz nach. »Ja, eigentlich schon«, sagte er, »aber was meinst du mit ›und so‹?«

Erik druckste etwas herum: »Na, Eltern und so…«

Wie aus der Pistole geschossen kam es zurück: »Aber die hat doch jeder, oder vielleicht nicht?«

Nach einer kurzen Pause antwortete Erik mit einer etwas rau klingenden Stimme: »Ich nicht. Ich meine… also, meine Eltern sind schon, als ich sieben Jahre alt war, gestorben. Sie sind bei einem Autounfall ums Leben gekommen. Seit der Zeit bin ich in einem Heim, in Berlin. Da ist ein ständiges Kommen und Gehen. Freunde findet man kaum in so einem Haus… Fußball ist da für mich das Einzige, irgendwie. Deshalb ist es für mich auch so wichtig, dass ich hier in dieser Mannschaft spielen kann. Sorry, aber deshalb war… war ich manchmal ein bisschen ruppig. Ich… also, das wollte ich dir mal sagen. Gute Nacht!«

Patrick lag in seiner Koje und war von dieser Offenheit etwas verblüfft – und es machte ihn nachdenklich, was Erik da eben erzählt hatte. Er wusste nicht recht, was er darauf antworten sollte. So sagte er leise: »Das tut mir Leid, Erik.« Auch seine Stimme klang ein bisschen rau.

Locke wusste, dieser Tag heute war sehr, sehr wichtig. Denn wer im Testspiel gegen die Kölner gut aussah, der konnte sich durchaus Hoffnungen machen, auch im Kader gegen die Holländer zu sein. Der Schulunterricht an diesem Vormittag zog sich wie Kaugummi. Alle waren mit den Gedanken einfach schon beim Testspiel, und es war gut, dass nicht auch noch in der Schule Tests gefordert wurden... Endlich klingelte es und die letzte Stunde war vorüber. Nach dem Mittagessen und einer kurzen Mittagsruhe traf man sich zur Vorbereitung auf das Spiel.

Zunächst gab es für alle eine etwa fünfminütige Massage, und eine Stunde später verkündete Stettler vor versammelter Mannschaft die Aufstellung.

»Meine Herren, wir haben es heute mit dem 1. FC Köln zu tun; eine sehr, sehr aggressive Mannschaft. In der letzten Saison haben die Jungs dort unglaubliche zwölf rote Karten kassiert! Lasst euch nicht provozieren. Die wollen alle gegen Nationalspieler besonders gut aussehen.« Die Spieler nickten, und Stettler fuhr fort: »Wir gehen mit zwei Viererketten und zwei Spitzen auf den Platz. Es ist das gleiche Team, das auch gegen Portugal gespielt hat, mit einer Ausnahme: Patrick Schubert spielt für Erik Stössken in der Anfangself.« Jetzt sah der Trainer Erik ruhig an. »Erik, ich habe es dir schon direkt nach dem Spiel gegen die Portugiesen gesagt: Du musst einfach noch ballsicherer werden; deine Schnelligkeit richtig einsetzen... Aber wir brauchen auch einen starken Joker, und wenn es bei Heiko oder Patrick nicht so läuft, dann musst du rein. Verstehe dich nicht als zweite Wahl. Ihr drei seid mit euren Leistungen nicht weit auseinander! In der zweiten Hälfte werden wir so oder so fleißig wechseln. Also macht ein gutes Spiel!«

Locke schaute nach dieser Ansprache des Trainers sofort zu Erik rüber. Kein Vergleich mit den Reaktionen in Duisburg. Erik lächelte, wenn auch leicht gequält, und hob den Daumen in Lockes Richtung.

Der komplette Kader bewegte sich nun raus zum Warmmachen. Locke und Erik gingen nebeneinander auf den Rasen. »Das geht schon in Ordnung, was der Trainer gerade gesagt hat«, sagte Erik. »Allerdings glaube ich, dass wir beide durch unsere Schnelligkeit auch zusammenspielen könnten. Als Konterstürmer könnte das gut passen.« Locke musste ihm Recht geben; Konterstürmer – so hatte er das eigentlich noch nie gesehen. Vielleicht war das ja wirklich eine Möglichkeit… Dann wurde seine Aufmerksamkeit abgelenkt. Die Mannschaft aus Köln war schon auf dem Platz. Und er sah: So richtige Kanten waren das. Also lauter überaus kräftige Spieler. Das würde ganz eindeutig keine leichte Aufgabe werden.

Zuschauer waren diesmal nicht zugelassen. Stettler, so war zwischendurch zu hören gewesen, ging es gehörig auf die Nerven, dass ständig irgendwelche Berater oder Manager seine jungen Spieler ansprachen, also: Man blieb besser unter sich.

Das Schiedsrichtergespann pfiff pünktlich um siebzehn Uhr das Testspiel an. Köln in rotweißen Jerseys – die U15-Spieler im altbekannten Schwarz-Weiß. Die Kölner spielten vom ersten Augenblick an ihre körperliche Überlegenheit aus. Wenn ein Spieler der U15 nur in Ballnähe war, ging ein Rotweißer mit enormem Körpereinsatz dazwischen. Ein schlimmes Spiel entwickelte sich. Die Nationalmannschaft war zwar ständig in der Kölner Hälfte, aber irgendwie entstand kein Platz, um ein vernünftiges Kombinationsspiel aufzuziehen. Die Rheinländer mauerten hinten und machten zunächst keinerlei Anstalten, offensiv zu spielen.

Heiko versuchte es vor lauter Verzweiflung – aus gut und gerne fünfunddreißig Metern! – mit einem Schuss, aber der

Kölner Torhüter hatte überhaupt keine Probleme, den Ball zu fangen. Auch an Locke lief die Begegnung völlig vorbei.

Stettler stand am Spielfeldrand und war entsetzt. Niemand hatte eine Idee. Alle rannten sich fest. Verkrampft lief die Partie bis zur dreißigsten Minute in dieser Weise weiter.

Dann gab Stettler seinen Jungs ein Zeichen, dass sie die Kölner etwas kommen lassen sollten. Man zog sich also zurück, gab das Mittelfeld preis und schon waren die Rotweißen in der Hälfte der U15 zu finden.

Benny Möller, der Mittelfeldspieler von Hannover 96, hatte jetzt die Gelegenheit, zwei Konter einzuleiten. Den ersten Steilpass konnte Locke erlaufen. Er rannte auf das Tor der Kölner zu und schoss aus sechzehn Metern Entfernung – etwas überhastet und am Kasten vorbei. Doch immerhin so etwas wie eine Chance. Der zweite lange Ball zielte auf Heiko, aber der konnte das Leder nicht erreichen. Dafür war er einfach zu langsam – und das war's. Bis zur fünfundvierzigsten Minute passierte, abgesehen von zwei blöden, überflüssigen Fouls der Kölner, nicht mehr sehr viel. Stettler regte sich lediglich über die harte Gangart auf und rief seinem Trainerkollegen aus Köln zu: »Du willst wohl unsere U15 zertreten lassen!« Aber der Mann aus Köln grinste nur als Antwort.

In der Pause erklärte Stettler die Situation. »Männer, wir müssen die Kölner noch mehr kommen lassen. Die laufen garantiert in einen Konter hinein.« Auch er hatte natürlich gesehen, dass Heiko den zweiten Steilpass von Benny Möller verpatzt hatte. Er wandte sich zunächst an Heiko. »Wir brauchen noch einen schnelleren Mann im Sturm«, sagte er, um dann gleich auf Erik zu blicken. »Erik, du kommst für Heiko in der zweiten Hälfte. Ansonsten spielen wir zunächst unverändert.«

Heiko Erde war ein unglaublich fairer Sportler; er sah einfach ein, was notwendig war. »Wir müssen es mit schnellen Sturmspitzen versuchen, klar«, meinte er und nickte.

So kam es, dass die beiden Bewohner von Zimmer zehn, die im ersten Trainingslager vor ein paar Wochen kein vernünftiges Wort miteinander gewechselt hatten, in der zweiten Hälfte dieses Spiels den Sturm bildeten. Und was für einen! Trainer Stettler hatte sich einiges ausgerechnet mit den beiden Sprintern in der Spitze. Überraschend aber war, wie schnell sich seine Idee in positiven Zahlen ausdrücken sollte.

Die Kölner starteten in Hälfte zwei gleich mit einem Sturmangriff. Acht Spieler von ihnen drängten in die Hälfte der U15, nur zwei Abwehrspieler standen in Höhe der Mittellinie zur Absicherung. Der massive Angriff der Jungs vom Kölner Dom wurde jedoch am Sechzehnmeterraum der U15-Elf abgefangen.

Mike Rossbach vom HSV trieb das Leder zehn Meter vor sich her, dann folgte ein kurzes Abspiel zu Tim Sotters von Werder Bremen. Der stand fast zentral in der eigenen Hälfte, etwa zehn Meter vor dem Mittelkreis. Locker schlug er einen Flachpass über dreißig Meter auf den schon startenden Erik Stössken. Der war auf gleicher Höhe wie sein Gegenspieler losgelaufen, also kein Abseits. Und ebenso locker wie Mike erlief er sich die Pille in der Linksaußenposition. Patrick war gleichzeitig in die Mittelstürmerposition vorgeschossen. Erik flankte nun aus vollem Lauf genau auf den Elfmeterpunkt – und Locke lief förmlich in den Ball hinein. Eigentlich hielt er nur den Fuß hin, ganz ohne große Kraftanstrengung. Volley traf er die Kugel. Die flitzte genau in den rechten oberen Winkel des Kölner Tores! Der Bann war gebrochen. 1:0! Locke bedankte sich bei Erik für die exakte Flanke. Ein kurzes Lächeln und ein freundliches:

»Geht doch zusammen!«, war die Reaktion von Erik. Die beiden klatschen sich gegenseitig ab und weiter ging die Begegnung.

Am Spielfeldrand lächelte Stettler still vor sich hin. Es waren also die richtigen Entscheidungen gewesen: erstens Locke eine zweite Chance zu geben, zweitens die beiden erneut zusammen auf ein Zimmer zu legen, und drittens die beiden auch zusammen spielen zu lassen.

Die Kölner reagierten wütend auf ihren Rückstand. Mit neun Mann griffen sie sofort wieder an. Nur ein einzelner Rheinländer blieb an der Mittellinie stehen. Doch es brachte ihnen nichts ein.

Stattdessen fiel nun – beinahe wie selbstverständlich – das 2:0. Diesmal klaute der Bochumer Micha Kühn seinem Gegner den Ball. Er fackelte nicht lange und schickte damit umgehend Locke auf die Reise. Der nun ging, den Ball am Fuß, völlig allein in den Kölner Spielabschnitt hinein. Der vereinzelte Spieler, der die Mittellinie absichern sollte, lief natürlich wie angestochen hinter Locke her. Darauf hatte der nur gewartet. Er spielte den Ball quer zu Erik Stössken hinüber und Erik stand auf diese äußerst einfache Art und Weise ohne jede gegnerische Abwehr vor dem Kölner Keeper. Erik machte eine winzige Körpertäuschung – mit dem Ergebnis, dass der Torhüter auf dem Boden lag und der Berliner sehr elegant um diesen herumlaufen und das Leder mühelos ins leere Tor kicken konnte. »So rum geht es auch!«, rief Patrick ihm jubelnd zu, und Erik antwortete schlicht: »Danke! Perfekte Vorlage!«

Die Kölner wollten sich mit ihrer Niederlage, die sich nun anbahnte, nicht abfinden. Das Spiel wurde härter, und Stettler brüllte seinen Kölner Kollegen nach einem völlig überflüssigen Foul im Mittelfeld zum zweiten Mal an diesem Nachmittag an: »Seid ihr völlig bescheuert? Hier geht es nicht um die Weltmeisterschaft, das ist ein Testspiel! Wenn ihr nicht wisst, was das ist, dann buchstabiere ich euch das gerne.« Stettler begann tatsächlich, jeden Buchstaben einzeln zu nennen, worauf Kölns Betreuer ihm einen Vogel zeigte.

Stettler war völlig verblüfft. Zu seinem Trainerstab gewandt, sagte er entsetzt: »Was haben wir uns da für Verrückte eingeladen?« Er schüttelte den Kopf.

Und die Verrückten griffen an. Aber nicht überlegt, sondern wie ein völlig gereizter Stier beim Kampf in der Arena. Die wollten förmlich mit dem Kopf durch die Wand, was unter anderem dazu führte, dass der Schiedsrichter mehrmals Stürmerfouls pfeifen musste. Doch die Kölner nahmen die Warnungen, die an sie ergingen, nicht ernst. So kam es zu einer Katastrophe. Hannes Balder, der Abwehrspieler aus Lünen, führte den Freistoß nach einem der Fouls aus. Geschickt spielte er Erik an, der wieder einmal rechtzeitig losgespurtet war.

Der Kölner Abwehrspieler, ausgerechnet der Allerkräftigste von allen, der bestimmt bei nur 1,68 Körpergröße achtzig Kilogramm auf die Waage brachte, hetzte mit hängender Zunge hinter Erik her. Jeder konnte sehen, dass es aussichtslos für ihn war – zwei Meter hinter Erik würde er nie und nimmer an den Ball kommen. Das hinderte ihn aber nicht daran, von hinten in Erik Stössken hineinzurutschen. Es war offensichtlich: Das Spielgerät würde er so unmöglich erreichen können!

Erik konnte die menschliche Bombe nicht kommen sehen. Doch Sekundenbruchteile später flog er getroffen durch die Luft und kam meterweit entfernt wieder auf den Boden. Im gleichen Moment hörten alle, die inzwischen in seiner Nähe mitgelaufen waren, ein hässliches, fieses Geräusch. Es klang so, als ob man ein riesiges Streichholz zerbrechen würde. Der Ball rollte einfach weiter und Erik schrie vor Schmerzen laut auf.

Alles rannte sofort zum Tatort. Eine große Traube bildete sich um den gefoulten Erik und den Verteidiger der Kölner. Ein wüstes Handgemenge entstand, und der Schiedsrichter und seine Assistenten hatten alle Hände voll zu tun, um die Leute auseinander zu halten. Der Kölner sah natürlich umgehend die rote Karte – aber das war völlig unwichtig, denn Erik lag stöhnend und kalkweiß am Boden.

Der Arzt der deutschen U15 untersuchte ihn mit wenigen, geübten Handgriffen. Dann seine erste Diagnose: »Wadenbeinbruch, möglicherweise gesplittert. Der Junge muss sofort in ein Krankenhaus.« Schon waren zwei Sanitäter mit einer Trage zur Stelle. Vorsichtig wurde Erik daraufgelegt. Stettler stand fassungslos dabei und erklärte das Testspiel für abgebrochen.

Die Sanitäter hoben Erik nun hoch und trugen ihn in Richtung Krankenwagen. Locke machte beklommen ein paar Schritte auf die Trage zu, da bemerkte er, dass Erik die Hand hob und ihm zuwinkte. Eilig lief er die letzten Schritte zu ihm hin und ging neben der Trage her. Erik musste üble Schmerzen haben, man sah es ihm an. Er wollte etwas sagen.

Mühsam unterdrückte er seine Tränen und presste endlich hervor: »Patrick, das sieht hier nach einer langen Pause aus. Ich will dir aber unbedingt noch was sagen, ich…«

Patrick unterbrach ihn. »Das muss doch nicht jetzt sein, heb's dir für später auf!«

Erik schüttelte den Kopf. »Doch, gerade jetzt. Ich…«, er schluckte, »ich wollte mich bei dir entschuldigen. Schon lange, aber ich habe nicht den Mut gehabt. Locke, das mit den Bierflaschen in Duisburg… das war natürlich ich. Tut mir echt Leid… Aber ich hatte so große Angst, dass Stettler mich nach Hause schickt, da bin ich auf die Idee gekommen… Ich weiß, das war bescheuert und ich fühle mich schon seit langem total schlecht deswegen.«

Nun kamen ihm doch die Tränen, aber nicht wegen der Schmerzen, die er hatte. Große Tropfen kullerten über sein Gesicht. Patrick ergriff Eriks Hand. »Hey, Junge«, sagte er, »du hast schon so viel Mist im Leben erlebt. Das hier bekommen wir ganz, ganz sicher wieder hin. Wir werden zusammen für Deutschland Tore schießen. Das verspreche ich dir.«

Der Mannschaftsarzt der U15, der das Gespräch mit angehört hatte, musste schlucken. »Ist ja prima, dass ihr euch versteht.« Bewusst barsch unterbrach er dann aber die zwei Stürmer. »Schluss jetzt aber mit Händchenhalten. Erik muss ins Krankenhaus! Und bei meiner Medizinmannehre: Ihr habt ihn bald wieder. Alles klar?«

In dieser eher traurigen Situation mussten Erik und Locke nun doch leicht grinsen. In Windeseile war der Kranke im Wagen verstaut und mit Blaulicht ging es in die Klinik.

Auf dem Platz wurden immer noch laut Flüche ausgestoßen. Die Kölner waren angesichts der traurigen Tatsachen, die sie durch ihr Spielverhalten verschuldet hatten, in die Kabinen verschwunden – nicht ohne sich Stettlers wütenden Rufe anhören zu müssen: »Das wird ein Nachspiel beim DFB haben. Ihr habt nicht begriffen, was Fußball ausmacht und was ein Testspiel ist.«

Seiner Mannschaft teilte der Trainer noch kurz mit, dass man sich nach dem Abendessen im Gemeinschaftsraum der Sportschule treffen werde, um trotz des heutigen Vorfalls das Aufgebot für das Holland-Spiel zu besprechen. Danach fuhr auch Stettler zu Erik ins Krankenhaus.

Das Zimmer 10 kam Patrick nach dem Duschen irgendwie ein bisschen leer vor. Erik war ohne Zweifel ein merkwürdiger Kauz, aber seit der Geschichte von dem tödlichen Autounfall seiner Eltern war Patrick klar, dass man diesen Jungen irgendwie anders behandeln musste als andere. Nach den Ereignissen von heute – und seiner Entschuldigung – hatte er ein Stück weit Zugang zu Erik gefunden. Er nahm sich vor, gleich morgen nach dem Schulunterricht zu ihm ins Krankenhaus zu fahren. Er packte schon mal seine Sachen – die würde Erik in der Klinik natürlich brauchen.

Danach rief Patrick Eva und seine Eltern an, um ihnen zu erzählen, was am heutigen Tag alles geschehen war. Und das war weiß Gott nicht wenig.

Anschließend beschloss er, schon mal in den Essensraum der Sportschule zu gehen – und lief Stettler in die Arme.

»Locke, ich komme gerade von Erik«, sagte der Trainer und klang erleichtert. »Man wird ihn heute noch operieren. Unser Doc bleibt bei ihm. Es sieht aber nicht schlecht aus, und wenn alles normal verläuft, wird Erik in drei Monaten wieder Fußball spielen können.« Er unterbrach sich. »Locke, er hat mir von den Bierflaschen erzählt, und dass er es war, der sie in Duisburg in deinen Rucksack geschmuggelt hat. Ihr zwei habt darüber gesprochen, stimmt das?«

Patrick nickte. Nachdenklich schaute er den Nationaltrainer an. »Wissen Sie eigentlich, dass Erik keine Eltern mehr hat und in einem Heim lebt?«, fragte er.

Überrascht zog der Trainer die Augenbrauen hoch. »Nein. Merkwürdig, wir reden hier ständig nur über Fußball, aber über wirklich wichtige Dinge wissen wir nicht Bescheid.« Er nickte. »Das erklärt auch das etwas übertrieben ehrgeizige Verhalten von Erik...«, sagte er nachdenklich. Dann schaute er Locke an. »Selbstverständlich habe ich euch zwei und eure Leistungen immer besonders intensiv beobachtet. Als ich dich für das Spiel gegen Portugal ins

Team holte, hatte ich die Hoffnung, dass ihr euch über das gemeinsame Zimmer besser kennen lernen würdet – was wichtig ist, denn ich rechnete von Anfang an mit euch *beiden*, dass ihr euch ergänzen könntet ... Als das dann mit den Bierflaschen passiert ist, hätte ich die Sache besser untersuchen – und auch besser nachdenken müssen. Meinen Fehler dir gegenüber habe ich ja schon eingesehen, aber was machen wir nun mit Erik? Eigentlich müsste ich ihn aus dem Team ausschließen.«

Locke sah Stettler entsetzt an. »Nein, das können Sie nicht machen, er ist doch mehr als bestraft durch die Verletzung. Außerdem finde ich es schon mutig von ihm, dass er uns die Wahrheit gesagt hat. Er und ich, wir sind auf dem Weg, Freunde zu werden, und so ganz nebenbei hat unser Spiel gegen die Kölner gezeigt, dass wir doch auch auf dem Platz gut zusammenpassen.«

Stettler nickte erfreut. »Das habe ich mir als Antwort erhofft. Wir werden alles versuchen, dass Erik hier wieder in die U15 integriert wird.« Und dann meinte er: »Aber ich habe auch etwas gelernt: Man muss mehr über seine Spieler wissen! Es reicht nicht, dass ich sehe, ob ihr mit Links oder Rechts schießt.« Er schmunzelte. »Und du, hast du auch noch ein besonderes Problem, Patrick?«

Locke lachte. »Ja, ich habe einen Hund, der Bälle klaut!« Stettler schlug ihm auf die Schulter. »Na, wenn das alles ist, dann bis gleich beim Essen; ich denke, wir sind uns einig.«

Nach dem Abendessen wurde es spannend. Trainer Stettler gab den Kader für das Spiel gegen Holland bekannt.

Locke war dabei und für den verletzten Erik rückte Ulf Stachovski von Rot-Weiß Essen in das Team ein. Vier Spieler mussten jedoch am nächsten Tag die Sportschule verlassen. Stettler machte ihnen aber mit ruhigen Worten deutlich, dass ihre Chance sicher noch kommen würde ...

So ging Locke anschließend, nach den üblichen Telefonaten mit Eva und seinen Eltern, früh schlafen, aber nicht, ohne den Wecker zuvor auf sechs Uhr zu stellen. Er wollte noch vor dem Schulunterricht morgen früh mit dem Mannschaftsarzt Dr. Dreesen bei Erik im Krankenhaus vorbeifahren.

Ein Wecker, der um sechs Uhr summt, ist so ziemlich das Unangenehmste, was einem passieren kann. Aber Patrick rappelte sich hoch. Nach einer Miniwäsche schnappte er sich den gepackten Koffer von Erik und ging in den Essensraum der Sportschule.

Dort saßen schon der Arzt und der mehr als verschlafen aussehende Kapitän der U15, Kevin Rott, der Torwart von Bayern München. Kevin schaute Locke schief an. »Als Kapitän habe ich wohl die Pflicht, euch ans Krankenbett zu begleiten«, murmelte er, »selbst zu dieser unmenschlichen Zeit.« Gemeinsam tranken die drei noch einen Tee und aßen schnell ein Brot, dann fuhren sie mit dem VW von Dr. Dreesen in das St.-Elisabeth-Hospital.

Um kurz vor sieben herrschte im Krankenhaus schon reger Betrieb. Vor der Notaufnahme drängten sich Patienten, die dringend versorgt werden wollten – eine notdürftig verbundene Hand hochhaltend oder eine Augenklappe im Gesicht. Am Tresen der Information standen einige Besucher, ernst vor sich hinblickend, die zu ihren Angehörigen wollten, und unentwegt klingelte irgendwo ein Telefon. Nachdem Locke, Kevin und Dr. Dreesen in Erfahrung gebracht hatten, wo Eriks Zimmer war, begaben sie sich in den zweiten Stock. Hier, auf den langen Fluren, trafen sie auf emsige Schwestern – damit beschäftigt, das Frühstück zu den Kranken zu bringen.

Als die Besucher in das Krankenzimmer traten, hörten sie auf Anhieb, dass hier schon fleißig das Thema Nr. eins diskutiert wurde: Fußball! Erik, der sich das Zimmer mit einem anderen Jungen teilte, machte nach der Operation am gestrigen Abend zwar einen leicht angeschlagenen Eindruck – aber über die Bundesliga konnte man immer sprechen.

Es ging gerade um die Chancen von Borussia Dortmund in der Saison. Der Zimmerkollege von Erik behauptete fest und steif, dass der BVB einen UEFA-Pokalrang schaffen könnte.

Erik glaubte offensichtlich nicht daran, er schüttelte den Kopf und wollte gerade den Mund öffnen für ein nachdrückliches »Nein!«, als Locke und seine Begleiter vor ihm standen.

Eriks Bein lag in einer langen Schiene, die an einem von der Zimmerdecke herabhängenden dünnen Stahlseil hing – eine verrückt aussehende Konstruktion. Der Verletzte freute sich unheimlich über den Besuch. »Danke, Patrick, dass du mir meinen Koffer gebracht hast. Ich musste mir hier schon eine Zahnbürste leihen.« Locke lächelte. Dann packte er die Sachen von Erik aus und verstaute sie in einem hässlichen weißen Wandschrank.

Jetzt räusperte sich Kevin feierlich. »Mein Lieber«, erklärte er dem Stürmer aus Berlin, »auch wenn deine Trefferausbeute in den letzten Spielen nicht optimal gewesen ist, ich als Kapitän der deutschen U15 kann dir versichern, dass die gesamte Truppe dich bald wieder gesund in ihren Reihen sehen möchte.«

»Und für meinen Teil«, fügte Locke hinzu, »will ich dir nur sagen, dass es auch für mich kein Problem ist, wenn du weiter in der U15 bleibst. Du hast ja mit dem Trainer gesprochen über die leidige Sache mit den… nun ja, also du weißt schon… Ich gestern am Abend auch, und ich kann dir versichern, du bekommst keinen Ärger deshalb, wir waren uns einig, wir brauchen dich als schnellen Stürmer.«

Dr. Dreesen und Kevin, die zwar unwissend, aber ahnungsvoll diesen Worten zugehört hatten, nickten eifrig.

Erik war irgendwie selig zumute. Einerseits zu blöd, dieser Beinbruch, aber andererseits hatte er seine Untat von Duisburg gebeichtet und aus der Welt geschafft. Erleichtert atmete er tief aus. Dann stellte er dem Doktor der U15 die Frage aller Fragen: »Wann kann ich wieder trainieren und wann spielen?«

»Nun mal langsam mit den jungen Pferden, ich werde mich gleich hier bei meinem Kollegen in der Klinik über den Verlauf der Operation erkundigen und erst dann wage ich eine erste Prognose.« Sprach's und machte sich auf, um den Chefarzt zu suchen. Die Jungs alberten noch etwas herum, und nach gut fünfzehn Minuten kam der Doc mit einem zufriedenen Gesicht zurück in das Krankenzimmer.

»Also, die OP ist sehr gut gelaufen.« Er lächelte. »Aber ein bisschen musst du noch warten, ehe du wieder an Training denken kannst. Du wirst hier etwa vierzehn Tage bleiben, dann bekommst du einen so genannten Gehgips. In dieser Zeit kannst du natürlich schon wieder Krafttraining machen, natürlich ohne das gebrochene Bein dabei unnötig zu belasten. Anschließend, nach etwa weiteren acht Tagen, kommt der Gips ab und du gehst in eine Rehaklinik in Rostock. Dort wird man dich langsam aber sicher wieder aufbauen. In etwa sechs Wochen kannst du schon mit leichtem Lauftraining anfangen und«, jetzt machte sich ein freundliches Grinsen auf seinem Gesicht breit, »in weiteren zwei Wochen mit dem Ball leicht arbeiten. Wenn alles gut geht, bist du schon in drei Monaten wieder spielbereit.«

Nun, das klang ja alles ganz zuversichtlich, aber Erik hakte nach: »Meinen Sie, dass ich bis zur U15-Europameisterschaft im nächsten Jahr wieder total fit bin?«

Der Doc überlegte kurz. »Das liegt dann nur an dir! Wenn

du hart genug und situationsbedingt zugleich trainierst, dann …« Jetzt wurde Dr. Dreesen unterbrochen, denn die Schwester betrat das Zimmer und forderte die drei auf, es zu verlassen; die Patienten mussten zur Visite vorbereitet werden.

Locke sah auf die Uhr. Es wurde ohnehin Zeit für sie zu gehen. Der Unterricht in Hennef begann um acht. Kevin versuchte es beim Abschied noch mit einem tröstenden Scherz. »So ein Beinbruch verhindert wenigstens die Mathematik – so richtig schlecht kann das nun auch nicht sein.«

Erik verzog etwas das Gesicht. »Lieber zwei Stunden Mathe am Tag«, entgegnete er, »als hier so komisch im Bett zu liegen.«

Da musste selbst der Mathegegner Locke zustimmen …

Die restliche Zeit bis zum Länderspiel gegen Holland verging mit guten Trainingsergebnissen wie im Fluge. Und gewissermaßen als krönenden Abschluss und Aufforderung zugleich bekam Patrick von seinem Kumpel Matz am Freitagabend auch noch zwei sensationelle SMS aus Athen – gleich zwei, weil in eine nicht alles hineinpasste. Die Türkei hatte an diesem Freitag schon um achtzehn Uhr gegen Griechenland gespielt.

GESCHAFFT! Es war ein harter kampf. 2:1 gewonnen! Das heißt: die türkei – also wir – haben uns für die em in deutschland qualifiziert! Zwar konnte ich kein tor schießen – aber ein elfmeter geht auf mein konto…
Also nachmachen! Wir sehen uns am sonntag bei dir in gelsenkirchen!

Am gleichen Abend benannte Stettler dann die Aufstellung für das U15-Länderspiel gegen die Holländer. »Meine Herren, wir werden mit zwei Viererketten spielen. Im Sturm haben wir Patrick Schubert zum ersten Mal in einem Spiel dabei, er wird den Verletzten Erik Stössken ersetzen.« Er sah Locke aufmunternd an. Der nickte ernst.

»Ich erwarte von der Mannschaft eine sehr druckvolle Partie. Die Laufbereitschaft muss sehr groß sein«, fuhr Stettler fort, »und das Allerwichtigste besteht darin, dass ihr bei der Balleroberung ganz weit vorne sein müsst. Die Holländer werden uns wahrscheinlich technisch leicht überlegen sein, deshalb ist der Kampf unsere wichtigste Tugend. Alles klar? Jetzt stelle ich euch noch die wichtigsten Spieler der Niederländer per Video vor.«

Stettler zeigte nun ein Video, und Locke erfuhr dabei, dass sein direkter Gegenspieler Dick van Slitz werden würde, vom FC Groningen. Ein Junge, der es mit vierzehn Jahren bereits auf eine stattliche Körpergröße von einem Meter fünfundachtzig sowie auf ein Gewicht von beinahe sechsundachtzig Kilo brachte! Stettler erklärte ihm ausführlich, dass er, Locke, wenn er der ballführende Mann sei, mit Tempo auf Dick zugehen müsste. Die Schwäche des Abwehrspielers bestehe in seiner mangelnden Fähigkeit zur Beschleunigung.

Nach der ausführlichen Mannschaftsbesprechung griff Locke zum Handy. Zunächst wurde die gute Nachricht von der Aufstellung für das morgige Spiel an die Eltern in Gelsenkirchen übermittelt. Vater Schubert freute sich riesig.

»Das Spiel wird ja im DSF übertragen und ich werde den Fernseher vorsichtshalber eine Stunde vorher einschalten«, rief er übermütig. »Mein Sohn wird Nationalspieler, hoffentlich kann ich heute Nacht schlafen. Wie sieht es denn bei dir aus, bist du nicht nervös?«

Locke verneinte. »Ach, Daddy, nach allem, was hier passiert ist, freue ich mich einfach nur auf das Spiel.«

»Dann toi, toi, toi, mein Junge, und Mutter wollte dich natürlich noch kurz sprechen.«

Sandras Stimme klang ähnlich aufgeregt wie die des Vaters. Seine Mutter hatte, fand Locke, wie immer die eher praktischen Fragen: »Wie kommst du eigentlich nach dem Spiel wieder zurück nach Gelsenkirchen?«

Locke erklärte ihr, nicht ganz ohne Stolz, dass der DFB seine Jugendnationalspieler, sofern sie in Nordrhein-Westfalen wohnten, mit einem PKW einzeln nach Hause brachte. »Ich werde so gegen halb acht daheim sein und dann können wir gemeinsam Eva bei ›Deutschland sucht den Superstar‹ bewundern. Drück mir die Daumen für ein gutes Spiel morgen. Du schaust doch auch am Fernseher zu?« Die Frage erübrigte sich eigentlich, und deshalb schloss er rasch an: »Und was macht Poldi während der Begegnung?«

Sandra flachste etwas. »Wir schauen natürlich ›Tiere suchen ein Zuhause‹, Fußball interessiert uns beide nicht.« Nach einem kleinen Lacher fuhr sie fort: »Klar guck ich das mit Vater zusammen an. Poldi wird sich vor den Fernsehapparat legen und davon träumen, dass sein bester Freund ein Tor schießt…«

Locke lachte, antwortete noch kurz: »Alles wird bestens, gute Nacht!«, und schon wählte er die Nummer von Eva.

Sie meldete sich innerhalb von fünf Sekunden. »Hallo, Locke, hier ist deine Freundin Eva.« Aber das war auch alles, was sie fürs Erste sagen konnte. Denn Locke ließ sie nicht zu Wort kommen.

»Morgen ist meine große Stunde«, sagte er. »Patrick Schubert spielt erstmals für Deutschland. Die Holländer sollen sich warm anziehen. Wir putzen die weg. Und wer daran zweifelt, wird sein blaues Wunder erleben!«

Eva staunte, so kannte sie ihren Patrick eigentlich nicht.

»Hallo, hallo, Nationalspieler, bist du gedopt? Du klingst ja schon wie Lothar Matthäus.«

Locke hielt inne. »Wirke ich so?«

»Na ja, schon etwas überdreht. Aber ich kann es verstehen«, sie stöhnte etwas, »ich bin auch total gespannt darauf, wie es morgen bei RTL im Fernsehstudio laufen wird.«

Locke fiel nun in den normalen, ruhigen Tonfall zurück, in dem er sonst sprach. »Also, eines ist sicher: Wir sind morgen beide im TV und wir werden unser Bestes geben. Selbstverständlich werde ich dich direkt nach der Show anrufen. Kannst du eigentlich unser Spiel sehen?«

Eva antwortete bewusst etwas überheblich klingend: »Ich habe das natürlich organisiert. In der Zeit eures Spiels laufen bei uns ja die Proben – aber als angehender Popstar habe ich die Aufnahmeleitung gebeten, einen Fernseher zu organisieren. Damit man mal zwischendurch begutachten kann, was der deutsche Fußballnachwuchs so draufhat.«

Bei Eva schellte um sieben Uhr der Wecker. Vater Dahl war um diese Zeit schon mindestens so aufgeregt wie seine Tochter. Das verwunderte Eva doch etwas. Hatte er sich nicht bisher eher belustigt über den Auftritt seines Schatzes in dieser Pappnasenshow – wie er die Superstarshow immer nannte – gezeigt?

»Eva, was ziehst du eigentlich heute Abend an? Eva, hast du wirklich Chancen, die zweite Runde zu erreichen? Wo muss ich denn anrufen, um für dich zu stimmen?«

Fragen über Fragen und das um diese Uhrzeit. Sie mochte das nicht besonders. Ihre Mutter verhielt sich da viel cleverer. Sie packte Evas Tasche, suchte ruhig die wichtigsten Dinge zusammen. Es war nicht viel; die Showkleidung bekam sie sowieso in Köln. Mutter Dahl hatte noch ein kleines Frühstück gemacht für sie drei und sprach auch dabei wenig. Pünktlich um sieben Uhr fünfundvierzig stand der Fahrer von RTL vor der Tür und in einem schwarzen Mercedes mit abgedunkelten Scheiben ging es von Gelsenkirchen nach Köln. Bereits kurz vor neun erreichten sie das Studio in Köln-Ossendorf.

Alle Teilnehmer der Show waren eine halbe Stunde später komplett versammelt. Es begann eine so genannte Produktionsbesprechung. Marc Soobwoob, dieser kauzige Regisseur aus Holland, führte das große Wort. Er sprach heute morgen ein erstaunlich gutes Hochdeutsch. Hatte er neulich absichtlich solch ein Kauderwelsch angeschlagen? Zuzutrauen wäre es ihm! Aber egal, Eva hörte aufmerksam zu, was er sagte.

»So, liebes Team von ›Deutschland sucht den Superstar‹, der Spaß ist vorbei, jetzt wird es ernst. Um zwanzig Uhr fünfzehn beginnt unsere Livesendung. Wir werden noch viel Arbeit bis dahin haben.« Er sah die Teilnehmerinnen und Teilnehmer reihum an. »Und so ist der Ablauf: Pünktlich um zehn Uhr dreißig beginnen die Proben mit dem Moderatorenteam und der Jury. Wir spielen alles haarklein durch, so wie es heute auch in der Sendung sein wird. Jeder Teilnehmer bekommt jetzt eine Startnummer. In dieser Reihenfolge werden die Auftritte auch absolviert. Von den letzten Proben kennt ihr ja bereits eure Kameraeinstellungen. Aber«, er räusperte sich, »wir gehen diese zur Sicherheit gleich noch einmal durch. Merkt euch bitte: Nach eurer Nummer bleibt ihr einfach auf der letzten Position stehen. Dann kommen die Moderatoren zu euch, sie sprechen euch an und die Jury wird ihre Meinung bekunden. Wie gesagt, wir proben das alles einmal durch – selbstverständlich wird dabei keine echte Beurteilung erfolgen. Die gibt es erst in der Show!« Marc Soobwoob nickte ihnen zu. »Jetzt aber an die Arbeit!«

Unter ziemlichem Getöse löste sich die Besprechung auf. In kleineren Gruppen wurden nun noch einige Dinge abgesprochen. Eva hatte die Startnummer vier bekommen. Jetzt ging es in die Maske und dann in die Kostümabteilung. Bald war Eva wieder verwandelt. Ihr ABBA-Look saß perfekt. Jeansrock, orangefarbene Bluse, hochhackige Schuhe. Die Turmfrisur war fest wie Beton.

Etwa um die gleiche Zeit kam Patrick aus dem Frühstückszimmer. Die Herren Nationalspieler hatten an diesem Samstag bis neun Uhr schlafen dürfen. Das Frühstück war extrem ruhig verlaufen; es wurde längst nicht so viel gequasselt wie sonst. Man spürte die Anspannung vor dem Länderspiel deutlich!

Für elf Uhr hatte Stettler noch eine Mannschaftssitzung anberaumt. Entsprechend saßen die Spieler nun im Gemeinschaftsraum, doch eigentlich wiederholte ihr Trainer nur nochmals kurz, was er über die Holländer schon gesagt hatte, eine letzte Einstimmung also. Ganz zum Schluss sprach er Locke an.

»Patrick, ich muss mit dir einige Sätze unter vier Augen sprechen, bleib bitte noch einen Moment.«

Was kommt denn jetzt wieder?, dachte Locke, als alle anderen langsam den Raum verließen. Doch er brauchte sich keine Sorgen zu machen. Es ging nur um einige detaillierte Hinweise für ihn. »Patrick«, sagte Stettler mit betont ruhiger Stimme, »für dich ist das also heute dein erster Einsatz in der deutschen U15. Ich will dir deshalb noch einige Dinge mit auf den Weg geben. Erstens: Versuche, wenn es irgendwie möglich ist, deine Aufregung zu beherrschen. Nach der Nationalhymne ist es ein Spiel wie jedes andere auch.« Er machte eine kurze Pause und Locke nickte. »Zweitens: Du und ich«, fuhr der Trainer fort, »wir kennen deine Stärken.

Dein Gegenspieler aus Holland jedoch noch nicht; es ist schließlich dein erstes Länderspiel und eine Videoanalyse können unsere Gegenspieler deshalb noch nicht vorge nommen haben.« Er lächelte jetzt. »Wir aber haben dir die sen Dick van Slitz ja schon gezeigt. Natürlich ist er ein Riese, aber wie schon gesagt – die Schnelligkeit hat er nicht für sich gepachtet. Das musst du immer wieder nutzen. Und drittens: Lass dich auch nicht von der Kulisse verrückt machen. Es werden über dreißigtausend Zuschauer im Rhein-Energie-Stadion in Köln erwartet. Fußball ist immer wieder etwas Einfaches: geh raus und mach dein Spiel! Wun derschuhe helfen vielleicht dann und wann, aber nur, wer an sich glaubt, kann auch ein ganz Großer werden. Noch Fragen?«

Locke überlegte kurz. »Eigentlich nicht, Trainer«, sagte er, »ich kann nur versprechen, dass ich alles geben werde. Die große Kulisse ist mir ja auch nicht so ganz fremd, denn in den zwei Spielen gegen Newcastle hatten wir auch schon einige tausend Zuschauer.«

Stettler war zufrieden damit, wie sein Stürmer die Hin weise aufnahm, so erwiderte er kurz: »Dann können wir ja nur noch gewinnen!«

Nur wenige Kilometer vom Rhein-Energie-Stadion entfernt, stand Eva in diesen Minuten auf der Bühne. Das Licht für ihren Auftritt hatte die Regie unglaublich grell und bunt ge staltet. Eva kam sich vor, als ob sie in einem Bonbonladen auftreten müsse.

Ihr »Mamma Mia« beherrschte sie wie eine Schlafwand lerin, den Song selbst wie auch den Auftritt. Jeder Einsatz war richtig, jeder Schritt war optimal. Nach den drei Minu ten, die das Lied dauerte, blieb sie wie abgesprochen in der Mitte ihres Bühnensets stehen. Sie schaute zu den noch leeren Rängen auf den Zuschauertribünen. Einige Kabelträger klatschten und die Moderatoren kamen auf sie zu.

Moderator Marco, ein sportlicher Typ mit halblangen blonden Haaren, selbstverständlich mit den neuesten Markenklamotten eingekleidet, eröffnete den Dialog. »Große Klasse, Eva! Ich fühle mich in die Siebzigerjahre zurückversetzt…« Eva fiel zu diesem Allerweltssatz nur ein: »Ja, du hast das schon miterlebt, ich war da aber noch nicht auf der Welt. Deshalb kann ich wenig dazu sagen.« Die sehr blonde Moderatorin Linda gab nun ihren Kommentar dazu; es wurde ebenfalls nur ein einziger Satz: »Also, ich fand dich einfach süß, Eva, und nun wollen wir wissen, wie die Jury deinen Auftritt bewertet.«

In einer Ecke des Studios hatte man eine Sitzgruppe mit schweren Sesseln und einem gläsernen Tisch aufgebaut. Dort thronten Steve Martin, Sarah Kupfer und Gerhard Löwe. Löwe ergriff als Erster das Wort: »Eva, das sah wirklich schon sehr nach ›ABBA‹ aus, ich kann nur sagen ›Mamma Mia‹!« Noch so ein origineller Kommentar, dachte die Angesprochene, um gleich darauf für sich zu bemerken: Was soll's? Es ist ja nur die Probe!

Die Radiomoderatorin Sarah Kupfer fügte ein gehauchtes »Toll, toll…« hinzu und Martin schloss die Meinungsfindung ab mit: »Besser als ›ABBA‹ höchstpersönlich!« Anschließend forderten die Moderatoren, wie die Probe es vorschrieb, noch das Publikum auf, jetzt unbedingt für Eva anzurufen – und schon wurde der nächste Teilnehmer angekündigt. Die neue Musik setzte ein und dieser komische Vogel Siegmund aus Bayern sang etwas Unsägliches von einem »Rock'n'Roll-Cowboy«.

Eva verließ etwas frustriert die Bühne. Gehaltvoller hätte die Probe schon sein dürfen.

Der Bus der deutschen U15-Nationalmannschaft traf genau um dreizehn Uhr in Köln ein.

Das supermoderne Fahrzeug fädelte sich durch den Verkehr und strebte dem neuen WM-Stadion zu. Dort fuhr es in einen Tunnel und kam unter dem Rasen der riesigen Arena zum Stehen. Rund um das Feld herrschte neunzig Minuten vor Spielbeginn schon reichlich Betrieb. Eine bunte Menschenmasse versammelte sich auf den Tribünen, die üblichen lebenswichtigen Dinge wie Bratwurst und Cola wurden noch vor dem Spiel konsumiert und die Fans bekamen auf dem Rasen ein buntes Vorprogramm serviert. Eine Kölner Band spielte die hier typischen Lieder wie »Echte Fründe ston zosamme«, und die Anwesenden sangen aus voller Kehle mit. Dazu traten jetzt einige der unvermeidlichen Cheerleader auf. Miniberockte Mädchen bauten merkwürdige menschliche Türme in die Luft. Dazu hatten sie irgendwelche Puschel in den Händen und brüllten an passender oder auch weniger passender Stelle bisweilen »Go! Germany! Go!«

In den Katakomben des Stadions war fast zeitgleich mit der deutschen Mannschaft ein Bus aus den Niederlanden eingetroffen. Ein Ungetüm der Busindustrie. Ein DAF, grell in Orange bemalt und damit fast eine Beleidigung für jedes Auge. Der Tross aus Holland machte einen sehr lockeren Eindruck. Dass sie nicht alle gemeinsam beim Aussteigen ein Lied sangen, wunderte Patrick fast.

Die deutsche Mannschaft machte sich nun ruhig und gefasst auf den Weg in die Umkleideräume, um die mitgeführten persönlichen Dinge abzustellen. Die Holländer hinter ihnen lärmten und trugen ein unglaubliches Selbstbewusstsein zur Schau. Locke erkannte seinen Gegenspieler Dick van Slitz im Trainingsanzug sofort. Einsfünfundachtzig Körperhöhe waren auch kaum zu übersehen. Etwas mulmig wurde es Locke schon, denn auch die sechsundachtzig Kilogramm Gewicht bestanden offensichtlich aus reiner Muskelmasse.

Zunächst wurden nun die großen Aluminiumkisten mit den Mannschaftsutensilien wie Trikots, Schuhen, Massagesachen und allem, was sonst noch nötig war, ausgepackt. Dann machten sich beide Mannschaften daran, den Innenraum des Stadions zu erkunden. Die Holländer in ihren orangefarbenen Trainingsanzügen wurden von – zu diesem Zeitpunkt – etwa zwanzigtausend Zuschauern mit einem gellenden Pfeifkonzert begrüßt; die deutsche Mannschaft dagegen mit Jubelschreien und einem herzlichen Beifall. Beide Teams untersuchten das Spielfeld, als hätten sie noch nie einen Fußballplatz gesehen. Locke wusste natürlich, dass das zum Ritual der ganz großen Mannschaften gehörte, und abgeschaut hatten sich das alle bei irgendwelchen Fernsehübertragungen von Welt- oder Europameisterschaften. Wirkte auch total cool.

Die beiden Trainer, Stettler und sein Kollege aus den Niederlanden, Wim Duisenberg, schüttelten sich die Hand und unterhielten sich bewusst freundschaftlich am Spielfeldrand. Eine Rivalität war in diesem Augenblick nicht auszumachen. Die Fernsehleute vom DSF hatten bereits ihre Kameras aufgebaut und probierten bei dieser Gelegenheit die richtigen Einstellungen aus.

Eines der Kamerateams näherte sich jetzt Patrick. Ein junger Reporter, den Locke von unzähligen Übertragungen kannte, sprach ihn an. »Können wir jetzt noch kurz vor dem Spiel ein Interview mit Ihnen machen? Mein Name ist Christian Penger.« Etwas unangenehm war es Patrick schon, aber er willigte ein.

Gleich baute sich ein Mann mit der Kamera vor ihm auf, und Penger erklärte noch kurz, dass das Gespräch später, unmittelbar vor Beginn des Spiels, gesendet werde. Dann begann er: »Bei mir ist der einzige U15-Neuling der Begegnung, Patrick Schubert. Patrick, welche Erwartungen knüpfen Sie an Ihr Debüt?«

Locke war etwas erstaunt, dass er gesiezt wurde und so antwortete er: »Zunächst erwarte ich, dass man Jungs in meinem Alter per Du anspricht und sonst… na ja«, er lächelte etwas verlegen, »ein gutes Spiel.«

Der Reporter wollte ihm noch eine weitere Frage stellen, aber da war Stettler bei ihnen. »Herr Penger, was soll der Unsinn? Wir haben doch ausgemacht, keine Fragen an die Jungs vor dem Spiel. Bitte halten Sie sich daran.«

Penger ließ das Mikro sinken. »Aber wir dachten ja nur, weil Schubert sein erstes Spiel macht, da…«

Stettler unterbrach ihn. »Ihr Moderator Dahlmann wird mich noch befragen, dem werde ich dann sicher einiges erklären können, auch über die Rolle von Patrick Schubert. Und jetzt entschuldigen Sie mich.«

Stettler zog mit Locke von dannen. »Das hab ich vergessen. Bitte keine Interviews vor dem Spiel. Das lenkt nur ab.«

Locke begriff. »Okay, Trainer. War sowieso keine richtige Frage, die der Mann gestellt hat. Was hätte ich darauf schon antworten sollen?«

Rund vierzig Minuten vor dem Anpfiff begann das Aufwärmprogramm. Endlich Bewegung für die Aktiven. Locke genoss es, sich von seiner Nervosität ablenken zu können, indem er sich intensiv auf das Spiel vorbereitete.

Dann, um vierzehn Uhr fünfundzwanzig, gellte ein Pfiff durch die Umkleidekabinen. Anders Frösk, der Schiedsrichter aus Schweden, bat zum Einlaufen! Was für ein Gefühl. Locke war es wie kurz vor einem Raketenstart! Die Spieler formierten sich. Jeder hatte einen kleinen Fußballer von etwa fünf Jahren an der Hand. Aber eigentlich wurden die Knirpse nicht wahrgenommen, alle waren jetzt sehr aufgeregt. Die Mannschaften mussten einige Stufen hinauflaufen, und dann betraten sie die Arena, die sich inzwischen mit fast vierzigtausend Menschen gefüllt hatte. Der Stadionsprecher gab die Aufstellungen bekannt und irgendein Song von »Status Quo« wurde als Untermalung gespielt. Lockes größter Traum erfüllte sich: Gleich würde er für Deutschland spielen dürfen!

Daheim in Gelsenkirchen hatte es sich die Familie Schubert vor dem Fernseher gemütlich gemacht. Obwohl – gemütlich war das völlig falsche Wort. Denn Mutter und Vater Schubert fieberten förmlich der Übertragung entgegen. Lockes Vater hatte mittags fast nichts essen können. Er nervte eigentlich nur herum und auch Poldi war irgendwie angesteckt worden. Nervös tigerte er schon den ganzen Tag durch die Wohnung – jetzt allerdings lag er auf seiner Decke vor dem TV-Gerät und erweckte zumindest den Eindruck, als verstünde er, was bald passieren würde.

Auf dem Bildschirm erschienen nun die Mannschaften aus den Kellerräumen der Arena. Der Moderator des DSF teilte mit: »Und nun meldet sich gleich Ihr Kommentator Thomas Gerhard: viel Spaß beim U15-Länderspiel Deutschland gegen Holland!« Aber zunächst gab es noch eine Werbung für irgendeine Biersorte. Vater Schubert schimpfte laut: »Die sollen Fußball zeigen und keine Bierflaschen!« Als hätte der Ausspruch gewirkt, war fünfzehn Sekunden später der Sender erneut live im Kölner Stadion.

Mit lautem Jubel wurden die Teams begrüßt. Beide stellten sich zur Nationalhymne auf und die Kamera ging direkt an den Gesichtern entlang. Zuerst kamen die Holländer ins Bild, dann der Schiedsrichter aus Schweden, als Nächstes der deutsche Mannschaftskapitän Kevin Rott, und direkt daneben stand Locke. Poldi bellte einmal kurz auf, als ob er seinen Freund sehr vermissen würde, und Mutter Schubert tätschelte ihm beruhigend den Rücken – dabei gespannt auf den Bildschirm blickend. Und nun, endlich, konnte die Partie nach der Platzwahl beginnen.

Deutschland hatte Anstoß, und der Kommentator erklärte schwungvoll: »Wir erwarten eine offensiv ausgerichtete deutsche Mannschaft, aber das hat uns Trainer Stettler ja vorhin schon erklärt …«

Im Aufenthaltsraum der TV-Show »Deutschland sucht den Superstar« schauten die Mädchen ziemlich erstaunt auf Eva. Alina, die Teilnehmerin mit der Tina-Turner-Stimme, fragte völlig verblüfft: »Du willst wirklich dieses Fußballspiel sehen?«

Eva lieferte die einzige Erklärung, die die Mädchen nachfühlen konnten: »Die Boys in dieser Mannschaft sehen alle so toll aus und der Spieler Patrick Schubert am Allerbesten.«

Fast wie aus einem Munde kam ein gekreischtes »Ach so ist das!« Die männlichen Teilnehmer des Talentwettbewerbs freuten sich sowieso, dass hier zur Abwechslung einmal der Ball rollen würde. Die Proben waren insgesamt gut gelaufen, und nun galt es, die Zeit bis um zwanzig Uhr fünfzehn zu überbrücken, da kam die Übertragung gerade richtig.

Sechzig Sekunden waren gespielt. Die Holländer begannen wie die Feuerwehr. Die deutsche Mannschaft hatte sofort nach der zweiten Ballberührung das Leder verloren. Henk Marvin, Spielmacher der Holländer mit der Nummer zehn auf dem Rücken, umkurvte mit einer selten gesehenen Leichtigkeit gleich drei deutsche Spieler auf einmal. Aus halbrechter Position, sechzehn Meter vor dem Gehäuse der Deutschen, schlenzte er den Ball hoch in den linken Winkel. Kevin Rott hob ab wie ein Airbus und konnte – gerade noch mit den Fingerspitzen! – das Leder zur Ecke abwehren.

Alle deutschen Spieler versammelten sich nun im eigenen Strafraum, und Patrick musste sich natürlich verstärkt um Dick van Slitz kümmern – was er auch versuchte.

Der Ball wurde jetzt von Henk Marvin hineingetreten. Er segelte halblinks vor dem Tor in den Fünfmeterraum. Patrick hatte Dick bei dieser Aktion im Auge behalten. Der sprang jedoch deutlich höher als er und erwischte den Ball ideal mit der Stirn. Und erneut verdiente sich Kevin einen Riesenapplaus. Der deutsche Keeper flog in die bedrohte lange Ecke und konnte bei seiner Parade sogar das Spielgerät festhalten.

Vater Schubert schüttelte daheim vor dem Fernseher den Kopf. »Locke, Locke, da musst du eher hochgehen«, schnaufte er, »Dann bekommst du den Ball auch vor dem Holländer.« Mutter Schubert biss sich auf die Lippen und sagte einfach nichts. Poldi war aufgesprungen nach der ersten heißen Aktion im Kölner Stadion und knurrte. Und in einem Krankenhaus in Hennef schaute Erik auf den Bildschirm – gespannt wie ein Flitzebogen. Es fiel ihm verdammt schwer, ruhig in seinem Bett zu liegen und unbeteiligt zu sein. Aber er drückte seinen Freunden von der U15 kräftig die Daumen.

Im Stadion spielten sich erstaunliche Szenen ab. Es war klar, dass die Holländer dieses Spiel durchaus überlegen gestalten konnten, aber dass nach gut und gerne zwanzig Minuten Spielzeit die Deutschen nicht ein einziges Mal ernsthaft in die Hälfte der Oranjes gekommen waren, das nervte dann doch! Das Publikum im Rhein-Energie-Stadion wurde langsam unruhig und es gab sogar einige Pfiffe für Kevin, Locke und Co. Obwohl – Kevin hatte das überhaupt nicht verdient, denn er hielt alles, was auf sein Tor kam, und zeigte nicht die geringste Unsicherheit.

Endlich gelang es Jörg Ahlers von Hertha BSC, einen halbwegs vernünftigen Angriff aufzubauen. Er konnte nach einem Abschlag von Kevin den Ball in Höhe der Mittellinie annehmen. Die Stadionuhr zeigte die 22. Spielminute an. Locke hatte etwas gewartet und nun startete er durch. Jörg spielte den Ball millimetergenau auf Patrick. Der nahm die Pille mit dem rechten Fuß an. Dick van Slitz kam ihm entgegen. Patrick spielte den Ball blitzschnell an dem Holländer vorbei, sodass dieser jetzt verzweifelt der deutschen Sturmspitze hinterherhastete. Und es passierte genau das, was Stettler vorhergesagt hatte: Der Kraftprotz hatte große Mühe, mit Patrick Schritt zu halten. Patrick war jetzt im Strafraum angelangt und spähte nach Heiko Erde von Borussia. Flach spielte er das Leder dem Dortmunder zu. Und der schoss aus vierzehn Metern ebenfalls flach in die rechte untere Ecke! Thomas Gerhard vom DSF brüllte in sein Mikrofon: »Was für ein Konter! Und da sage noch mal einer, Schalker und Borussen verstehen sich nicht. Schubert auf Erde. Schalke auf Dortmund – und 1:0 für Deutschland!«

Ohrenbetäubend war der Krach im Stadion nach diesem Tor, und in der Overhofstraße 8 in Gelsenkirchen hatten die Nachbarn der Familie Schubert das Gefühl, es sei etwas Schreckliches passiert. Aber es war nur der Torschrei von Vater Schubert, der allen durch Mark und Bein ging. Dazu ein bellender Poldi, bei dem man denken konnte, er höchstpersönlich habe den Treffer erzielt.

In einem TV-Studio jubelte Eva inzwischen als einziges Mädchen vor dem Fernseher; alle anderen Girls hatten das Spiel doch nicht so prickelnd gefunden. Die Jungs aber gratulierten Eva zu ihrem Freund Patrick. Die einhellige Meinung: Das wird mal ein ganz Großer!

»Aua!«, war die etwas merkwürdige Anteilnahme von Erik im Krankenhaus. Beim Torschuss von Heiko hatte er nämlich sein gebrochenes Bein etwas bewegt und das tat dann doch weh.

Was nun aber auf dem Spielfeld folgte, war schlicht unglaublich. Die Niederländer ließen sich durch diesen Rückstand nicht beirren. Im Gegenteil, sie griffen derart intensiv an, dass es nur eine Frage der Zeit bis zum Ausgleich sein konnte.

Es dauerte aber bis zur vierzigsten Minute, und dieses Tor war so blöd, dass man sich nur an den Kopf fassen konnte. Die Holländer kamen über rechts, und die Flanke in den Strafraum hinein wirkte echt ungefährlich, denn weit und breit stand keiner ihrer Leute frei. Mike Rossbach vom HSV wollte den Ball mit dem rechten Fuß einfach aus dem Strafraum dreschen und er hatte alle Zeit der Welt dazu. Aber dann rutschte ihm das Leder vom Stiefel. Genau in die falsche Richtung. Auf das eigene Tor zu. Kevin Rott versuchte noch zu reagieren. Aber es war zu spät. Eigentor. 1:1!

Thomas Gerhard kommentierte: »Der Druck der Holländer hatte zugenommen, ja, aber dümmer konnte der Ausgleich nicht fallen. Sehen Sie sich das bitte nochmals in der Zeitlupe an. Rossbach völlig unbedrängt und dann dieser Fehler. Mike Rossbach liegt jetzt total zerknirscht am Boden ...«

Seine Mitspieler gingen aber zu ihm. Trösteten ihn. Kevin fand die richtigen Worte: »Das kann wirklich jedem mal passieren. Selbst ein Beckenbauer hat in seiner Laufbahn viele Eigentore erzielt. Kopf hoch – wir schaffen das schon.«

In Gelsenkirchen, im Kölner Fernsehstudio und im Krankenzimmer von Erik fiel die Reaktion auf den Treffer gleich aus: ungläubiges Kopfschütteln.

Die Holländer setzten nach. Sie hatten jetzt noch eindeutiger Oberwasser. Bei zwei Schüssen zeigte Kevin Rott von Bayern München nochmals sein unglaubliches Talent, und Thomas Gerhard vom DSF sprach schon von einem neuen Oliver Kahn – als es dann doch noch einmal im deutschen Tor klingelte.

Benny Möller von Hannover 96 erlaubte sich den Luxus eines Querpasses in der eigenen Hälfte und die Oranjes schlugen eiskalt zu.

Der Pass wurde abgefangen und dann ging es über zwei Stationen zur Nummer neun der Niederländer. Was der Typ jetzt machte, war allerdings wirklich internationale Klasse. Er lupfte den Ball aus zwölf Metern Entfernung über den aus seinem Tor herauseilenden Kevin Rott. Eins zu zwei!

Die Holländer waren in Führung gegangen, und der DSF-Kommentator konnte nur anerkennend aussprechen, was wohl jeder der vierzigtausend Zuschauer im Stadion und die Millionen vor den Bildschirmen dachten: Diese U15 aus unserem Nachbarland ist der deutschen Mannschaft in allen Belangen überlegen. Wenn unsere Jungs noch etwas erreichen wollen, dann muss eine klare Leistungssteigerung in den zweiten fünfundvierzig Minuten erfolgen!

Dieser Meinung war natürlich auch Trainer Detlef Stettler. Allerdings sah er ebenso ein, dass dieser Gegner schon eine besonders harte Nuss war. Deshalb beschimpfte er auch seine Mannschaft nicht, sondern machte nochmals auf die Defizite aufmerksam.

»Meine Herren«, sagte er in aller Ruhe, »ihr müsst in die Zweikämpfe besser reinkommen. Unser Gegner hat in der ersten Hälfte bestimmt zu fünfundsechzig Prozent der Spielzeit den Ball kontrolliert. Das muss jetzt anders werden. Wir bleiben in der jetzigen Aufstellung, zunächst wenigstens. Übrigens, ihr habt ja beim 1:0 durch Heiko gesehen, wie es gehen kann. Mehr davon! Mehr Mut! Mehr Kampfkraft!« Die Jungs saßen auf ihren Plätzen, ruhig und konzentriert. Man nahm sich einiges für den Abschnitt zwei der Begegnung vor.

Doch der deutschen U15 fehlte es weiterhin an Mut und Kampfkraft. Die Holländer powerten, was das Zeug hielt. Im Stadion gab es jetzt schon Szenenapplaus für die Gäste. Vor den Fernsehern sank die Zuversicht auf ein gutes Ergebnis, und Lockes Vater stöhnte vor sich hin: »Warum konnte Patrick nicht sein erstes Spiel gegen Luxemburg oder Malta machen? Fünfzig Minuten sind schon vorbei und nur einziges Mal sind die Unsrigen in die Hälfte der Holländer gekommen. Sie müssen Locke mehr anspielen.« Das war zu diesem Zeitpunkt einfach gesagt, aber nur schwer umzusetzen – denn die Gästeelf stand kompakt im Mittelfeld, griff die deutschen Jungs früh an und war technisch einfach besser.

Eva schaute inzwischen fast ganz allein das Spiel im TV-Studio in Köln. Auch die Jungs hatten sich nach dem 1:2 verabschiedet. Trotzdem glaubte Eva immer noch an ein gutes Ende für Locke und sein Team.

»Jetzt muss die Mannschaft um Kevin Rott einfach einmal die Initiative ergreifen, sonst wird man hier und heute noch höher gegen die Holländer verlieren. 1:2, und nur noch achtunddreißig Minuten Spielzeit, das wird eng.« Genau während der DSF-Kommentator diese mahnenden Sätze sprach, erkämpfte sich Heiko Erde den Ball in der eigenen Hälfte. Locke und er mussten einfach immer wieder mit nach hinten, um sich gegen die Angriffe der Niederländer zu stellen. Locke lauerte jetzt an der Mittellinie. Heiko sah das aus dem Augenwinkel heraus und leitete das Leder sofort an ihn weiter. Endlich einmal wieder so eine 1:1-Situation!, dachte Locke, und Dick van Slitz wollte sich sofort auf den Schalker stürzen. Locke wartete Sekundenbruchteile, dann war der Koloss direkt vor ihm. Geschickt tippte er den Ball nur leicht an, genau durch die Beine seines Gegenspielers.

Ein Raunen hallte von den Tribünen zurück. Sehr schnell hatte Patrick nun vier bis fünf Meter Vorsprung vor Dick. Diesen Vorsprung nutzte er, um weiter in die Hälfte der Niederländer vorzudringen. Seine Schnelligkeit half ihm in dieser Situation ungemein.

Das Problem war nur, dass Heiko nicht ebenso schnell hinterherkam. Patrick musste es einfach mit einem Alleingang versuchen.

Gesagt, getan! Der nächste Niederländer war schnell umspielt, aber ein Letzter in dieser gegnerischen Hälfte wartete noch auf ihn. Der Typ mit der Nummer sechs grätschte förmlich hinein in die Beine von Patrick. Alles hielt den Atem an und erwartete nur noch einen Sturz des Schalkers – der sprang jedoch rechtzeitig über die Stelzen des Holländers hinweg. Den Ball aber hatte er zuvor unter dem grätschenden Gegner mühelos durchgeschoben. Der Weg zum Tor war nun frei. Patrick wurde noch schneller. Er legte den Turbo ein. Der Torhüter fixierte den ihm entgegenkommenden Stürmer. Doch der täuschte eine Bewegung nach rechts an. Die Nummer eins legte sich hin und Patrick ging links an ihm vorbei. Die Anfeuerungsrufe im Stadion waren zum Orkan geworden. Locke genoss es, mit dem Ball in das verlassene Tor zu laufen.

»Was für ein Solo, was für eine Einzelleistung! 2:2! Wer hätte das noch vor wenigen Minuten erwartet. Die zweite gute Szene von Patrick Schubert und der Ausgleich!«

Die Stimme des DSF-Reporters überschlug sich fast. Eva hatte die Situation vor dem Fernseher mit mehreren Aufschreien begleitet, sodass manch einer im TV-Studio dachte, sie wäre am Durchdrehen. Einige Leute standen jetzt aber wieder vor dem Bildschirm und sahen die Wiederholung in Slowmotion. Danach klatschten alle in die Hände…

In einem Wohnzimmer in Gelsenkirchen hatte man das Gefühl, dass Deutschland gerade die Weltmeisterschaft gewonnen hätte. Vater und Mutter Schubert lagen sich in den Armen, und Poldi sprang wild kläffend an ihnen hoch. Ein Knäuel von Mensch und Tier war da zu sehen. Ein Kunstwerk der ganz besonderen Art. Dann brüllte Vater Schubert immer wieder: »Jetzt gewinnen die auch noch. Weiter so!« Sandra Schubert glühte vor Aufregung, und Poldi hielt seine dicke Nase in die Luft, als könnte er einen Sieg wittern.

Im Krankenhaus von Hennef brüllte Erik beim 2:2 so laut »Tor!!«, dass der Stationsarzt besorgt nach seinem Patienten sah. Erik erklärte ihm, wieso er so einen Schrei ausgestoßen hatte. »Herr Doktor, das ist meine Mannschaft!«, rief er aufgeregt. »Eigentlich gehöre ich dazu, nur dieser blöde Beinbruch hat meinen Einsatz verhindert.«

Der Stationsarzt wusste natürlich um seinen sportlichen

Patienten und blieb bis zum Ende der Übertragung in Eriks Zimmer sitzen. Auch er war gefesselt von dem, was er zu sehen bekam.

Wie so oft in Fußballspielen – die Begegnung kippte. Die Holländer hatten in der ersten Stunde offensichtlich doch zu viel getan. Im Gegensatz zu ihnen hatte die Mannschaft von Stettler noch einiges an Kondition zuzusetzen. Jetzt griff fast nur noch die deutsche U15 an. Heiko Erde wurde in der achtzigsten Minute ausgewechselt. Für ihn spielte in den letzten zehn Minuten Ulf Stachovski von Rot-Weiß Essen.

Ulf war der ideale Joker. Er kam ins Spiel und wirbelte sofort kräftig mit. Locke hatte Ulf oft genug im Training beobachtet: Normalerweise braucht ein Einwechselspieler etwas Zeit, um sich ins Spiel zu finden – für Ulf galt das nicht. Einundachtzigste Minute: Ulf schießt aus zwanzig Metern an den Pfosten. Dreiundachtzigste Minute: Ulf köpft eine Freistoßvorlage von Micha Kühn nur um einen halben Meter am Gehäuse der Holländer vorbei. Fünfundachtzigste Minute – Locke verlängert eine Ecke auf Ulf. Der knallt aus etwa sieben Metern Entfernung direkt auf den Kasten. Dort steht Dick van Slitz auf der Linie und wehrt den knallharten Schuss mit dem Kopf ab. Locke staunte. Der Kerl hatte echte Nehmerqualitäten wie ein Boxer... Der DSF-Kommentator schrie sich die Lunge aus dem Leib: »Unglaublich! Tooooor! Nein! Auf der Linie gerettet. Was für ein Schlussspurt der deutschen Jungs! Jetzt, jetzt, jetzt...«

Jetzt kam Ulf schon wieder zum Schuss. Der Torhüter aus Holland legte so ziemlich die eleganteste Parade hin, die Locke seit Jahren gesehen hatte. Rückwärts fallend konnte er mit einer Faust den Ball abwehren. Dieser flog wie ein

Bumerang zu Ulf zurück. Der hatte das rechte Bein schon ausgefahren, um erneut zu schießen – als ihn ein Holländer von hinten in den Rücken stieß. Vierzigtausend Zuschauer schrien: »Elfmeter…!« Der Pfiff des Schweden kam sofort. Laut, schrill und absolut gerechtfertigt. Er zeigte auf den wohl berühmtesten Punkt der Welt.

Die neunundachtzigste Spielminute wurde auf der großen Stadionuhr angezeigt. Es begann der übliche Nervenkrieg!

Vater Schubert hatte sich vom Fernseher weggedreht; er konnte die Spannung einfach nicht ertragen, er hörte nur noch zu, was der TV-Kommentator berichtete. Poldi hatte sich unter das Sofa verzogen und Sandra Schubert war völlig ohne Gesichtfarbe.

Eva war in ihrem Kölner Studio aufgesprungen und zappelte vor dem Gerät herum wie das Fernsehballett… Und in Erik Stösskens Krankenhauszimmer hielt der Arzt die Hand des Verletzten, was schon sehr komisch aussah.

Alle fragten sich, wer wird den Strafstoß nun ausführen?

Stettler hatte schnell reagiert. Am Spielfeldrand gab er ein eindeutiges Zeichen. Er hielt beide Hände hoch und spreizte neun Finger in die Luft. Die Rückennummer von Locke. In den letzten Tagen hatte man in der Sportschule noch ein gezieltes Elfmetertraining abgehalten und Locke war einer der sichersten Schützen gewesen. Die Stimmung im Stadion veränderte sich schlagartig. Es wurde beängstigend still. Jeder schien den Atem anzuhalten. Patrick legte sich den Ball zurecht.

Der DSF-Kommentator flüsterte fast ins Mikrofon: »Wird Schubert die Nerven behalten? Der Neuling hat bislang ein überragendes Spiel geliefert. Jetzt übernimmt ausgerechnet

er die Verantwortung. Vier, fünf Schritte nimmt er Anlauf.«
Als könnten die Fernsehzuschauer es nicht mitverfolgen,
beschrieb er die Situation. »Die Nummer eins der Holländer kauert auf der Linie. Fast ohne jede Rührung wartet er
auf die Ausführung. Offensichtlich ein Mann ohne Gefühle. Wenn ich hier in meine Statistik schaue, dann muss
ich Ihnen sagen, dass er immerhin bereits vier Elfmeter in
den U15-Länderspielen seiner Nation gehalten hat.« Dann
brach die Stimme des Kommentators ab. Über die Außen-
mikrofone war jetzt deutlich der Pfiff des Schiedsrichters zu
hören. Locke lief an. Er hatte das Gefühl, sein ganzes jun-
ges Fußballleben ging ihm in diesen wenigen Sekunden
durch den Kopf.

Was war nicht alles schon passiert? Die Wunderschuhe in
England. Die verlorene Meisterschaft mit Blau-Weiß. Die
Alkoholanschuldigungen in Duisburg. Der Stress, aber
auch die Versöhnung mit Erik. Der Wechsel zu Schalke 04.
Und jetzt sein erstes Länderspiel – und er war auf dem Weg
zum entscheidenden Elfmeter in dieser Begegnung!

Er warf alle Gedanken einfach über Bord und konzentrierte sich voll auf seine Fußhaltung. Mit der Seite traf er
den Ball sauber und kräftig zugleich.

Das Geräusch, das diese Ballberührung erzeugte, klang
wunderbar. Ein dumpfes, aber auch irgendwie klares
»Plopp«. Er sah nun alles wie in einer Super-Super-Zeitlupe.

Er lenkte das Leder in die rechte Torecke. Beinahe ma-
jestätisch hob der Ball vom Rasen ab. Wie ferngesteuert, so
präzise suchte er sich seine Flugbahn. Patrick sah hinterher
und musste feststellen, dass ein gelber Torwartpullover mit
lang ausgestreckten Ärmeln und zwei riesigen Torwarthandschuhen bewaffnet ebenfalls in diese Richtung flog.
Das Herz blieb Patrick eine Hundertstelsekunde stehen.

Wer würde eher am Ball sein? Der Torwart oder das Netz? Exakt zehn Zentimeter neben dem rechten Pfosten, in etwa sechzig Zentimeter Höhe, würde der Ball das Tor erreichen. Und dann! Den Torwarthandschuhen fehlten zwanzig Zentimeter, um die Kugel zu stoppen. Das Netz beulte sich aus wie eine Seifenblase, die zerplatzt. Die Super-Super-Zeitlupe löste sich auf wie eine Explosion.

Sandra Schubert hüpfte auf dem Sessel, neben ihr der völlig aufgeregte Poldi – und das, obwohl ihm strikt das Springen auf die Polstermöbel verboten war. Vater Schubert riss beide Arme in die Luft und wirkte dabei wie ein Technotänzer. Es war unglaublich.

Und im TV-Studio bei Eva standen jetzt bestimmt dreißig Fußballfans – oder solche, die es werden wollten – um den Fernseher. Alle beglückwünschten Eva, als ob sie das Tor erzielt hätte, denn natürlich hatte sich herumgesprochen, dass Patrick Schubert ihr Freund war.

»Drin, drin, drin das Ding«, schrie der DSF-Kommentator.

Vierzigtausend Menschen jubelten hingebungsvoll im Stadion. Aber noch war das Spiel nicht beendet. Nach der Gratulationskur für Patrick wurde das Spiel wieder freigegeben.

Neunzig Minuten waren vorbei, aber an der Seitenlinie war eine elektronische Tafel hochgehalten worden, und die verkündete eine Nachspielzeit von zwei Minuten. Locke sah, alle, aber auch wirklich alle Spieler waren jetzt in der deutschen Hälfte zu finden. Selbst der Torwart der Holländer rückte bis zur Mittellinie vor.

Nochmals kam die gegnerische Mannschaft zum Schuss, aber kein Problem für Kevin, der den Ball sicher unter sich begrub. Die zwei Minuten mussten längst vorüber sein –

und immer noch kein Feierabend! Stettler stand aufgeregt am Spielfeldrand. Er schlug wie wild auf seine Armbanduhr und rief: »Schluss, Schluss, Schluss!«

Der Mann aus Schweden dachte aber nicht daran, das Spiel zu beenden. Der Abschlag von Kevin wurde sofort wieder von den Holländern erobert. Sie holten tatsächlich noch eine Ecke für sich raus. Jetzt drängten sich einundzwanzig Spieler im Strafraum. Auch Hollands Torwart war darunter. Einer der Mittelfeldspieler in Orange schlug mit aller Macht den Ball dort mitten hinein. Patrick hatte sich auf die Zehenspitzen vor Dick van Slitz gestellt, alle Muskeln in seinem Körper waren angespannt, um hochzuspringen.

Van Slitz kam auch nicht an den Ball, sondern ausgerechnet der einzige Spieler, der Gelb trug – der Torwart aus Holland. Ein Flugkopfball auf das deutsche Tor war die Folge.

Kevin Rott gewann aber auch dieses ungewöhnliche Duell von Nummer eins gegen Nummer eins. Mit der Faust konnte er abwehren und dann … und dann … rief Thomas Gerhard vom DSF: »Aus, aus! Das Spiel ist aus! Verzeihen Sie mir meine überlaute Begeisterung, aber ich habe selten ein so gutes Spiel von zwei U15-Mannschaften gesehen.« Er senkte seine Stimme, soweit das möglich war. »Ja, man muss sagen, von *zwei* guten Mannschaften. Denn eigentlich hätten die Holländer hier ein Unentschieden verdient gehabt. Wir schalten gleich hinunter an den Spielfeldrand, um erste Reaktionen einzufangen.«

Ein Aufnahmeleiter des DSF hatte sofort Kevin und Patrick geholt und die beiden bei Christian Penger, dem Reporter, abgeliefert. Nun konnte man, nach der üblichen kurzen Bierwerbung, ein interessantes Interview erleben.

Locke stand vor der Kamera, der Reporter hielt das Mikro, gleich würden sie auf Sendung sein. Locke schwirrte der Kopf. Ihm war, als würde er abheben. Hier stand er! Er hatte das entscheidende Tor geschossen, hatte der Mannschaft zum Sieg verholfen. Einfach unglaublich. Und trotz der Glücksgefühle – oder vielleicht gerade deshalb – schoss ihm etwas durch den Kopf, etwas, das er jetzt gleich auch sagen würde.

Penger eröffnete das Gespräch mit einer Gratulation an beide Spieler und fragte nach ihren Eindrücken. Kevin sprach von einem sehr, sehr starken Gegner und dass sich die gesamte deutsche Mannschaft im zweiten Abschnitt super gesteigert habe. Die nächste Frage ging an Patrick: »Wie kann man nur so eiskalt in seinem ersten U15-Länderspiel einen Elfer verwandeln, Herr Schubert?« Patrick drehte sich scheinbar suchend um und fragte lächelnd zurück: »Welchen Herrn Schubert meinen Sie? Ich hatte Sie doch gebeten, einen Typ wie mich mit ›Du‹ anzusprechen.« Penger verschluckte fast sein Mikro. »Ja, ja, aber wie war das nun beim Elfmeter?« Locke schaute ihn treuherzig an. »Nur nicht nachdenken«, sagte er, »einfach rein damit!« Er klang wie Lukas Podolski von der A-Nationalmannschaft. »Hören Sie, ich habe dieses Tor zwar gemacht, aber ich möchte es jemandem widmen: meinem Mannschaftskameraden Erik Stössken, der mit einem gebrochenen Bein im Krankenhaus liegt und jetzt sicher zuschaut.« Das war es, was Patrick sich vorgenommen hatte zu sagen.

In Hennef musste Erik darum kämpfen, dass der Stationsarzt und sein Zimmerkollege nicht die kleine Träne sahen, die sich aus seinem Augenwinkel gelöst hatte.

Im TV-Studio von RTL wurde die Fernsehrunde nun beendet, denn man kam dort in die heiße Phase vor der Livesendung der Show. Die angehenden Stars von morgen trafen sich zu einer allerletzten Besprechung. Und in Gelsenkirchen begann Sandra Schubert, das prachtvollste Abendessen aller Zeiten vorzubereiten.

Die deutsche U15 drehte noch eine Ehrenrunde durch das Rhein-Energie-Stadion und ließ sich feiern. In der Umkleide nahm sie Trainer Stettler stolz in Empfang.

»Leute, heute kein Wort mehr der Kritik. Es war wirklich großartig, wie ihr das Match noch umgebogen habt. Jeder von euch hat es verdient, im nächsten Länderspiel wieder dabei zu sein. Natürlich sehen wir uns beim kommenden Lehrgang die Begegnung nochmals in Ruhe an. Bei der Videoanalyse werde ich eure Fehler konkret ansprechen. Jetzt wünsche ich euch einen schönen Sonntag daheim. Nicht vergessen, übermorgen wird die Gruppenauslosung für die U15-Europameisterschaft vorgenommen. Eurosport überträgt live ab siebzehn Uhr. Wir sehen uns dann im November zum nächsten Testspiel gegen Polen.« Alle Spieler beeilten sich nun zu duschen, um dann die Heimreise anzutreten.

Langsam aber sicher stieg die Aufregung im Fernsehstudio in Ossendorf bei Köln. Erkennbar war dies auch daran, dass das Stimmengewirr in der Talentgruppe langsam abnahm. Je näher der Sendezeitpunkt kam, desto ruhiger wurde es, alle versuchten, sich zu konzentrieren. Lediglich Siegmund aus Bayern alberte immer noch rum und nervte entsetzlich.

Das Studio füllte sich mit Publikum und um neunzehn Uhr dreißig begann Marco mit dem so genannten Warm-up. Das bestand darin, den Zuschauern äußerst eindringlich zu erklären, dass sie bei jedem Künstler geradezu ausflippen müssten, etwa so, als sei Elvis von den Toten auferstanden. »Ich erwarte einen Applaus wie einen Wirbelsturm!«, meinte er. »Sie müssen ausrasten, als ob Sie sechs Richtige im Lotto getippt hätten.«

Eva saß mit den anderen hinter der Bühne und blickte auf einen Monitor, der zeigte, was sich jetzt im Studio abspielte. So ganz glücklich war sie damit nicht, wie Marco das Publikum anheizte, aber die Stimmung steigerte sich unter den etwa tausend Gästen von Minute zu Minute.

Um zwanzig Uhr fünfzehn war es so weit, der Vorspann für die Show wurde eingespielt. Die Leute auf den Rängen wirkten nun etwa so, als hätte jeder Einzelne zuvor mindestens fünf Bier getrunken. Sie rasten und trampelten, klatschten wie besessen, jubelten und pfiffen, als hätten sie Deutschland gerade vor dem Untergang gerettet. Das kann ja heiter werden, dachte Eva.

Patrick kam gegen halb acht wieder in Gelsenkirchen an. Kaputt, aber rundum glücklich. Was für ein Spiel, was für ein Einstand! Wirklich jeder hatte ihm auf die Schulter geklopft, und der Fahrer, der ihn im DFB-Auto nach Gelsenkirchen brachte, hatte ihm erzählt, dass er früher solche Topspieler wie Netzer und Overath gefahren hätte – aber Spiele wie das von ihm heute hätten die beiden nicht abgeliefert. »Jedenfalls nicht in so jungen Jahren!« Patrick war etwas rot geworden über so viel überschwängliches Lob, und dann musste er dem Mann nochmals Einzelheiten des Spiels erklären, obwohl der es im Stadion gesehen hatte.

Nun war Patrick heilfroh, als er die Wohnung seiner Eltern betrat. Die Mutter nahm ihn lange in den Arm und drückte ihn fest an sich. Sein Vater schlug ihm mannhaft – wohin? – auf die Schulter, die langsam schon zu schmerzen anfing. Poldi kam angerast und sprang an ihm hoch wie ein Känguru, und Patrick bückte sich und kraulte seinen vierbeinigen Freund intensiv hinter den Ohren, was den Hund dazu brachte, sich auf den Rücken zu legen.

Was für eine Begrüßung!

Endlich setzten sich die drei zu dem wunderbaren Essen an den Wohnzimmertisch. Lockes Mutter hatte viele kleine Leckereien vorbereitet, die es nun in etwa zehn Gängen zu essen gab. Sogar für Poldi gab es etwas Besonderes, allerdings unter dem Tisch: einen riesengroßen Markknochen. Beim ausgiebigen Essen wurde noch einmal von dem Spiel geschwärmt und von Lockes Einsatz – dann aber wurde es Zeit, das Fernsehgerät einzuschalten. Schließlich gab es in wenigen Minuten noch ein zweites Highlight dieses Tages zu sehen: Evas Auftritt bei RTL.

Mit einem unglaublichen Wortschwall wurde die erste Kandidatin, Ilona aus Frankfurt am Main, auf die Bühne gerufen. Sie sang ein Lied von Petula Clark, einer Sängerin, die heute kaum ein Mensch mehr kannte. Der Song hieß »Downtown« und war einst in den Sechzigern ein absoluter Welthit gewesen. Die Jury erklärte den Auftritt für sensationell, äußerst gelungen, bis auf ein paar kleine, natürlich zu verzeihende Fehler. Das Publikum flippte – wie zuvor geübt – über alle Maßen aus. Die Startnummer zwei war an Marcel gegangen, ein sehr hübscher Typ aus Hamburg, und die Moderatorin Linda kündigte ihn als den schönsten Mann Norddeutschlands an. Marcel startete mit »Strangers in the Night« von Frank Sinatra. Eva fand, der Junge habe wirklich Selbstbewusstsein; und ihre Skepsis wurde auch umgehend bestätigt – nicht gerade gelungen, leider…

Vater Schubert in der Overhofstraße von Gelsenkirchen machte die eine oder andere böse Bemerkung über diesen Auftritt, aber die Jury im TV-Sender war selbstverständlich bis auf ganz, ganz kleine Unsicherheiten tief gerührt…

In einem anderen Stadtteil von Gelsenkirchen zitterte die Familie Dahl dem Auftritt ihrer Tochter entgegen. Zahnarzt Dr. Dahl hatte sogar das Gefühl, er hätte vor lauter Aufregung Zahnschmerzen, was natürlich totaler Unsinn war.

Eva stand bereits in ihrem Kostüm zum Auftritt bereit. Aber vor ihr war die Startnummer drei dran, der von ihr so »geliebte« Siegmund, danach war ein Werbebreak vorgesehen, und dann konnte sie endlich »Mamma Mia« trällern. Es war merkwürdig, aber ausgerechnet in diesem Augenblick musste sie über die Show und das ganze hektische, aufgedonnerte Drumherum nachdenken. Sie verglich dies alles hier mit ihren Bandauftritten bei den NEW KICKING DEVILS. Klar, bei ihnen war es natürlich längst nicht so perfekt und man musste ohne das Fernsehen auskommen. Aber sie waren eine Band, sie konnten sich selbst etwas ausdenken – sie waren total *echt* – und hier musste man nach der Pfeife vieler anderer Menschen tanzen. Sie fühlte sich nicht ganz wohl in ihrer Rolle. Aber klar, sie wollte das Beste geben … Und war es nicht so, dass sie die Teilnahme an der Show auch als einen Gag angesehen hatte? Sie war neugierig gewesen, und jetzt, in diesem Augenblick, war sie gespannt darauf, wie es sich anfühlen würde, wenn sie ihren Part hier erst absolviert, ihr Lied gesungen hatte. Nun aber musste sie noch Siegmund zuhören, der einen Song der »Bay City Rollers« sang. Eva wusste, dass das mal so um 1970 herum eine der angesagtesten Teeniebands war, deren Mitglieder extrem gut singen konnten; aber was sie da von Siegmund hörte, erinnerte sie eher an eine ungeölte Tür. Steve Martin jedoch erklärte dem Publikum nach diesem grausamen Ohrenschmaus: »Siegmund hat etwas ganz Besonderes, er ist ein Showtalent. Er bewegt sich wie ein Schlangenbeschwörer und genauso muss es im Showgeschäft sein.

Anders! Auffällig!« Das Publikum rastete aus. Gut, dass man es geprobt hatte. Dann gab es die Werbepause.

Und endlich kündigte Linda die nächste Teilnehmerin des Wettbewerbs an. Die Startnummer vier.

»Liebe Freunde von ›Deutschland sucht den Superstar‹! Und nun ein Talent aus dem Ruhrpott. Sie sieht nicht nur so aus wie die junge Annafried von ›ABBA‹, sie klingt auch so. In unserer heutigen Show mit dem Motto ›Oldies But Goldies‹ erleben sie nun«, sie hob die Stimme, »Eva Dahl mit dem absoluten Welthit aus Schweden, ›Mamma Mia‹!«

Die ersten Klänge des Songs wurden eingespielt und Eva zeigte eine wirklich tolle Performance, wie das in diesen Shows genannt wurde. Jeder Schritt saß, jede Bewegung und jedes Lächeln waren einfach perfekt. Eva folgte den Kameras, als hätte sie nie etwas anderes gemacht, und das Publikum raste erneut – doch diesmal wirkte es irgendwie echter.

Vater Dahl daheim fühlte plötzlich keine Zahnschmerzen mehr, und Locke platzte fast vor Stolz über seine Eva, zumal die Jury sie nun fast zu einem kommenden Weltstar hochstilisierte. Doch dann geschah etwas für dieses Programm und alle, die es sahen, ganz und gar Ungewöhnliches.

Eva wurde gefragt, ob sie mit ihrem Auftritt zufrieden sei und plötzlich – war *sie* es, die das sagte oder jemand anderes? –, plötzlich antwortete sie: »Ja, ganz lustig ist das alles schon bei euch. Aber ganz, ganz ehrlich. Es macht auch sehr viel Spaß, mit meiner Band THE NEW KICKING DEVILS aufzutreten!« Das Folgende dachte sie sich dann allerdings nur noch, Gott sei Dank, denn dem Publikum und auch den beiden Moderatoren fehlte schon zu diesem Satz die richtige Reaktion. Eva dachte: Bei den NEW KICKING DEVILS kann man nämlich machen, was man wirklich will, und muss nicht irgendwelche alten »ABBA«-Songs trällern. Marco leitete nach zwei, drei Schrecksekunden blitzschnell zur Startnummer fünf über, und hinter den Kulissen der Sendung wurde Eva dezent, aber deutlich gerügt: Man mache schließlich eine Show für Millionen und nicht für ein paar hundert, aber Eva war das egal. Sie lächelte.

Locke jubelte daheim vor dem Fernseher. »Genau, genau!«, rief er, »es leben die NEW KICKING DEVILS!« Für ihn hatte Eva absolut das Richtige gesagt.

Der Abend zog sich noch hin und erst gegen elf war das Voting zur Show abgeschlossen. Die Moderatoren bauten die totale Spannung auf, um einem von den Teilnehmern mitzuteilen, dass er – oder sie – leider nicht genug Anrufe bekommen hätte, um in der nächsten Sendung erneut dabei zu sein. Es traf die Startnummer neun, ein ziemlich blasses Mädchen aus Nürnberg; sie hatte einen alten Grand-Prix-Song gesungen. Die Kleine weinte sich fast die Augen aus und alle taten so, als ob man sie unheimlich bedauern müsste. Dann kam die Abspannmusik für die Sendung, alle Beteiligten, die drinbleiben konnten, lachten wieder – und das Publikum tobte ein letztes Mal an diesem Abend.

Wenig später wurde Eva mit dem Auto nach Gelsenkirchen zurückgefahren. Allerdings hatte man ihr vorher nochmals gesagt, dass ihre – doch ziemlich deutlich gewordene – fehlende Begeisterung für die Show nicht gerade cool gewesen wäre. Aber Eva war nicht darauf eingestiegen. Sie hatte absolut keine Lust auf irgendeine Diskussion. Müde war sie ins Auto auf den Rücksitz gestiegen und hatte das Gelände der Fernseharena hinter sich gelassen. Sie wollte nur noch eines: nach Hause.

Der Fahrer drückte aufs Gaspedal, so flitzten sie nun

durch die erleuchtete Stadt und erreichten rasch die Abfahrt zur Autobahn nach Gelsenkirchen. Eva schaltete ihr Handy an, es piepste mehrmals, und auf dem Display konnte sie lesen: »Sie haben 14 neue Nachrichten erhalten.« Es waren fast alles kurze Glückwünsche zu ihrem Auftritt und natürlich eine SMS von Patrick:

GRATULIERE! TOLLE SHOW! Du bist die beste gewesen. Aber am schönsten war das, was du über die new kicking devils gesagt hast. Wir sehen uns morgen um elf hier bei mir. Ich freue mich schon auf den auftritt im hans-sachs. Hast du unser spiel gesehen?
Bis morgen – schlaf schön!
Dein locke …

Eva freute sich auf ihren Freund und irgendwie auch auf Zuhause. Es war schön zu wissen, dass man Leute hatte, die verlässlich waren, jeden Tag aufs Neue, die sie mochten, so wie sie war, die sie forderten, etwas Richtiges mit sich anzufangen. Und das war es, was man *echten* Spaß nannte. Es war weit nach Mitternacht, als sie ihre Antwort eintippte.

GRATULIERE AUCH! Euer spiel war eine echte sensation. Hier im studio hätte es schon etwas lustiger zugehen können… purer stress eine solche tv-show! Freue mich jetzt sehr auf die live-musik mit euch. Bin hunde-poldi-müde. Komme aber bestimmt zu dir – morgen um elf. Hab dich lieb.
Deine eva

Der Sonntag begann im Hause Schubert mit einem Klingelsturm. Schon um neun stand Matz vor der Tür. Ganz gentlemanlike mit einem Blumenstrauß für Sandra Schubert, und unter dem Arm hatte er einen Stapel türkischer und deutscher Zeitungen. Poldi begrüßte Matz auf seine stürmische Art, er sprang an ihm hoch und leckte ihm das Gesicht ab – fast hätte Matz den Blumenstrauß und die Zeitungen verloren, aber er balancierte den Angriff des Hundes geschickt aus.

»Was ist denn mit dir los? Jetzt kennen wir dich schon so lange, aber Blumen hast du noch nie mitgebracht.« Lockes Mutter lachte, als sie den Strauß entgegennahm. »Willst du um die Hand von Patrick anhalten?«

Matz verzog angeekelt das Gesicht. »So weit kommt es noch. Nein, nein, Frau Schubert, jetzt, wo ich Nationalspieler der Türkei bin, sollte ich endlich Manieren annehmen, meint mein Vater jedenfalls. Deshalb gibt es heute ausnahmsweise Blumen für die Gastgeberin.«

Mutter Schubert bedankte sich, dann deutete sie lächelnd nach hinten. »Du weißt ja, wo es hier langgeht. Patrick ist in der Küche, wir sind eben erst mit dem Frühstück fertig!«

Matz nickte. Selbstverständlich wurde in den Sonntagszeitungen viel über das grandiose Spiel der deutschen U15 geschrieben. In einer von ihnen – der Größten! – gab es sogar Noten für jeden einzelnen Spieler. »Das ist ja schlimmer als in der Schule«, eiferte sich Locke. Als er jedoch sah, dass er eine Eins von dem Sportredakteur bekommen hatte, fügte er hinzu: »Wenn das unsere Lehrer wenigstens *einmal* auch so sehen würden!«

Der Blick in die Zeitungen aus der Türkei war für Locke und seine Eltern eher eine Comicveranstaltung, denn die Texte konnten sie natürlich nicht lesen. Aber die Bilder sprachen für sich. Matz war mehrfach abgebildet, und er übersetzte voller Begeisterung die Unterschriften: »Hier steht, dass ein gewisser Matz von Schalke 04 aus Deutschland der effektivste Stürmer der Türkei gewesen sei.« Auf dem Foto konnte man sehen, wie Matz gerade gefoult wurde. Der anschließende Elfmeter war dann das Siegtor gegen die Griechen gewesen!

Wie ausgemacht kam Eva gegen elf dazu. Locke hatte schon mehrfach auf die Uhr geschaut, er konnte es kaum erwarten, seine Freundin wiederzusehen – und so stand er augenblicklich an der Tür, als es klingelte.

Eva sah wieder einmal klasse aus. Zu ihren roten Haaren trug sie ein hellgrünes, eng anliegendes Shirt, dazu Jeans mit einem breiten glitzernden Gürtel über der Hüfte. Und an den Füßen Sandalen, die in allen Farben schillerten. In der Hand hatte sie ihren kleinen Rucksack, rot wie ihr Haar. Patrick zog sie an sich und drückte sie fest – aber nicht zu lange, denn Sandra, seine Mutter, rief schon, wo sie so lange blieben …

Auch über Eva gab es eine Meldung in der großen Sonntagszeitung. Man lobte ihren Auftritt und den Mut, ihre Meinung offen zu sagen. Locke meinte: »Vor dem Fernseher bekam ich wirklich einen kleinen Schreck; ich dachte schon, die schmeißen dich raus aus der Show. Aber ich habe mich so darüber gefreut, was du über die NEW KICKING DEVILS gesagt hast, ich hab gejubelt wie nach einem Tor!«

Eva lächelte. »Also, um ganz ehrlich zu sein, es war schon interessant, bei RTL in einer solchen perfekten Show auftreten zu dürfen. Aber«, sie zuckte die Schultern, »es hat nicht so richtig Spaß gemacht. Es war so wie … ja, wie Arbeit – und dabei sollte mir Musik eigentlich Spaß machen. Der Song von ›ABBA‹ ist auch nicht schlecht, aber er ist einfach nicht von mir. Ich möchte viel lieber eigene Sachen singen, so wie unseren Song ›Überleben‹! Und dann … na ja, es ist auch so, dass sie einem jeden Schritt vor der Kamera vorschreiben, jeder Blick muss sitzen. Richtig frei bin ich dabei nicht – und genau das will ich aber auf der

Bühne sein.« Eva holte tief Luft. »Wisst ihr was«, sagte sie dann, »ich steige aus, ja, ich verlasse die Show. Ich habe es mir genau überlegt. Auch wenn das Publikum mich eine Runde weitergewählt hat – morgen rufe ich bei RTL an und erkläre meinen Rücktritt. Ich will mich einfach nicht verbiegen lassen.«

Entsetztes Schweigen herrschte auf einmal. Dann meldete sich Patrick zu Wort: »Das willst du wirklich machen? All die Mühe und Kraft, die du dafür aufgebracht hast, alles für eine einzige Sendung? Außerdem wartet auf den Gewinner ein Plattenvertrag. Das ist deine Chance!«

Matz stimmte dem durch eifriges Nicken zu und auch die Eltern von Patrick waren dieser Meinung. Aber Eva schüttelte nur den Kopf.

»Vielleicht hätte ich ja wirklich eine Chance für einen Vertrag, wer weiß. Aber das ist mir im Augenblick nicht so wichtig. Alles, was ich will, ist mit den NEW KICKING DEVILS auf der Bühne zu stehen und Erfahrungen sammeln zu können, darauf kommt es mir an. Man wird sehen, wie es dann weitergeht...«

Sie sah Patrick an. »Morgen erkläre ich den RTL-Leuten mein Ausscheiden. Sorry, aber es steht fest. Ich möchte da nicht mitmachen. Was ist denn aus den früheren Gewinnern der Show geworden? Nichts!«

Das Argument traf voll ins Schwarze. »Okay, okay! Akzeptiert. Es ist wirklich deine Entscheidung.« Locke nahm sie bestätigend in den Arm und drückte sie. Auch Matz schwenkte um. »Eigentlich hat sie Recht. Wenn ich Torwart spielen müsste, würde ich auch mit dem Fußball aufhören... So, und jetzt lasst uns unser Konzert heute Abend im Hans-Sachs-Haus besprechen.«

Und damit zogen sich die drei in das Zimmer von Patrick zurück. Im Rausgehen hörten sie noch einen Satz von der

Sorte, die sie eigentlich fürchteten wie der Teufel das Weihwasser. Markus Schubert sagte nämlich zu seiner Frau: »Kluges Mädchen, die Eva. Und überhaupt: Es sieht so aus, als würden die Kinder langsam erwachsen!«

Vor dem Hans-Sachs-Haus spielten sich bereits zwei Stunden vor dem Konzert der Band unglaubliche Szenen ab. Der Saal in dieser altehrwürdigen Veranstaltungsstätte von Gelsenkirchen fasste zwar rund eintausend Leute, aber schon jetzt standen noch ein paar hundert Fans mehr vor der Halle. Dass zwei Nationalspieler bei den NEW KICKING DEVILS spielten und eine Teilnehmerin der RTL-Show mit dabei war, hatte sich in Windeseile herumgesprochen und so kam es, dass eine Stunde vor Konzertbeginn die Polizei eingreifen musste. Tausend Leute wurden kontrolliert eingelassen – und der Rest musste leider nach Hause geschickt werden.

Die Bandmitglieder waren am frühen Nachmittag erschienen und zeigten sich beeindruckt von der mächtigen Soundanlage im Saal, und sie sahen auch, dass die Lightshow deutlich attraktiver als die von Heßler war. Sven, der Techniker, hatte noch drei andere Jungs als Roadies mitgebracht und so konnte eigentlich nichts mehr schief gehen.

Bald stand die Technik perfekt und auch der Soundcheck war schnell erledigt. So wartete die Band einmal mehr leicht nervös auf ihren Auftritt.

Dann war es so weit. Um neunzehn Uhr erklang ihr Vorspann.

Der Text war leicht verändert. »Liebe Rockfans!«, hallte es über die Köpfe des Publikums, »das Hans-Sachs-Haus-Management ist stolz, sie euch live präsentieren zu können – die Newcomer von Gelsenkirchen, die Band mit Eva Dahl, bekannt durch ›Deutschland sucht den Superstar‹, und den beiden U15-Nationalspielern Matz Irrfan, für die Türkei, und Patrick Schubert, der gestern im Spiel gegen Holland glänzend war! Hier sind THE NEW KICKING DEVILS!« Es folgten wieder die dicken, fetten Gongschläge und die fünf betraten die Bühne.

Der Jubel des Publikums war unglaublich und total dazu angetan, dass die Bandmitglieder sich schnell in einen Rausch spielten. Alles funktionierte super, die Bässe rollten durch die Halle, die Soli der Leadgitarre waren perfekt, das Keyboard sorgte für einen vollen, weiten Sound. Die DEVILS coverten erneut gekonnt einige große Hits, die sie einstudiert hatten, doch auch besonders ihr eigenes Lied »Überleben« wurde wieder groß gefeiert. Die Band war glücklich! Eva freute sich riesig über den Erfolg, besonders des deutschen Liedes, und erklärte ihren Fans: »Leute, ihr kennt uns noch nicht sehr lange. Aber ihr gebt uns ein unheimlich tolles Gefühl. Bislang haben wir zu fünfundneunzig Prozent bekannte Songs gespielt. Ab dem nächsten Konzert in etwa drei, vier Monaten werden wir aber mehr Eigenes draufhaben, das versprechen wir hiermit. Unsere Songwerkstatt läuft erst richtig an!«

Wieder folgten großer Jubel und laute zustimmende Rufe. Es war offensichtlich. Die NEW KICKING DEVILS hatten damit den Nerv der Leute im Saal getroffen.

Am nächsten Tag schrieb die Lokalpresse eine gute Kritik über den Auftritt, stellte aber die Frage: »Wie werden sich Patrick und Matz entscheiden? Zwei Jungs mit zwei Talenten. Fußball und Rockmusik. Was wird die Oberhand behalten? Die Gitarre oder der Ball?«

Einige der gelobten Bandmitglieder beschäftigten sich am Montag jedoch mit ganz anderen Problemen.

Zunächst Eva – mit der Absage bei RTL. Der Anruf fiel ihr

doch nicht so ganz leicht, zunächst jedenfalls; aber dann teilte sie einem der Mitarbeiter von der Produktionsleitung in Köln in klaren, einfachen Sätzen mit: »Ich möchte nicht mehr dabei sein, meine Band ist mir wichtiger, und ich empfinde die Show auch als großen Stress. Und außerdem ist es so, dass ich lieber meine eigenen Songs singe…« Jetzt war es heraus. Eva atmete durch. Der Mann von RTL staunte. »Das habe ich ja noch nie gehört; da hat jemand die Chance seines Lebens und wirft sie einfach weg! Ist das dein letztes Wort?«

Eva antwortete laut und deutlich: »Ja!« Dann war das Telefonat beendet.

Auch die Dahls, ihre Eltern, waren etwas erstaunt über den Rückzug Evas. Aber der Zahnarzt – obwohl zum größten Fan seiner Tochter geworden – bestärkte sie ebenfalls. »Ehrlich, Eva, das ist eine sehr mutige und ungewöhnliche Entscheidung von dir«, lobte er, »aber mich macht es auch stolz, dass meine Kleine so genau weiß, was sie will. Respekt!«

Matz und Locke hatten sich für fünfzehn Uhr in einem Sportcafé verabredet, das sie jetzt manchmal besuchten. Dort wurden auf riesigen Bildschirmen alle möglichen und unmöglichen Sportarten aus aller Welt übertragen. Der Laden war nagelneu. Überall Chrom und Leder. Schick, vielleicht einen Tick *zu* schick für Gelsenkirchen.

Um fünfzehn Uhr dreißig begann die Übertragung der Auslosung zur U15-Europameisterschaft in Deutschland auf Eurosport. Matz und Locke waren schließlich qualifiziert und wollten hier im Café zusehen, gegen wen sie jeweils antreten mussten. Patrick automatisch mit seiner Mannschaft, weil Deutschland der Gastgeber war, und Matz mit der Türkei seit dem Erfolg in Athen gegen Griechenland.

Sie setzten sich an einen Tisch direkt vor dem größten

Flachbildschirm der Stadt, vor dem man das Gefühl hatte, die Bilder würden in Lebensgröße gezeigt. Weltmännisch bestellten sie sich jeweils einen Früchtetee. Matz garnierte die Bestellung noch mit dem Spruch, dass man als Nationalspieler in der Öffentlichkeit natürlich nur gesunde Sachen trinken dürfe...

Dann wurde es spannend. Insgesamt sechzehn Teams waren qualifiziert, und es sollten nun vier Gruppen mit jeweils vier Mannschaften ausgelost werden. Zunächst wurden ehemalige Nationalspieler als die Glücksbringer vorgestellt, entsprechend vier Leute.

Zunächst ging es um Gruppe D. Schweden, Österreich, Schweiz und Rumänien kamen per Los hier zusammen. Danach wurde die Gruppe C gebildet. Das Resultat: Belgien, Schottland, Russland und Holland.

Patrick stöhnte positiv gestimmt auf: »Glück gehabt, wir müssen nicht gegen die Holländer in der Vorrunde spielen. Die waren so stark am Samstag in Köln!« Und dann spottete er: »Ihr Türken hättet erst recht gegen die keine Chance!« Worauf Matz sich entrüstete: »Pass mal auf, dass ihr eine Chance gegen *uns* habt, denn noch kann es sein, dass wir gegeneinander spielen müssen!«

In der Tat, es wurde spannend, nur noch acht nicht ausgeloste Länder standen zur Debatte, wobei Deutschland in der Gruppe A mit dem Spielort Berlin von vornherein gesetzt war. Jetzt wurde zunächst genau diese Gruppe ermittelt. Spanien, Portugal, Polen, Italien, England, Albanien und die Türkei standen noch zur Auswahl. Exnationalspieler Karl-Heinz Förster griff in die Trommel. Der Moderator verkündete:

»In der Gruppe A... wurde Deutschland zugelost...« Dann begann er, die Kapsel mit dem Los sehr langsam zu öffnen.

Die Spannung stieg. »Es ist Polen!«

Jetzt sah man Locke die Aufregung sichtlich an.

Welche Länder würden noch kommen? »Was weißt du über die Polen?«, fragte er Matz, bevor die nächste Kapsel geöffnet wurde. »Knochenhart, Menschenfresser, unglaublich brutal«, antwortete der lachend, um noch hinzuzufügen: »Ich weiß nicht besonders viel – aber die kommen schon über den Kampf ins Spiel.«

Auf dem Riesenschirm schickte sich Förster nun an, das nächste Los zu ziehen. Umständlich griff er sich eine weitere Kapsel und reichte diese an den Moderator weiter. Die gleiche Prozedur begann. Die Kapsel wurde aufgeschraubt. Der Moderator setzte ein wissendes Gesicht auf und verkündete: »Neben Deutschland und Polen spielt in der Gruppe A, in Berlin« – er machte noch eine Kunstpause – »Italien.«

Locke fiel fast von seinem Platz. Er verschränkte die Hände vor dem Gesicht. »Ein Hammerlos! Italien!«, rief er aus. »Die sind mindestens so stark wie die Holländer. Gut, dass die ersten *zwei* aus der Gruppe weiterkommen.«

Matz blieb weiterhin bissig: »Ja, Polen und Italien kommen garantiert weiter, und wir Türken hauen sie in der nächsten Runde weg.«

Patrick blieb keine Zeit, um auf diese grinsend vorgetragene Unverschämtheit zu reagieren. Förster hatte bereits wieder zugeschlagen, und der Moderator verkündete dem Publikum: »Die Gruppe A wird vervollständigt durch …«

Dieser Mensch musste es unnötig spannend machen. Er zögerte bestimmt nochmals drei Sekunden, um dann ganz, ganz langsam zu sagen: »Türkei!«

Matz und Locke schauten sich erschrocken an. Beide brauchten eine unglaublich lange Zeit, um zu realisieren, was da eben passiert war. Dann sprach Matz es betroffen aus: »Locke, ich befürchte, wir sind ab sofort Gegner. Deutschland gegen die Türkei – und wie es aussieht, zur Eröffnung der U15-Europameisterschaft. In Berlin! Ich kann es nicht glauben.«

Patrick schluckte. Er schüttelte den Kopf. Dann antwortete er: »Ich fasse es nicht! Patrick Schubert gegen Matz Irrfan! Die Türkei gegen Deutschland! Das wird unser schwerstes Spiel...«